SCHADUW VAN DE NACHT

Tess Gerritsen

Schaduw van de nacht

the house of books

Eerste druk, oktober 2019
Tweede druk, oktober 2019

De personages in *Schaduw van de nacht* zijn fictief. Elke gelijkenis met levende en/of dode personen, plaatsen en gebeurtenissen berusten op puur toeval.

Oorspronkelijke titel: *The Shape of Night*
Oorspronkelijk uitgegeven door: Ballantine Books, New York, 2019
© Tess Gerritsen, 2019
© Vertaling uit het Engels: Y.J.F.G. Klaasse-de Swart, 2019
© Nederlandse uitgave: The House of Books, Amsterdam 2019
Omslagontwerp Nederlandse uitgave: Buro Blikgoed, Haarlem
Foto auteur: © Petra van Vliet
Typografie: Crius Group, Hulshout

ISBN 978 90 443 5539 0
ISBN 978 9 0443 5540 6 (e-book)
NUR 332

www.thehouseofbooks.com
www.overamstel.com

OVERAMSTEL
uitgevers

The House of Books is een imprint van Overamstel uitgevers bv

Alle rechten voorbehouden.
Niets uit deze uitgave mag worden verveelvoudigd en/of openbaar gemaakt door middel van druk, fotografie, microfilm of op welke wijze ook, zonder voorafgaande schriftelijke toestemming van de uitgever.

Proloog

Nog steeds droom ik over Brodie's Watch, en het is altijd dezelfde nachtmerrie. Ik sta op het grind van de oprit en het huis doemt voor mij op als een stuurloos spookschip in de mist. Om mijn voeten kringelen en kronkelen mistflarden die mijn huid met een laagje rijp bedekken. Ik hoor golven aan komen rollen vanuit zee en tegen de rotsen beuken, en hoog boven mij waarschuwen zeemeeuwen me krijsend ver, heel ver uit de buurt te blijven. Ik weet dat achter die voordeur de Dood wacht, maar ik wijk niet, want het huis roept me. Misschien zal het me altijd blijven lokken, met zijn sirenenlied dat me dwingt om weer de treden naar de veranda op te gaan, waar de schommelstoel krakend heen en weer beweegt.

Ik open de deur.

Binnen is het een enorme chaos. Dit is niet langer het prachtige huis waarin ik ooit woonde en waar ik van hield. De indrukwekkend bewerkte houten trapleuning is overwoekerd door wijnranken die als groene slangen om de spijlen kronkelen. De vloer is bedekt met dode bladeren die door de kapotte ramen naar binnen zijn gewaaid. Ik hoor het langzame tikken van regenwater dat onafgebroken van het plafond druppelt, en als ik omhoog kijk, zie ik dat er nog maar één kristallen hanger aan de skeletachtige kroonluchter hangt. De muren, ooit crèmekleurig en versierd met elegante kroonlijsten, zijn door schimmel aangetast. Lang voordat Brodie's Watch hier stond, voordat de mannen die het bouwden hout en stenen omhoog sjouwden, balken aan palen sloegen, was deze heuvel een met mos bedekt bos. Het bos eist nu zijn territorium terug. Brodie's Watch geeft zich gewonnen, de geur van verval hangt in de lucht.

Ik hoor gezoem van vliegen ergens boven me en als ik de trap op ga zwelt het dreigende geluid aan. De eens zo stevige trap die ik elke avond beklom, zucht en steunt onder mijn gewicht. De leuning, ooit satijnzacht gladgewreven, is borstelig door doorntakken en wijnranken. Als ik op de overloop van de eerste verdieping sta, verschijnt er een vlieg, zoemend terwijl hij rondcirkelt en op mijn hoofd af duikt. Er komt nog een vlieg, en nog een, terwijl ik over de gang naar de grote slaapkamer loop. Door de gesloten deur heen hoor ik in de kamer erachter opgewonden vliegengezoem waar zich iets bevindt waarop ze het hebben voorzien.

Ik trek de deur open en het gezoem verandert ogenblikkelijk in een oorverdovend lawaai. De wolk die me aanvalt is zo dik dat ik bijna stik. Ik sla wild om me heen, maar ze vliegen in mijn haar, mijn ogen, mijn mond. Pas dan besef ik wat de vliegen naar deze kamer heeft gelokt. Naar dit huis.

Naar mij. Ze hebben het op mij voorzien.

Een

Dat beklemmende gevoel had ik niet toen ik die dag begin augustus de North Point Way insloeg en voor het eerst naar Brodie's Watch reed. Ik wist alleen dat de weg gerepareerd moest worden en dat de stoep ongelijk was door woekerende boomwortels. De makelaar die het pand onder beheer had, had me door de telefoon verteld dat het huis meer dan honderdvijftig jaar oud was en gerenoveerd werd. De eerste paar weken zouden er een paar timmermannen in huis zijn om de toren op te knappen, maar om die reden kon een huis met zo'n geweldig uitzicht op zee voor een schijntje verhuurd worden.

'Een paar weken geleden moest degene die het huurde de stad verlaten, haar contract liep pas over een paar maanden af. Je belt dus precies op het juiste moment,' zei ze. 'De eigenaar wil het huis niet de hele zomer leeg laten staan. Hij zoekt iemand die er goed voor zal zorgen. Hij hoopt weer een vrouwelijke huurder te vinden. Hij denkt dat vrouwen verantwoordelijker zijn.'

De gelukkige nieuwe vrouwelijke huurder ben ik toevallig.

Op de achterbank miauwt Hannibal, mijn kat, dat hij bevrijd wil worden uit de kattenreismand waarin hij sinds we zes uur geleden Boston verlieten gevangen zit.

Ik kijk achterom en zie dat hij me door het luikje aanstaart, een enorme Maine Coon met nijdige groene ogen. 'We zijn er bijna,' stel ik hem gerust, hoewel ik me zorgen begin te maken dat ik de verkeerde afslag heb genomen. Boomwortels en vorstscheuren hebben het wegdek beschadigd en de afstand tussen de bomen lijkt steeds kleiner te worden. Mijn oude Subaru, zwaarbeladen met bagage en keukenspullen, hotst en botst over de weg door een steeds nauwer wordende tunnel van dennen en sparren. Er is hier geen plek om te keren, ik moet wel verder op deze weg, waar hij ook heen leidt. Hannibal miauwt weer, deze keer dwingender, alsof hij wil zeggen: stop voor het te laat is!

Tussen de overhangende takken door vang ik een glimp op van de grijze lucht en plotseling maakt het bos plaats voor een met korstmos bedekte brede granieten helling. Het verweerde aanwijsbord bevestigt dat ik op de oprit naar Brodie's Watch ben, maar de mist is zo dik dat ik het huis nog niet kan zien. Ik rij verder de onverharde oprit op; het grind spat op onder mijn banden. Door de flarden mist heen vang ik een glimp op van door wind geteisterd struikgewas en een stenige vlakte en ik hoor zeemeeuwen in de lucht cirkelen en weeklagen als een legioen geesten.

Plotseling doemt het huis voor me op.

Ik zet de motor af, blijf even zitten en kijk omhoog naar Brodie's Watch. Geen wonder dat het onder aan de heuvel niet te zien was. De grijze gevelbetimmering gaat volledig op in de mist, het enige wat ik vaag kan onderscheiden is een toren die boven de laaghangende wolken uitsteekt. Er moet sprake zijn van een misverstand, want er was me verteld dat het huis groot was, maar ik verwachtte geen landhuis op een heuvel.

Ik stap uit de auto en kijk omhoog naar de gevelbetimmering die is verweerd tot een zilverachtig grijs. Op de veranda beweegt een schommelstoel piepend heen en weer alsof hij door een onzichtbare hand wordt geduwd. Het huis is ongetwijfeld tochtig, het verwarmingssysteem uit het jaar nul en ik stel me vochtige kamers voor waar het naar schimmel ruikt. Nee, dit is niet wat ik in gedachten had als zomerverblijf. Ik had gehoopt op een serene plek waar ik kon schrijven, waar ik kon schuilen.

Waar ik kon helen.

In plaats daarvan voelt dit huis als vijandig gebied, met ramen die me boosaardig aanstaren. De zeemeeuwen beginnen harder te krijsen, ze sporen me aan te vluchten nu het nog kan. Ik draai me om en net op het moment dat ik in mijn auto wil stappen hoor ik het geluid van knarsende banden op het grind. Een zilverkleurige Lexus komt achter mijn Subaru tot stilstand en een blonde vrouw stapt uit. Ze zwaait terwijl ze naar me toe loopt. Ze is ongeveer van mijn leeftijd, ziet er goedverzorgd en aantrekkelijk uit en alles aan haar blaakt van zelfvertrouwen, van haar chique blazer tot haar 'ik ben je beste vriendin'-glimlach.

'Jij bent vast Ava?' zegt ze, haar hand uitstekend. 'Sorry dat ik een beetje laat ben. Ik hoop dat je niet lang hebt moeten wachten. Ik ben Donna Branca, de beheerder van het pand.'

Terwijl we elkaar de hand schudden, ben ik al een smoes aan het bedenken om onder het huurcontract uit te komen. *Dit huis is veel te groot voor mij. Het ligt te afgelegen. Het is te griezelig.*

'Fantastische plek, vind je niet?' zegt Donna, naar de stenige vlakte wijzend. 'Jammer dat je met dit weer niets kunt zien, maar als de mist optrekt, weet je niet wat je ziet, zul je paf staan van het uitzicht op zee.'

'Sorry, maar dit huis is niet wat ik–'

Ze loopt al het trappetje op naar de veranda, de huissleutels rinkelen in haar hand. 'Je hebt geluk dat je net op het juiste moment belde. Even daarna waren er nog twee geïnteresseerden. Het is 's zomers een gekkenhuis hier in Tucker Cove, toeristen vechten om de huurhuizen. Het lijkt wel of niemand dit jaar de zomer in Europa wil doorbrengen. Ze zoeken het liever dichter bij huis.'

'Ik ben blij dat er nog meer mensen geïnteresseerd zijn in het huis, want ik denk dat het voor mij te–'

'Voilà! Welkom!'

De voordeur zwaait open en ik zie een glanzende eikenhouten vloer en een trap met een prachtig bewerkte leuning.

Welke uitvluchten er ook op het puntje van mijn tong lagen, ze verdwijnen als bij toverslag en het is alsof een onverbiddelijke kracht me over de drempel trekt. In de hal zie ik een kristallen kroonluchter en een fraai bewerkt plafond. Ik dacht dat het huis koud en vochtig zou zijn, dat er een geur van stof en schimmel zou hangen, maar ik ruik verse verf en boenwas. En de zee.

'De renovatie is bijna klaar,' zegt Donna. 'De timmermannen moeten nog in de toren en op de uitkijkpost zijn, maar ze zullen je geen last bezorgen. Ze zijn er alleen doordeweeks, in het weekend heb je het rijk alleen. De eigenaar was bereid om de huur deze zomer te verlagen vanwege de overlast van de timmerlieden, maar ze blijven nog maar een paar weken. De rest van de zomer heb je dit fantastische huis helemaal voor jezelf.' Ze ziet dat ik vol bewondering naar de sierlijsten kijk. 'Ze hebben het mooi gerestaureerd, vind je niet? Ned, onze vaste timmerman, is echt een vakman. Hij kent elk hoekje en gaatje van dit huis. Kom, dan laat ik je de rest van het huis zien. Omdat je waarschijnlijk recepten gaat uitproberen zul je wel benieuwd zijn naar de gewéldige keuken.'

'Heb ik je over mijn werk verteld? Dat kan ik me helemaal niet herinneren.'

Ze begint schaapachtig te lachen. 'Je zei aan de telefoon dat je kookboeken schrijft, en ik heb je gegoogeld. Ik heb je boek over olijfolie al besteld. Ik hoop dat je het wilt signeren.'

'Met alle plezier.'

'Ik denk dat je het een perfect huis zult vinden om te schrijven.' Ze gaat me voor naar de keuken, een grote, lichte ruimte met zwarte en witte vloertegels die in een geometrisch patroon zijn gelegd. 'Er is een fornuis met zes pitten en een extra grote oven. De keukenspullen zijn tamelijk basic, alleen wat potten en pannen, maar je zei dat je je eigen kookgerei zou meenemen.'

'Ja. Ik heb een lange lijst recepten die ik moet testen, en ik ga nergens heen zonder mijn messen en sauteerpannen.'

'En waar gaat je nieuwe boek over?'

'Over de traditionele gerechten van New England. Ik onderzoek de keuken van zeevarende families.'

Ze lacht. 'Dus gezouten kabeljauw en nog eens gezouten kabeljauw.'

'Het gaat ook over hun manier van leven. Over de lange winters en de koude nachten en de risico's die de vissers namen om hun vangst binnen te halen. Het was niet makkelijk om van de zee te leven.'

'Nee, dat was het zeker niet. Het bewijs daarvan zie je in de volgende kamer.'

'Hoe bedoel je?'

'Kom maar mee.'

We gaan de naar de voorkamer, waar in de haard al hout en aanmaakhout klaarligt om aangestoken te worden. Boven de schoorsteenmantel hangt een olieverfschilderij van een schip op woeste zee, waarvan de voorplecht het door de wind opgeschud schuim doorklieft.

'Het is een reproductie,' zegt Donna. 'Het origineel hangt bij het Historisch Genootschap in het dorp, waar ze ook een portret van Jeremiah Brodie hebben. Een knappe vent. Groot, met gitzwart haar.'

'Brodie? Heet het huis daarom Brodie's Watch?'

'Ja. Kapitein Brodie heeft veel geld verdiend als gezagvoerder op een schip dat van hier heen en weer naar Shanghai voer. Hij heeft dit huis in 1861 laten bouwen.' Ze kijkt naar het schilderij met het schip dat door de golven ploegt, en huivert. 'Ik word al zeeziek als ik ernaar kijk. Ik ga voor geen goud aan boord van zo'n ding. Zeil jij?'

'Ja, als kind, maar ik ben al jaren niet meer op een boot geweest.'

'Deze kust wordt door liefhebbers beschouwd als een van de

mooiste plekken in de wereld om te zeilen. Maar het is niks voor mij.' Ze loopt naar de schuifdeuren achter in de kamer en trekt ze met een zwaai open. 'Dit is mijn lievelingskamer.'

Ik loop naar binnen en mijn blik gaat onmiddellijk naar het uitzicht vanuit het raam. Ik zie flarden mist voorbijtrekken en door het gordijn van nevel vang ik een glimp op van wat er achter ligt: de zee.

'Als de zon doorbreekt, is het uitzicht adembenemend,' zegt Donna. 'Je kunt de zee nu niet zien, maar wacht maar af. Morgen is de mist opgetrokken.'

Ik wil nog wat langer bij het raam blijven staan, maar ze heeft haast met haar rondleiding en gaat me voor naar een statige eetkamer waar een zware eikenhouten tafel en acht stoelen staan. Aan de muur hangt nog een schilderij van een schip, maar dit is duidelijk van een minder begaafde maker. De naam van het vaartuig staat op de romp.

The Minotaur.

'Dat was zijn schip,' zegt Donna.

'Het schip van kapitein Brodie?'

'Het is het schip waarmee hij is omgekomen. Zijn eerste stuurman heeft dit schilderij gemaakt en het Brodie cadeau gedaan een jaar voordat ze beiden op zee vermist raakten.'

Ik kijk naar het schilderij van *The Minotaur* en de haartjes in mijn nek staan plotseling rechtovereind, alsof er een koude wind door de kamer gaat. Ik draai me om om te kijken of er een raam openstaat, maar ze zitten allemaal potdicht. Donna lijkt het ook te voelen en slaat haar armen om zich heen.

'Het is geen fantastisch schilderij, maar meneer Sherbrooke zegt dat het bij het huis hoort. Omdat zijn eerste stuurman het geschilderd heeft, neem ik aan dat het schip er zo uitzag.'

'Maar het is een beetje verontrustend dat het hier hangt,' mompel ik. 'Omdat het het schip is waarmee hij is omgekomen.'

'Dat zei Charlotte ook al.'

'Charlotte?'

'De vrouw die voor jou het huis huurde. Ze wilde er alles van weten, ze was van plan om er met de eigenaar over te praten.' Donna draait zich om. 'Kom, ik zal je de slaapkamers laten zien.'

Terwijl ik achter haar aan de wenteltrap op loop, laat ik mijn hand over de vakkundig bewerkte glanzende eikenhouten leuning glijden, die sterk en stevig aanvoelt. Dit huis werd gebouwd om eeuwenlang mee te gaan, om voor komende generaties te dienen als thuishaven, maar het staat nu leeg in de hoop dat het een eenzame vrouw met haar kat onderdak kan bieden.

'Had kapitein Brodie kinderen?' vraag ik.

'Nee, hij is nooit getrouwd. Het huis is nadat hij op zee is omgekomen naar een neef van hem overgegaan en daarna een paar keer van eigenaar gewisseld. Het is nu van Arthur Sherbrooke.'

'Waarom woont meneer Sherbrooke hier zelf niet?'

'Hij heeft een woning in Cape Elizabeth, in de buurt van Portland. Hij heeft dit huis jaren geleden van een tante geërfd. Het was in slechte staat toen hij het kreeg, en hij heeft al bakken geld uitgegeven om het op te knappen. Hij hoopt dat er een koper voor is, want hij wil er vanaf.' Ze kijkt me aan. 'Voor het geval je geïnteresseerd bent.'

'Een huis als dit zou ik nooit kunnen onderhouden.'

'Ik wou het je alleen even laten weten. Maar je hebt gelijk, het onderhoud van dit soort historische panden is niet te betalen.'

Terwijl we op de eerste verdieping over de gang lopen, wijst ze door de geopende deuren naar twee spaarzaam gemeubileerde slaapkamers en gaat vervolgens verder naar een deur aan het eind van de gang. 'Dit was,' zegt ze, 'de slaapkamer van kapitein Brodie.'

Ik stap naar binnen en adem opnieuw een sterke zeelucht in. De geur was me beneden ook al opgevallen, maar is nu zo overweldigend dat het lijkt alsof ik in de branding sta en het zeewater in mijn gezicht spat. Dan opeens is de geur weer verdwenen, alsof iemand een raam heeft gesloten.

'Met dit uitzicht word je wakker,' zegt Donna, naar het raam wijzend, hoewel daar op dit moment alleen maar mist te zien is. 'In de zomer komt de zon daar, boven het water op, dus je kunt de zonsopgang zien.'

Ik kijk naar de kale ramen. 'Geen gordijnen?'

'Privacy is hier geen issue, want geen mens ziet je hier. Het bijbehorende terrein loopt tot aan de vloedlijn.' Ze draait zich om en gebaart naar de open haard. 'Weet je hoe je een vuur moet aansteken? Dat je altijd eerst het rookkanaal moet openen?'

'Ik kwam vaak op de boerderij van mijn oma in New Hampshire, dus ik heb genoeg ervaring met open haarden.'

'Meneer Sherbrooke moet ervan op aan kunnen dat je voorzichtig bent. Oude huizen vatten snel vlam.' Ze pakt de sleutelbos uit haar jaszak. 'Tot zover de rondleiding.'

'Zei je net dat er een toren is?'

'Ja, maar daar heb je niets te zoeken. Het is een zooitje nu, er ligt allerlei elektrisch gereedschap en timmerhout. En ik zou al helemaal niet naar de uitkijkpost gaan zolang de timmermannen de vloer niet hebben vervangen. Die is niet veilig.'

Ik heb de sleutels die ze me aanreikt nog niet aangepakt. Ik denk aan mijn eerste indruk van het huis, aan de ramen die me als dode, glazige ogen aanstaarden. Brodie's Watch hield niet de belofte van troost in, van een toevluchtsoord, en mijn eerste impuls was om rechtsomkeert te maken. Maar nu ik binnen ben geweest, de geur van het huis heb opgesnoven en het hout heb aangeraakt, lijkt alles anders.

Dit huis heeft me geaccepteerd.

Ik pak de sleutels aan.

'Mocht je vragen hebben, ik ben van woensdag tot en met zondag op kantoor. Voor noodgevallen kun je altijd mijn mobiele nummer bellen,' zegt Donna als we het huis uit lopen. 'Er is een lijst met telefoonnummers die Charlotte in de keuken heeft opgehangen. Van de loodgieter, de dokter, de pizzabezorger.'

'En waar kan ik mijn post ophalen?'

'Er staat een brievenbus onder aan de weg. Maar je kunt in het dorp ook een postbus huren. Dat deed Charlotte.' Ze blijft bij mijn auto staan en staart naar de kattenreismand op de achterbank. 'Wow! Geen klein katje!'

'Hij is zindelijk hoor,' stel ik haar gerust.

'Hij is enorm.'

'Inderdaad. Ik moet hem op dieet zetten.' Als ik me vooroverbuig om de reismand van de achterbank te tillen, begint Hannibal door het luikje naar me te blazen. 'Hij houdt er niet van om zo lang in de auto opgesloten te zitten.'

Donna hurkt neer om Hannibal beter te kunnen zien. 'Zie ik extra tenen? Is het een Main Coon?'

'Al zijn zesentwintig pond.'

'Is het een goeie jager?'

'Zodra hij de kans krijgt.'

Ze glimlacht naar Hannibal. 'Dan zal hij het hier heerlijk hebben.'

Twee

Ik sjouw de kattenreismand het huis in en bevrijd het monster. Hannibal komt de kooi uit, werpt me een nijdige blik toe en sjokt naar de keuken. Natuurlijk is dat de eerste ruimte waar hij op afstevent. Zelfs in een vreemd huis als dit weet hij precies waar zijn maaltijd geserveerd zal worden.

Ik moet tien keer naar de auto lopen om mijn koffer, de kartonnen dozen met boeken, beddengoed en keukenspullen naar binnen te slepen, plus de twee tassen met boodschappen die ik voor de eerste dagen in Tucker Cove heb ingeslagen. Uit mijn appartement in Boston heb ik alles meegenomen wat ik voor de komende drie maanden denk nodig te hebben. De boeken die in mijn boekenkast stof hebben verzameld, boeken die ik altijd nog van plan was te lezen, zullen hier eindelijk opengeslagen worden. Mijn potjes kostbare kruiden en specerijen die ik waarschijnlijk niet in een kleine supermarkt in Maine kan kopen. Ik heb badpakken, zonnejurkjes, truien mee en een donzen jack, omdat zelfs in de zomer het weer in het zuidoosten van Maine onvoorspelbaar is. Dat is me althans verteld.

Tegen de tijd dat ik alles naar binnen heb gebracht is het zeven uur geweest. Ik ben door en door koud van de mist. Omdat ik naar een borrel bij een knapperend haardvuur snak, pak ik de drie flessen wijn uit die ik uit Boston heb meegenomen. Als ik de keukenkast opentrek om een glas te zoeken zie ik dat de vorige huurder soortgelijke verlangens had. Op de plank staan naast een exemplaar van *Koken met plezier* twee flessen single malt whiskey, een ervan bijna leeg.

Ik zet de fles wijn weg en pak de bijna lege fles whiskey uit de kast.

Het is mijn eerste avond hier in dit deftige oude huis, dus waarom niet? Ik blijf de rest van de avond thuis, ik heb een enerverende dag achter de rug en op deze grijze, koude avond is whiskey de perfecte drank. Ik geef Hannibal te eten en schenk twee vingers whiskey in een kristallen glas dat ik in de kast vond. Staand aan het aanrecht beloon ik mezelf met de eerste slok en ik slaak een zucht van genot. Terwijl ik de rest van het glas opdrink blader ik door *Koken met plezier*. Het boek zit onder de vetvlekken, het is blijkbaar veel gebruikt en erg geliefd. Op de titelpagina staat een handgeschreven opdracht.

Hartelijk gefeliciteerd, Charlotte! Nu je op jezelf woont, zul je dit nodig hebben.

Liefs, oma

Ik vraag me af of Charlotte weet dat ze haar boek hier heeft laten liggen. Als ik de bladzijden omsla zie ik dat ze allerlei aantekeningen naast de recepten heeft geschreven. 'Wat meer kerriepoeder... Te veel werk... Harry vond dit heerlijk!' Ik weet hoe erg ik het zou vinden als ik een van mijn lievelingskookboeken op een verkeerde plaats had teruggezet, vooral als ik het van mijn oma had gekregen. Charlotte zal het zeker terug willen hebben. Ik zal het aan Donna doorgeven.

De whiskey doet wonderen. Mijn wangen beginnen te gloeien, mijn schouders ontspannen zich en de spanning vloeit weg uit mijn lijf. Eindelijk ben ik dan in Maine, helemaal in mijn eentje met mijn kat in een huis aan zee. Ik wil niet denken aan wat me hierheen heeft gebracht, ik wil niet denken aan wie en wat ik heb achtergelaten. In plaats daarvan hou ik me bezig met hetgeen me altijd troost biedt: koken. Vanavond ga ik risotto maken omdat het eenvoudig en voedzaam is en de bereiding maar twee pannen en wat geduld vereist. Ik nip van mijn whiskey terwijl ik paddenstoelen, uitjes en ongekookte rijst bak en blijf roeren tot de rijst begint te knetteren. Als ik er witte wijn aan toevoeg, schenk ik er ook wat van in mijn inmiddels lege whiskeyglas. Het is niet helemaal de juiste drankvolgorde, maar er is niemand om me heen die erop let. Ik lepel hete bouillon in de pan en roer. Drink van mijn wijn. Roer nog wat meer. Nog een lepel hete bouillon, nog een slokje. Blijven roeren. Terwijl andere koks het misschien stierlijk vervelend vinden om de risotto in de gaten te houden, is dat precies wat ik er zo leuk aan vind. Je kunt het niet gehaast doen, je moet geduldig zijn.

Dus hou ik de wacht bij het fornuis, roer met een houten spatel en ben tevreden dat ik mijn aandacht alleen maar hoef te richten op wat er pruttelt op het gas. Ik strooi er wat verse doperwtjes, peterselie en geraspte Parmezaanse kaas over en bij de geur ervan loopt het water me in de mond.

Tegen de tijd dat ik mijn maaltijd eindelijk op de eettafel zet, is de avond gevallen. In Boston heb je 's avonds altijd de lichten van de stad, maar hier is door de ramen niets te zien. Er komen geen schepen langs, er is geen vuurtorenlicht, alleen de zwarte, zwarte zee. Ik steek een paar kaarsen aan, trek een fles chianti open en schenk een glas in. In een echt wijnglas deze keer. Mijn tafel ziet er fantastisch uit: kaarslicht, een linnen servet, tafelzilver en een met peterselie bestrooide schaal risotto.

Mijn mobiele telefoon gaat.

Nog voor ik de naam op het scherm lees, weet ik al wie me belt. Natuurlijk is zij het. Ik zie in gedachten hoe Lucy in haar appartement op Commonwealth Avenue met haar telefoon tegen haar oor gedrukt wacht tot ik opneem. Ik zie het bureau voor me waaraan ze zit, de ingelijste trouwfoto, het porseleinen schaaltje met paperclips, de rozenhouten klok die ik haar heb gegeven toen ze haar artsendiploma kreeg. Terwijl mijn telefoon maar blijft rinkelen zit ik met gebalde vuisten, terwijl ik misselijkheid voel opkomen. Als het bellen eindelijk stopt, is de stilte een verademing.

Ik neem een hapje risotto. Hoewel ik het recept tien keer heb gemaakt, is de risotto smakeloos als behanglijm en mijn eerste slok chianti is bitter. Ik had beter een fles prosecco open kunnen maken, maar die was niet gekoeld en mousserende wijn moet altijd goed gekoeld zijn, de fles bij voorkeur ondergedompeld in ijs.

De wijze waarop ik de laatste oudjaarsavond champagne serveerde.

Ik hoor nog het getinkel van ijsblokjes, de jazz uit mijn stereo en het gebabbel van vrienden, familie en collega's in mijn appartement in Boston. Ik had voor mijn feest alle registers opengetrokken en een fortuin uitgegeven aan Damariscotta-oesters en een hele poot Jamon Ibérico de Bellota. Ik herinner me dat ik om me heen keek naar mijn lachende gasten, de mannen met wie ik al naar bed was geweest zag en me afvroeg met wie ik die nacht zou slapen. Het was per slot van rekening oudjaarsavond, een avond die je niet in je eentje viert.

Stop, Ava. Niet aan die avond denken.

Maar ik kan het niet laten weer aan die wond te pulken, de korst open te krabben tot het weer gaat bloeden. Ik schenk mijn wijnglas bij en ga terug in mijn herinnering. Het lachen, het geluid van brekende oesterschelpen, de gelukzalige bruisende champagne op mijn tong. Ik herinner me dat mijn redacteur Simon een glanzende oester in zijn mond wipte. Ik herinner me dat Lucy, die die avond door het ziekenhuis opgeroepen kon worden, braaf alleen bruiswater dronk.

En ik herinner me hoe vakkundig Nick de kurk liet knallen. Ik herinner me hoe leuk hij er die avond uitzag, zijn das scheef en de mouwen van zijn overhemd tot zijn ellebogen opgerold. Als ik aan die avond terugdenk, kom ik altijd op Nick uit.

De kaars op mijn eettafel gaat sputterend uit. Ik kijk naar beneden en zie tot mijn verbazing dat de fles chianti inmiddels leeg is.

Als ik ga staan lijkt het huis te schommelen alsof ik op het deinend dek van een schip sta. Ik heb de ramen nog niet opengedaan, maar opnieuw waait de geur van de zee door de kamer, ik proef zelfs zout op mijn lippen. Of ik ben aan het hallucineren, of ik ben dronkener dan ik dacht.

Omdat ik te moe ben om de tafel af te ruimen laat ik mijn nauwelijks aangeraakte risotto op tafel staan en doe de lichten uit als ik naar de trap loop. Hannibal schiet voor me langs en ik struikel over hem, waarbij mijn scheenbeen tegen de vloer van de eerste verdieping knalt. Die verdomde kat kent dit huis al beter dan ik. Tegen de tijd dat ik in de slaapkamer ben, heeft hij al een plekje op het dekbed ingenomen. Ik heb de energie niet om hem weg te jagen. Ik doe het licht uit en ga naast hem liggen.

Ik val in slaap met de geur van de zee in mijn neus.

's Nachts voel ik het matras bewegen en ik steek mijn hand uit op zoek naar Hannibal, maar hij ligt er niet meer. Ik open mijn ogen, en even weet ik niet waar ik ben. Dan schiet het me weer te binnen: Tucker Cove. Het huis van de zeekapitein. De lege chiantifles. Waarom dacht ik dat vluchten iets zou veranderen? Waar je ook gaat, je sleept je eigen ellende als een rottend karkas met je mee, en dat karkas van mij heb ik helemaal naar dit eenzame huis aan de kust van Maine gesleept.

Een huis waar ik blijkbaar niet alleen ben.

Ik lig wakker, luister naar het trippelen van kleine pootjes tussen de muren. Het klinkt alsof er tien, misschien wel honderd muizen de muur achter mijn bed als snelweg gebruiken.

Hannibal is ook wakker. Hij loopt miauwend de kamer op en neer, tot waanzin gedreven door zijn katteninstinct.

Ik stap uit bed en open de slaapkamerdeur om hem eruit te laten, maar hij wil niet. Hij blijft maar heen en weer lopen en miauwen. Door het lawaai van die muizen en het kattengejank kan ik onmogelijk slapen. Omdat ik inmiddels klaarwakker ben, ga ik op de schommelstoel zitten om naar buiten te kijken. De mist is opgetrokken en de lucht is adembenemend helder. De zee strekt zich uit tot de horizon, elke rimpeling is zilverachtig door het maanlicht. Ik denk aan de volle fles whiskey in de keukenkast en vraag me af of een glaasje misschien zou helpen om de nacht door te komen, maar ik zit zo heerlijk in deze stoel dat ik geen zin heb om op te staan. Het uitzicht is prachtig, de zee strekt zich uit als geslagen zilver. Er waait een zacht briesje in mijn gezicht, het strijkt als een koele kus langs mijn huid, en ik ruik het weer: de geur van de zee.

Opeens is het stil in huis. Zelfs de muizen tussen de muren zijn stil, alsof iets, iemand, hen heeft gewaarschuwd. Hannibal begint keihard te blazen en alle haartjes op mijn arm gaan rechtovereind staan.

Er is nog iemand in deze kamer.

Ik kom met moeite overeind, mijn hart bonkt. De stoel blijft heen en weer schommelen terwijl ik speurend in het donker naar het bed loop. Ik zie alleen de omtrekken van de meubels en Hannibals gloeiende ogen, waarin het maanlicht weerspiegeld wordt terwijl hij naar iets in de hoek staart. Iets wat ik niet kan zien. Hij gromt als een wild beest en sluipt naar een schaduwplek.

Een eeuwigheid hou ik de wacht, mijn oren gespitst. Het maanlicht stroomt door het raam naar binnen en in de zilverachtige gloed zie ik niets bewegen. De stoel schommelt niet meer. De geur van de zee is verdwenen.

Er is niemand in de kamer. Alleen ik en mijn laffe kat.

Ik kruip weer in bed en trek het dekbed op tot mijn kin, maar ik heb het koud en ril. Pas als Hannibal onder het bed vandaan kruipt en naast me komt liggen hou ik op met trillen. Een warme, spinnende kat dicht tegen je aan maakt alles goed, en met een zucht begraaf ik mijn vingers in zijn vacht.

De muizen hebben het achter de muur weer op een rennen gezet.

'Morgen,' mompel ik, 'gaan we een ander huurhuis zoeken.'

Drie

Naast mijn pantoffels liggen drie dode muizen.

Slaapdronken en met een zwaar hoofd staar ik naar de gruwelijke geschenken die Hannibal die nacht voor me in de wacht heeft gesleept. Hij zit naast zijn giften, zijn borst trots vooruit, en ik denk terug aan de opmerking die de makelaar gisteren maakte toen ik haar vertelde dat mijn kat van jagen houdt.

Hij zal het hier naar zijn zin hebben.

In elk geval heeft een van ons het hier naar zijn zin.

Ik trek een spijkerbroek en een T-shirt aan en loop naar beneden om keukenpapier te halen. Zelfs door een dikke laag papier heen voelen de muizenlijkjes misselijkmakend zacht als ik ze oppak. Als ik de muizen in het papier vouw, kijkt Hannibal me aan met een blik van 'Wat doe je in godsnaam met mijn geschenk?' en hij komt achter me aan als ik met het pakketje de trap af naar de voordeur loop.

Het is een schitterende ochtend. De zon schijnt, de lucht is helder en naast de voordeur bloeit een rozenstruik. Ik overweeg de dode muizen onder een heesterhaag te gooien, maar omdat even verderop Hannibal op de loer ligt en zijn buit zal willen terugvorderen, loop ik om het huis heen naar de achterzijde om ze in zee te gooien.

Mijn eerste blik op de zee verblindt me. Met mijn ogen knipperend tegen het zonlicht sta ik op de rand van de klif en kijk naar de aanspoelende golven en de glanzende strengen zeewier die op de rotsen ver onder me zijn blijven hangen. Meeuwen scheren boven mijn hoofd en in de verte glijdt een kreeftenboot door het water. Het uitzicht imponeert me zo dat ik bijna vergeet waarom ik hier sta. Ik pak de dode muizen uit en gooi ze over de rand van de klif. Ze vallen op de rotsen en worden door de eerste de beste golf meegenomen.

Hannibal sluipt weg, ongetwijfeld om een nieuwe prooi binnen te halen.

Nieuwsgierig naar waar hij heen zal gaan, prop ik het verfrommelde keukenpapier onder een steen en ga ik achter hem aan. Hij ziet eruit als een kat met een missie zoals hij snuffelend over de rand van de klif een smal paadje tussen mos en hoog gras inslaat. De grond is hier schraal, het terrein bestaat voornamelijk uit met korstmos bedekt graniet. Het paadje loopt geleidelijk naar beneden naar een halvemaanvormig strandje tussen rotsblokken. Hannibal loopt nog steeds voorop, zijn staart steekt omhoog als een harig vaandel, en hij blijft maar één keer staan om te kijken of ik hem wel volg. Ik ruik de geur van rozen en zie een paar Japanse rozenbottelstruiken die hier ondanks de wind en de zoute zeelucht gedijen en waarvan de bloemen knalroze afsteken tegen het graniet. Ik wurm me erlangs, waarbij ik mijn onbedekte enkels openhaal aan de doornen, en spring van de rotsen op het strand. Er ligt hier geen zand, maar kleine kiezels die in de kabbelende golven heen en weer klotsen. Aan weerszijden van de kleine baai steken hoge rotsblokken in het water die het strand aan het zicht onttrekken.

Een privéplek voor mij.

Ik neem me voor daar te gaan picknicken. Dan neem ik een strandlaken, een lunch en natuurlijk een fles wijn mee. Als het in de loop van de dag warm wordt neem ik misschien wel een duik in het ijskoude water. Met de zon op mijn gezicht en de geur van rozen in de lucht voel ik me rustiger en gelukkiger dan ik me in maanden gevoeld heb. Misschien is dit wel de plek voor mij. Misschien is dit de plek die ik nodig heb, de plek waar ik kan werken. Waar ik eindelijk met mezelf in het reine kan komen.

Plotseling sterf ik van de honger. Ik kan me niet herinneren wanneer ik voor het laatst zo'n honger had. De afgelopen maanden ben ik zoveel afgevallen dat de broek die ik altijd mijn skinny jeans noemde nu los om mijn heupen hangt. Denkend aan roereieren en toast en liters koffie met room en suiker klim ik terug over het pad. Mijn maag knort en ik heb de smaak van de zelfgemaakte bramenjam die ik uit Boston heb meegenomen al in mijn mond. Hannibal trippelt voor me uit en wijst de weg. Of hij heeft het me vergeven dat ik zijn muizen heb weggegooid, of hij denkt net als ik ook aan zijn ontbijt.

Ik klauter de klif op en volg het pad naar de punt. Op de plek waar het land als de boeg van een schip vooruitsteekt staat het huis. Ik stel me voor hoe de gedoemde kapitein Brodie op de uitkijktoren over de zee tuurt, in weer en wind de wacht houdt. Ja, dit is bij uitstek de plek waar een zeekapitein een huis wil hebben, op deze door de wind geteisterde rots met...

Ik verstijf als ik omhoogkijk naar de uitkijktoren. Verbeeldde ik het me, of zag ik daar iemand staan? Ik zie nu niemand meer. Misschien is het een van de timmermannen, maar Donna zei dat die alleen doordeweeks werken, en vandaag is het zondag.

Ik ren over het pad en loop om het huis naar de veranda aan de voorzijde, maar behalve mijn Subaru zie ik geen auto's op de oprit staan. Als het een van de timmermannen was, hoe is hij dan hier gekomen?

Luid stampend loop ik het verandatrappetje op het huis in en roep: 'Hallo! Ik ben de nieuwe huurder!' Geen antwoord. Terwijl ik de trap op ga en op de overloop van de eerste verdieping loop, let ik op of ik in de toren de timmermannen hoor, maar ik hoor geen gehamer of gezaag, zelfs geen voetstappen.

De deur naar de torentrap piept luid als ik hem opentrek. Ik zie een donkere smalle trap.

'Hallo!' roep ik naar boven. Weer geen antwoord.

Ik ben nog niet in de toren geweest. In het halfduister zie ik licht door de spleten van een dichte deur boven aan de trap. Als daar iemand aan het werk is, is hij wel verdomd stil, en even komt de onaangename gedachte bij me op dat de insluiper niet een van de timmermannen is. Dat er iemand anders door de open voordeur naar binnen is geglipt, iemand die zich nu in de toren schuilhoudt en mij opwacht. Maar ik ben hier niet in Boston, ik ben in een dorp in Maine waar mensen hun huis niet afsluiten en hun autosleuteltjes in de auto achterlaten. Dat is me althans verteld.

De eerste tree kraakt vervaarlijk als ik mijn gewicht erop zet. Ik blijf staan en luister. Ik hoor nog steeds niets.

Het is de schelle miauw van Hannibal die me doet opschrikken. Ik kijk over mijn schouder en zie dat hij achter me staat, niet in het minst gealarmeerd, zo te zien. Hij schiet langs me heen, rent naar de gesloten deur boven aan de trap en wacht op me in het schemerdonker. Mijn kat is dapperder dan ik.

Op mijn tenen loop ik de trap op, terwijl mijn hartslag versnelt bij elke stap. Tegen de tijd dat ik op de bovenste tree sta, zijn mijn handen nat van het zweet en de deurknop voelt glibberig. Ik draai hem langzaam om en duw de deur open.

Zonlicht stroomt me tegemoet.

Verblind knijp ik mijn ogen tot spleetjes, en de torenkamer komt in beeld. Ik zie ramen met vegen zout. Zijdeachtige spinnenwebben aan het plafond wiegen door de in beweging gebrachte lucht heen en weer. Hannibal zit naast een stapel houten planken kalm zijn poot te likken. Overal ligt timmergereedschap – een lintzaag, schuurmachines, zaagbokken. Maar er is niemand.

Een deur leidt naar buiten, naar de uitkijkpost, het balkon

dat uitkijkt op zee. Ik open de deur en stap een frisse wind in. Als ik naar beneden kijk, zie ik het rotspad waarover ik net nog liep. Het geluid van de golven lijkt heel dichtbij, alsof ik op de boeg van een schip sta – een heel oud schip. De balustrade lijkt gammel, de verf is verweerd. Ik zet nog een stap en plotseling buigt het hout door onder mijn voeten. Ik stap meteen terug en zie dat de planken verrot zijn. Donna had me gewaarschuwd voor de uitkijkpost, en als ik nog verder was gelopen was hij waarschijnlijk bezweken onder mijn gewicht. Nog geen paar minuten geleden meende ik toch echt iemand op dit balkon, waar het hout wel karton lijkt, te zien staan.

Ik ga terug in de toren en sluit de deur tegen de wind. Met de op het oosten gerichte ramen is de kamer al warm van de ochtendzon. Ik blijf gebaad in het gouden licht staan en probeer een verklaring te vinden voor wat ik vanaf de klif heb gezien, maar het blijft een raadsel. Een weerspiegeling misschien. Een vervorming van het antieke glas in de ramen. Ja, dat moet het geweest zijn. Als ik door het raam kijk, is het beeld door rimpelingen vertekend, alsof ik door water kijk.

Vanuit mijn ooghoek zie ik iets glinsteren.

Ik draai me met een ruk om, maar zie alleen een wolk stofdeeltjes langsdrijven, fonkelend als miljoenen sterretjes in de zon.

Vier

Donna voert een telefoongesprek als ik het kantoor van Branca Property Sales and Management binnenloop. Ze steekt ter begroeting haar hand naar me op en gebaart naar de wachtruimte. Ik ga bij een raam in de zon zitten en terwijl zij haar gesprek voortzet, blader ik door een tijdschrift waarin huurpanden worden aangeboden. Ik zie Brodie's Watch er niet bij staan, maar er zijn genoeg andere aantrekkelijke opties, van cottages op het kiezelstrand tot appartementen in het dorp tot een indrukwekkend herenhuis aan Elm Street met een navenant indrukwekkende prijs. Terwijl ik de mooi gefotografeerde huizen bekijk, denk ik aan het uitzicht vanuit mijn slaapkamer in Brodie's Watch en aan mijn ochtendwandeling over het rotspad en de geur van de rozen. Hoeveel huizen in dit tijdschrift hebben een eigen privéstrand?

'Hallo, Ava. Bevalt het huis?'

Ik kijk op naar Donna, die haar telefoongesprek eindelijk heeft beëindigd. 'Er zijn, eh, een paar probleempjes waar ik het even met je over wil hebben.'

'O ja? Wat voor problemen?'

'Om te beginnen zijn er muizen.'

'Aha.' Ze zucht. 'Dat is inderdaad een probleem in sommige oude huizen hier. Omdat je een kat hebt, zou ik geen gif strooien. Ik kan je wel een paar muizenvallen geven.'

'Ik denk dat ik met een paar muizenvallen niet van het probleem af ben. Het klinkt alsof er een heel leger tussen de muren huist.'

'Ik kan Ned en Billy, de timmermannen, vragen om de gaten waar ze mogelijk door naar binnen komen dicht te maken. Maar het is een oud huis, de meeste mensen hier leren er gewoon mee te leven.'

Ik hou het tijdschrift met huurhuizen omhoog. 'Dus als ik een ander pand huur, zou ik met hetzelfde probleem zitten?'

'Op dit moment is er niets vrij in de huursector. Het is hartje zomer en alles is verhuurd, ik heb misschien alleen hier en daar nog een weekje. Maar je wilt toch iets voor langere tijd?'

'Ja, tot en met oktober. Dan heb ik de tijd om mijn boek te schrijven.'

Ze schudt haar hoofd. 'Ik vrees dat je niets zult vinden wat het uitzicht en de privacy van Brodie's Watch kan evenaren. De enige reden waarom de huur zo schappelijk is, is dat het huis gerenoveerd wordt.'

'Dat is mijn tweede vraag. De renovatie.'

'Ja?'

'Je zei dat de timmermannen alleen doordeweeks werken.'

'Klopt.'

'Toen ik vanochtend op het rotspad liep, meende ik iemand op de uitkijkpost te zien.'

'Op zondag? Ze hebben geen sleutel van het huis. Hoe zijn ze binnengekomen?'

'Ik had de voordeur niet afgesloten toen ik ging wandelen.'

'Was het Billy of Ned? Ned is in de vijftig. Billy begin twintig.'

'Ik heb niet echt iemand gesproken. Toen ik terug was, was er niemand in huis.' Ik denk even na. 'Het was misschien een speling van het licht. Misschien heb ik toch niemand gezien.'

Even is ze stil. Ik vraag me af wat er door haar hoofd gaat. *Is mijn huurder geschift?* Ze tovert een lach tevoorschijn. 'Ik zal Ned bellen en hem eraan herinneren dat hij je in het weekend niet mag storen. Je kunt het hem ook zelf zeggen als je hem ziet. Ze komen morgenochtend bij je. En wat het muizenprobleem betreft: morgen kan ik een paar muizenvallen bij je langsbrengen, als je wilt.'

'Nee, dat hoeft niet, ik wil ze nu meteen hebben. Waar verkopen ze die?'

'Bij Sullivan's Hardware, even verderop. Als je linksaf gaat, kun je het niet missen.'

Ik ben al bijna bij de deur als ik plotseling bedenk dat ik nog een vraag heb. Ik loop terug. 'Charlotte heeft een kookboek laten liggen. Ik wil het haar met alle plezier opsturen als jij weet waar ze het wil ontvangen.'

'Een kookboek?' Donna haalt haar schouders op. 'Misschien wil ze het niet meer.'

'Het was een cadeau van haar oma en Charlotte heeft er allerlei aantekeningen in geschreven. Ik weet zeker dat ze het terug wil hebben.'

Donna verlegt haar aandacht al van mij naar haar bureau. 'Ik stuur haar wel even een e-mail.'

De zon heeft alle toeristen naar buiten gelokt. In Elm Street ontwijk ik kinderwagens en loop ik met een wijde boog om kinderen met druipende ijshoorntjes heen. Het is, zoals Donna zei, hartje zomer: overal in de stad rinkelen de kassa's er vrolijk op los, restaurants zitten bomvol en grote hoeveelheden onfortuinlijke kreeften gaan hun stomende lot tegemoet. Ik loop langs het Historisch Genootschap van Tucker Cove, langs vijf winkels waar ze allemaal dezelfde T-shirts en toffees verkopen, en zie dan het uithangbord van Sullivan's Hardware.

Als ik de winkel binnenstap, klingelt een deurbel en het geluid doet me denken aan mijn kindertijd, aan de keren dat mijn opa mij en mijn oudere zus Lucy meenam naar precies zo'n ijzerwinkel. Ik blijf even staan en snuif de vertrouwde geuren van stof en vers gezaagd hout op en herinner me hoe liefdevol mijn opa altijd de hamers, schroeven, slangen en sluitringen bestudeerde. Een plek waar mannen van zijn generatie hun hart konden ophalen.

Ik zie niemand, maar ik hoor twee mannen ergens achter in de winkel praten over de voordelen van koperen kranen boven die van roestvrij staal.

Op zoek naar muizenvallen loop ik een gangpad in, maar ik zie alleen tuingereedschap. Troffels en spaden, tuinhandschoenen en schoppen. In het volgende gangpad zie ik alleen spijkers, schroeven en rollen met kettingen met alle mogelijke schakels. Alles wat je nodig hebt om een martelkamer te bouwen. Ik sta op het punt om een derde gangpad in te slaan als er plotseling vanachter een bord met schroevendraaiers een hoofd tevoorschijn komt. Het witte haar van de man staat als het pluis van een paardenbloem overeind en hij staart me aan door een bril die half op zijn neus staat.

'Kan ik u helpen, mevrouw?'

'Ja. Ik zoek muizenvallen.'

'Heeft u een knaagdierenprobleempje?' Hij loopt grinnikend om de kop van het gangpad heen naar me toe. Hij heeft werkschoenen aan en een gereedschapsriem om, maar hij lijkt me te oud om nog met een hamer te slaan. 'De muizenvallen liggen bij het keukengerei.'

Muizenvallen als keukengerei. Geen smakelijke gedachte. Ik loop achter hem aan naar een hoekje achter in de winkel waar ik een collectie spatels en goedkope aluminium potten en pannen zie. Alles zit onder het stof. Hij pakt iets en geeft het aan me. Verbaasd kijk ik naar de Victor-muizenvallen met springveer, zes in een verpakking. Precies dezelfde muizenvallen die mijn grootouders altijd in hun boerderij in New Hampshire uitzetten.

'Heeft u niet iets humaners?' vraag ik.

'Humaners?'

'Vallen die niet doden. Muisvriendelijke.'

'En wat ga je dan met ze doen als je ze gevangen hebt?'
'Ze vrijlaten. Ergens buiten.'
'Dan komen ze met dezelfde vaart weer terug. Tenzij je een eind met ze gaat rijden.' Hij buldert van de lach bij het idee.

Ik kijk naar de muizenvallen. 'Deze zien er zo wreed uit.'

'Smeer er een lik pindakaas op. Ze snuffelen eraan, zetten een pootje op de veer en *klap*! Hij grijnst als ik schrik van het geluid. 'Ze voelen niks, echt niet.'

'Ik denk niet dat ik–'

'Er is hier een expert die je gerust kan stellen.' Hij roept door de winkel: 'Hé, Doc! Vertel deze jongedame even dat ze niet zo teerhartig hoeft te zijn!'

Ik hoor voetstappen naderen en als ik me omdraai zie ik een man van ongeveer mijn leeftijd. Hij draagt een spijkerbroek en een geruit overhemd, en met zijn knappe gezicht lijkt hij zo uit de LL Bean-catalogus gestapt. Ik verwacht bijna een golden retriever in zijn kielzog. Hij heeft een koperen kraan in zijn hand, blijkbaar de winnaar van het 'roestvrij staal of koper'-gesprek dat ik net opving.

'Waarmee kan ik je helpen, Emmett?' vraagt hij.

'Vertel deze aardige dame dat de muizen echt niet zullen lijden.'

'Welke muizen?'

'De muizen in mijn huis,' leg ik uit. 'Ik wilde vallen kopen, maar deze...' Ik kijk naar de doos met muizenvallen en huiver.

'Ik heb haar al een paar keer gezegd dat ze prima werken, maar ze vindt ze wreed,' zegt Emmett.

'Aha. Oké.' Meneer LL Bean haalt onverschillig zijn schouders op. 'Geen enkele val is honderd procent humaan, maar deze ouderwetse Victor-vallen hebben het voordeel dat ze een muis bijna onmiddellijk doden. De klem breekt de ruggengraat en snijdt het ruggenmerg door. Dat betekent dat er geen pijnsignalen meer doorgegeven kunnen worden, het lijden van het beestje

wordt tot een minimum beperkt. Onderzoeken tonen aan dat–'
'Sorry, maar hoezo ben jij een expert op dit gebied?'
Hij lacht schaapachtig. Ik zie dat zijn ogen felblauw zijn en dat hij jaloersmakend lange wimpers heeft. 'Het is anatomisch verklaarbaar. Als er geen signalen van het ruggenmerg naar de hersenen kunnen gaan, voelt het beestje niets.'
'Dokter Ben kan het weten,' zegt Emmett. 'Hij is onze dorpsdokter.'
'Eigenlijk is het dokter Gordon. Maar iedereen noemt me dokter Ben.' Hij klemt de koperen badkamerkraan onder zijn linkerarm en steekt zijn hand naar me uit. 'En jij bent?'
'Ava.'
'Ava met het muizenprobleem,' zegt hij en we schieten allebei in de lach.
'Als je geen muizenvallen wilt gebruiken,' zegt Emmett, 'moet je misschien een kat nemen.'
'Ik heb een kat.'
'Heeft hij het probleem niet opgelost?'
'We zijn gisteren pas aangekomen. Hij heeft al drie muizen gevangen, maar volgens mij kan hij het probleem niet in z'n eentje oplossen.' Ik kijk naar de muizenvallen en zucht. 'Ik denk dat ik ze toch maar koop. Een val is waarschijnlijk humaner dan dat mijn kat ze opvreet.'
'Ik doe er nog een extra doos bij, gratis,' zegt Emmett. Hij loopt naar de kassa voor in de winkel en slaat mijn aankoop aan. 'Succes ermee, jongedame,' zegt hij terwijl hij me een plastic zak met mijn muizenvallen overhandigt. 'Wees voorzichtig als je ze plaatst, want voor het weet zitten je vingers ertussen.'
'Smeer er pindakaas op,' zegt dokter Gordon.
'Ja, dat advies kreeg ik net ook al. Het is het volgende op mijn boodschappenlijstje. Ik denk dat dit erbij hoort als je een oud huis huurt.'
'Welk huis is het?' vraagt Emmett.

'Het huis op de punt. Brodie's Watch.'

De plotselinge stilte zegt meer dan alles wat de mannen hadden kunnen zeggen. Ik vang de blik op die ze elkaar toewerpen en zie dat Emmett zijn wenkbrauwen fronst, waardoor er diepe rimpels in zijn gezicht verschijnen.

'Jij bent dus de vrouw die Brodie's Watch huurt,' zegt Emmett. 'Blijf je er lang?'

'Tot en met eind oktober.'

'En bevalt het je daar op die punt?'

Ik kijk van Ben naar Emmett en vraag me af wat ze verzwijgen. Het is duidelijk dat ze iets, iets belangrijks, achterhouden. 'Op de muizen na, prima.'

Emmett verbergt zijn verwarring met een geforceerd lachje. 'Nou, je komt maar weer langs als je nog iets anders nodig hebt.'

'Dank je.' Ik loop naar de deur.

'Ava?' Dokter Gordon roept me.

'Ja?'

'Is er iemand bij je daar?'

Zijn vraag overdondert me. Onder andere omstandigheden zou ik op mijn hoede zijn als een onbekende mij vroeg of ik alleen woonde en mijn kwetsbare positie niet prijsgeven, maar ik zie geen gevaar in zijn vraag, alleen maar bezorgdheid. Beide mannen kijken me aan, en er hangt een vreemde spanning in de lucht, alsof ze allebei met ingehouden adem op mijn antwoord wachten.

'Ik heb het hele huis voor mezelf. En mijn kat.' Ik trek de deur open en blijf staan. Achterom kijkend voeg ik eraan toe: 'Mijn heel grote, heel gemene kat.'

Die avond voorzie ik zes muizenvallen van pindakaas en zet er drie in de keuken, twee in de eetkamer en een op de overloop. Om te voorkomen dat Hannibal er met zijn poot in vast komt te zitten, zet ik hem in mijn slaapkamer. Omdat de slimme

Hannibal een ontsnappingsartiest is die met zijn poten een deurknop kan omdraaien, schuif ik de grendel voor de deur, waarmee ik me samen met hem opsluit. Hij is niet blij met deze situatie en loopt rusteloos heen en weer, terwijl hij me met zijn gemiauw smeekt om weer op muizenjacht te mogen gaan.

'Sorry, jongen,' zeg ik. 'Vanavond ben je mijn gevangene.'

Ik knip het licht uit en zie in het maanlicht hoe hij heen en weer blijft lopen. Het is opnieuw een heldere, rustige avond, de zee kalm en glad als gesmolten zilver. Ik zit in het donker bij het raam en drink als slaapmutsje een glas whiskey en verwonder me over het uitzicht. Wat is er romantischer dan een maanverlichte avond in een huis aan zee? Ik denk aan de andere avonden waarop maanlicht en een paar borrels me deden geloven dat dít de man was die me gelukkig zou maken en die de tand des tijds zou doorstaan. Maar na een paar dagen of een paar weken kwamen altijd de eerste scheurtjes aan het licht en drong tot me door: nee, hij is niet de ware voor mij. Tijd om verder te gaan en verder te zoeken. Er is heus nog wel iemand anders, iemand die beter is, toch? Neem nooit genoegen met meneer Goed Genoeg.

Nu zit ik hier in mijn eentje, mijn huid gloeit van de hele dag in de zon en van de alcohol die nu door mijn aderen stroomt. Ik reik nog maar eens naar de fles, en als mijn arm langs mijn borst strijkt, voel ik mijn tepel tintelen.

Het is maanden geleden dat een man me daar heeft aangeraakt. Maanden geleden dat ik ook maar iets van opwinding heb gevoeld. Sinds oudjaarsavond is mijn lichaam in diepe slaap, is alle begeerte verstard in een winterslaap. Maar vanochtend, toen ik op het strand stond, voelde ik vanbinnen iets tot leven komen.

Ik doe mijn ogen dicht en meteen komt de herinnering aan die bewuste avond bij me naar boven. Het aanrecht in mijn keuken staat vol gebruikte wijnglazen, vieze borden en schotels met lege oesterschelpen. De koude tegels onder mijn naakte rug. Zijn lichaam boven op me, steeds maar weer in me stotend. Maar ik wil niet aan hém denken. Dat verdraag ik niet. In plaats daarvan tover ik een anoniem, onschuldig persoon tevoorschijn, een man die niet bestaat. Een man voor wie ik alleen lust voel, geen liefde. Geen schaamte.

Ik vul mijn glas opnieuw met whiskey, ook al weet ik dat ik vanavond al te veel heb gehad. Mijn scheenbeen doet nog steeds pijn van die klap gisteravond op de overloop, en vanmiddag zag ik nieuwe blauwe plekken op mijn arm. Ik heb geen idee wanneer of waar ik die heb opgelopen. Dit glas is mijn laatste voor vanavond. Ik sla de whiskey achterover en plof op mijn bed neer, waar het maanlicht, wit als melk, op mijn lichaam valt. Ik knoop mijn nachtpon open en laat de koele zeewind over mijn lichaam gaan. Ik stel me voor dat de handen van een man me betasten. Een man zonder duidelijk gezicht en zonder naam die al mijn verlangens kent, een perfecte minnaar die alleen in mijn fantasie bestaat. Mijn ademhaling versnelt. Ik doe mijn ogen dicht en hoor mezelf kreunen. Voor het eerst in maanden hongert mijn lichaam naar een man. Ik stel me voor dat hij mijn polsen pakt en ze boven mijn hoofd vasthoudt. Ik voel zijn eeltige handen, zijn ongeschoren gezicht tegen mijn huid. Mijn heupen komen omhoog om de zijne te ontmoeten. Er waait een briesje door het open raam, de geur van de zee verspreidt zich door de kamer. Ik voel zijn handen mijn borsten omvatten, mijn tepels strelen.

'Jij bent de vrouw op wie ik heb gewacht.'

Zijn stem is heel dichtbij en heel écht, mijn adem stokt en ik open mijn ogen. In paniek staar ik naar de donkere gestalte boven me. Het is geen vast lichaam, maar een bewegende schaduw die langzaam wegdrijft en als mist in het maanlicht verdwijnt.

Ik schiet overeind en doe het licht aan. Met bonkend hart kijk ik om me heen of ik de insluiper zie. Maar ik zie alleen

Hannibal, die in de hoek van de kamer zit en me aankijkt.

Ik spring overeind om de deur te checken. Hij zit nog stevig op slot. Ik loop naar de kast, trek de deur open en controleer de plek naast mijn hangende kleren. Ik zie geen insluiper, maar helemaal in het hoekje achterin, ontdek ik een bundeltje zijde. Het is een roze zijden sjaal die niet van mij is. Waar komt hij vandaan?

Er is nog één plek in de kamer die ik niet gecontroleerd heb. Ik trotseer mijn kindernachtmerries over monsters onder mijn bed, ga op mijn knieën en kijk onder de boxspring. En natuurlijk is daar niemand. Wel vind ik een verdwaalde slipper. Net als de zijden sjaal is die waarschijnlijk ook achtergelaten door de vrouw die hier voor mij woonde.

Verbijsterd ga ik op bed zitten om te begrijpen wat ik net heb ervaren. Het was een droom, dat kan niet anders, maar die droom was zo levensecht dat ik nog steeds tril.

Ik betast mijn borsten door mijn nachtpon heen en denk aan de hand op mijn huid. Mijn tepels worden weer hard bij de herinnering aan wat ik voelde. Wat ik hoorde. Wat ik rook. Ik kijk naar de sjaal die ik in de kast vond. Pas dan zie ik het Franse merkje en dringt het tot me door dat het een Hermès-sjaal is. Hoe kon Charlotte die hier laten liggen? Als ik zo'n sjaal had, zou die als eerste in mijn koffer gaan. Ze had vast haast toen ze pakte, anders had ze haar geliefde kookboek en deze dure sjaal hier niet achtergelaten. Ik denk aan mijn ervaring van zojuist. Aan de hand die mijn borsten liefkoosde, aan de gedaante wervelend in de schaduw. En aan de stem. Een mannenstem.

Heb jij hem ook gehoord, Charlotte?

Vijf

Twee mannen zijn mijn huis binnengedrongen. Geen fantasiemannen, maar echte mannen die Ned Haskell en Billy Conway heten. Ik hoor ze timmeren en zagen boven in de torenkamer, waar ze de planken vloer van de uitkijkpost vervangen. Terwijl zij boven aan het werk zijn, meng ik beneden in de keuken boter, suiker en gehakte walnoten tot een smeuïg beslag. Ik heb mijn keukenmachine thuis in Boston achtergelaten, dus ik moet nu op de ouderwetse manier koken en mijn spieren en blote handen gebruiken. Het fysieke werk is ontspannend, hoewel ik weet dat ik morgen spierpijn in mijn armen zal hebben. Vandaag probeer ik het recept van een toffeecake uit dat ik in een dagboek uit 1880 vond dat van een vrouw van een zeekapitein is geweest. Het is een genot om in deze lichte, ruime keuken te werken, die is ontworpen met een grote huishoudelijke staf in het achterhoofd. Gezien de indrukwekkende ruime kamers was kapitein Brodie een vermogend man die waarschijnlijk een kok, een huishoudster en een paar keukenmeisjes in dienst had. In zijn tijd werd er op een houtgestookt fornuis gekookt en in plaats van een koelkast hadden ze een met zink beklede kast met blokken ijs die regelmatig werden vervangen door de lokale ijsman. Terwijl mijn toffeecake in de oven staat en de geur van kaneel zich in de keuken verspreidt, stel ik me voor dat het personeel hier de groenten hakte, kippen plukte. En dat in de eetkamer de tafel met porselein en kaarsen gedekt stond. Kapiteins namen uit alle windstreken souvenirs mee naar huis, en ik vraag me af waar de schatten van kapitein Brodie gebleven zijn. Zijn ze naar zijn erfgenamen gegaan of in antiekwinkels en op vuilstortplaatsen beland? Ik zal deze week eens naar het plaatselijk Historisch Genootschap gaan om te onderzoeken of zij bezittingen van de kapitein hebben. Simon, mijn redacteur, was door mijn beschrijving van het huis nieuwsgierig geworden en vroeg me vanochtend in een e-mail op zoek te gaan naar informatie over kapitein Jeremiah Brodie. *Vertel wat voor soort man het was. Was hij groot of klein? Knap of lelijk? Hoe is hij aan zijn eind gekomen?*

De timer van de oven piept.

Ik haal de cake uit de oven en snuif de rijke geur van stroop en specerijen op, dezelfde aroma's die vroeger deze keuken misschien hebben gevuld en door het huis zweefden. Zou de kapitein deze cake met een topping van zoete room die ik op een sierlijke porseleinen schaal serveer lekker hebben gevonden? Of hield hij meer van geroosterd vlees en aardappelen? Ik stel me hem het liefst voor als een man met een avontuurlijke smaak. Hij was tenslotte ook dapper genoeg om de gevaren van de zee te trotseren.

Ik snij een plakje cake af en neem een hapje. Ja, dit recept moet beslist in mijn boek worden opgenomen, samen met het verhaal over hoe ik het heb ontdekt: handgeschreven in de kantlijn van een dagboek dat ik op een inboedelveiling op de kop heb getikt. De cake is heerlijk, maar ik krijg hem natuurlijk niet in m'n eentje op. Ik snij hem in stukken en ga ermee naar boven, naar de twee mannen, die inmiddels wel trek zullen hebben.

In de torenkamer ligt de vloer bezaaid met stapels hout, zaagbokken, gereedschapskisten en een lintzaag. Ik baan me een weg over de hindernisbaan en trek de deur naar de uitkijkpost open, waar de mannen een plank op z'n plaats timmeren. Ze hebben de verrotte balustrade al weggehaald en vanaf hun onbeschermde plek bevinden ze zich op een duizelingwekkende hoogte.

Omdat ik geen stap over de drempel durf te zetten roep ik: 'Als jullie cake willen, ik heb er net een uit de oven gehaald.'

'Perfect tijdstip voor een pauze,' zegt Billy, de jongere man, en beiden leggen hun gereedschap neer.

Omdat er geen stoelen in de torenkamer zijn, blijven we staan. De mannen nemen een stuk cake en eten dat in geconcentreerde stilte op. Ned is ongeveer dertig jaar ouder dan Billy, maar de mannen lijken zo op elkaar dat ze vader en zoon zouden kunnen zijn. Ze zijn allebei bruin en gespierd, hun T-shirts zitten onder het zaagsel en hun spijkerbroeken zijn afgezakt door het gewicht van hun gereedschapsriem.

Met zijn mond vol cake glimlacht Billy naar me. 'Bedankt, mevrouw! Het is voor het eerst dat een klant iets voor ons bakt!'

'Het is mijn werk,' leg ik uit. 'Ik heb een lange lijst recepten die ik moet uitproberen, en ik kan niet alles in mijn eentje op.'

'Bent u bakker van beroep?' vraagt Ned. Met zijn grijze haar en zijn serieuze blik komt hij op me over als een man die goed nadenkt voordat hij iets zegt. Alles wat ik van zijn hand in dit huis zie, getuigt van precisie en vakmanschap.

'Ik schrijf kookboeken. Ik ben nu bezig met een boek over traditionele gerechten uit New England, en alle recepten die ik in het boek opneem probeer ik eerst uit.'

Billy steekt zijn hand op. 'Soldaat Billy Conway meldt zich vrijwillig aan om uw proefkonijn te zijn. U kookt en ik eet het op,' zegt hij en we moeten alle drie lachen.

'Wanneer is de vloer klaar?' vraag ik naar de uitkijkpost wijzend.

'We hebben nog ongeveer een week nodig om de planken te vervangen en een nieuwe balustrade te maken,' antwoordt Ned. 'Daarna gaan we hier verder. Dat duurt ook nog een week.'

'Ik dacht dat jullie klaar waren met de torenkamer.'

'Dat dachten wij ook. Maar Billy heeft per ongeluk een plank door het stucwerk gestoken.' Hij wijst naar een gat in de muur. 'Het is hol daar. Er zit een ruimte achter.'

'Hoe groot denk je dat die ruimte is?'

'Ik heb er met een zaklantaarn in geschenen en ik kan de tegenoverliggende muur niet zien. Arthur heeft gezegd dat we een stuk moeten openbreken om te kijken wat erachter is.'

'Arthur?'

'De eigenaar, Arthur Sherbrooke. Ik hou hem van onze werkzaamheden op de hoogte, en dit maakte hem heel nieuwsgierig. Hij heeft geen idee wat zich achter die muur bevindt.'

'Misschien een geheime opslagplaats voor goud,' zegt Billy.

'Als het maar geen lijk is,' bromt Ned, cakekruimels van zijn handen slaand. 'We gaan weer aan de slag. Bedankt voor de cake, mevrouw.'

'Noem me alsjeblieft Ava.'

Ned knikt beleefd. 'Ava.'

Ze lopen beiden naar de uitkijkpost als ik roep: 'Is een van jullie toevallig zondagochtend langs geweest?'

Ned schudt zijn hoofd. 'In het weekend werken we hier niet.'

'Ik maakte een wandeling over het rotspad en toen ik omhoog naar het huis keek, zag ik iemand op de uitkijkpost staan.'

'Ja, Donna zei al dat je iemand had gezien, maar wij kunnen het huis niet in als jij er niet bent. Of je moet ons een sleutel geven. Dat deed de vorige huurder ook.'

Ik kijk naar de uitkijkpost. 'Het is echt heel vreemd. Ik kan zweren dat ik hem dáár zag staan.' Ik wijs naar de rand.

'Dat zou nogal dom van hem zijn,' zegt Ned. 'De vloer is door en door verrot. Daar kan niemand staan.' Hij pakt een breekijzer, stapt op de plank die ze zojuist hebben gelegd en steekt het breekijzer in een van de oude planken. Het metaal zakt erin weg. 'Als iemand hier was gaan staan, was -ie door de vloer gezakt. Je kunt erop wachten dat het op een rechtszaak uitdraait. De eigenaar had de vloer al jaren geleden moeten laten repareren. Hij heeft geluk dat er niet nog een ongeluk is gebeurd.'

Ik sta naar het vermolmde hout te staren, en het duurt even voor zijn woorden tot me doordringen. Ik kijk op. 'Nog een ongeluk?'

'Ik weet niks over een ongeluk,' zegt Billy.

'Omdat jij toen nog in de luiers lag. Het is zo'n twintig jaar geleden gebeurd.'

'Wat is er gebeurd?'

'Het huis was al in slechte staat toen Miss Sherbrooke overleed. Ik deed zo nu en dan wat klusjes voor haar, maar tijdens de laatste jaren van haar leven vond ze het niet prettig om werklui over de vloer te hebben, dus alles stortte zo'n beetje in. Na haar dood heeft het huis een paar jaar leeggestaan en werd het een ontmoetingsplek voor de jongeren hier uit het dorp, vooral met Halloween. Het was een soort overgangsrite om de nacht in het spookhuis door te brengen, te drinken en te zoenen.'

Mijn handen worden koud. 'Spookhuis?'

Ned snuift spottend. 'Mensen denken dat er in dit soort leegstaande huizen spoken rondwaren. Elk jaar met Halloween braken hier tieners in die zich een slag in de rondte zopen. Dat jaar is een meisje over de balustrade het dak op geklommen. De dakleien zijn spekglad als ze nat zijn en het motregende die avond.' Hij wijst naar beneden. 'Haar lichaam is daar neergekomen, op het graniet. Je begrijpt wel dat niemand zo'n val overleeft.'

'Jezus, Ned. Ik heb dat verhaal nooit gehoord,' zegt Billy.

'Niemand wil erover praten. Jessie was een mooie meid, ze was pas vijftien. Jammer dat ze in slecht gezelschap verkeerde. De politie noemde het een ongeluk, en daarmee was de kous af.'

Ik staar naar buiten, naar de uitkijkpost en stel me een druilerige Halloweenavond voor en een meisje dat Jessie heet. Ze heeft te veel gedronken en klautert in haar overmoed over de balustrade. Is ze ergens van geschrokken, was er iets waardoor ze haar grip verloor? Wat is er gebeurd? Ik denk aan wat ik afgelopen nacht in mijn slaapkamer meemaakte. En ik denk aan Charlotte, aan de haast waarmee ze haar koffers heeft gepakt en dit huis uit is gevlucht.

'Weten ze zeker dat de dood van het meisje een ongeluk was?' vraag ik Ned.

'Dat werd gezegd, maar ik was er helemaal niet zo zeker van. Ik ben er nog steeds niet zeker van.' Hij trekt zijn hamer uit zijn gereedschapsriem en richt zijn aandacht weer op zijn werk. 'Maar naar mij wordt niet geluisterd.'

Zes

Hannibal is verdwenen.

Pas als ik mijn avondeten ophef, besef ik dat ik mijn kat sinds Ned en Billy vertrokken zijn niet meer heb gezien. Buiten is het nu donker en als ik ergens van op aankan, is het wel dat Hannibal omstreeks etenstijd voor zijn voerbak zit.

Ik trek een trui aan en ga naar buiten, waar een koude zeewind staat. Ik roep zijn naam en loop om het huis heen naar het einde van de klif. Op de granieten uitspringende rand blijf ik staan en ik denk aan het meisje dat hier is neergekomen. In het licht dat door het raam naar buiten valt, denk ik de bloedspetters van het meisje op de rots te zien, maar het zijn natuurlijk gewoon de donkere korstmosplekken op het graniet. Ik kijk omhoog, naar de uitkijkpost, waar het meisje aan de balustrade heeft gehangen, en ik stel me voor hoe ze in het donker op het keiharde graniet is neergestort. Ik wil niet bedenken wat zo'n val met een menselijk lichaam doet, maar het beeld van een verbrijzelde ruggengraat en een als een ei opengespleten schedel dringt zich aan me op. Plotseling hoor ik de zee zo luid dat het lijkt alsof er een golf bulderend op me afkomt. Ik loop weg van de rand van de klif, mijn hart bonkt. Het is te donker om nog verder te zoeken, Hannibal zal zichzelf moeten redden. Doen alle katers dat niet, de hele nacht rondzwerven en zoeken naar prooi? Met zijn zesentwintig pond kan hij makkelijk een paar maaltijden overslaan.

Ik moet hem nu echt eens laten castreren.

Ik loop terug naar het huis en net als ik de deur op slot wil doen, hoor ik zwak gemiauw. Het komt van boven.

Hij was al die tijd dus gewoon in huis. Heeft hij zichzelf ergens in een kamer opgesloten? Ik ga de trap op naar de eerste verdieping en open de deuren van de ongebruikte slaapkamers. Geen Hannibal.

Ik hoor opnieuw miauwen, nog steeds van boven. Hij moet in de torenkamer zijn.

Ik open de deur van de trap naar de torenkamer en knip het lichtknopje aan de muur aan. Ik ben halverwege de trap als de gloeilamp het plotseling met een pop-geluid begeeft. Ik sta in het pikkedonker. Ik had dat vierde glas wijn niet moeten drinken, want ik moet me aan de leuning vasthouden als ik de trap beklim. Het is alsof de duisternis vloeibaar is en ik het gewicht van mijn lichaam door water sleep, vechtend om boven te komen. Als ik uiteindelijk de torenkamer bereik, zoek ik de muur betastend het lichtknopje en knip het aan.

'Ben je hier, stouterd!'

Hannibal zit zelfvoldaan te midden van het gereedschap van de timmerlui, voor zijn poten een zojuist gedode muis.

'Kom, als je eten wilt.'

Hij lijkt totaal geen zin te hebben om met me mee naar beneden te gaan. Hij kijkt me niet eens aan, maar heeft zijn ogen gericht op het raam dat uitkijkt op de uitkijkpost. Waarom heeft hij geen honger? Vreet hij de muizen die hij vangt op? Ik huiver bij de gedachte dat hij met zijn buik vol ongedierte bij me op bed springt.

'Kom mee,' smeek ik. 'Ik heb tonijn voor je.'

Hij werpt me een snelle blik toe en kijkt dan weer naar het raam.

'Genoeg nu. We gaan.' Ik buk om hem op te pakken en schrik me rot als hij naar me blaast en met zijn poot naar me uithaalt. Ik trek mijn handen weg, mijn arm doet pijn. Ik heb

Hannibal sinds hij een kitten was en hij heeft me nog nooit aangevallen. Denkt hij dat ik zijn muis wil afpakken? Maar hij gunt me geen blik waardig. Zijn ogen zijn nog steeds strak gericht op het raam waar hij iets ziet wat ik niet kan zien.

Ik kijk naar de krassen op mijn arm waar parallel aan elkaar bloed uit sijpelt. 'Genoeg. Je krijgt geen eten.' Ik doe het licht uit en sta op het punt om in het donker naar beneden te gaan, als ik hem woest hoor grommen. Bij het geluid schieten mijn nekharen overeind. In het donker zie ik de geheimzinnige gloed van Hannibals ogen.

Maar ik zie nog iets: bij het raam doemt een schaduw op. Ik sta als aan de grond genageld, kan geen woord uitbrengen. Angst maakt zich van me meester wanneer de schaduw zo duidelijk een vaste vorm aanneemt dat ik het raam erachter niet meer kan zien. De geur van de zee stroomt in mijn neus, een geur die zo sterk is dat het lijkt alsof er een golf over me heen is geslagen.

Er verschijnt een man in het raam, zijn schouders worden omlijst door het maanlicht. Hij kijkt uit over de zee, zijn rug naar mij toegekeerd alsof hij zich niet van mijn aanwezigheid bewust is. Hij is groot en staat rechtop en heeft een dikke bos golvend zwart haar. Zijn lange donkere jas accentueert zijn brede schouders en slanke taille. Het is natuurlijk een sluw kunstje van de maan, mannen kunnen niet plotseling uit het niets verschijnen. Het kan niet dat hij daar staat. Maar Hannibals ogen gloeien als ook hij naar dit hersenspinsel van mij kijkt. Als daar niets is, waar kijkt mijn kat dan naar?

In paniek zoek ik het lichtknopje, maar ik voel alleen de kale muur. Waar is het licht, waar is het licht?

De gedaante draait zich om.

Ik verstijf, mijn hand ligt tegen de muur, mijn hart gaat als een razende tekeer. Hij blijft heel even staan, ik zie zijn gezicht en profiel, zijn scherpe neus, zijn vooruitgestoken kin. Dan keert hij zich naar me toe, en hoewel zijn ogen slechts zwakke flikkeringen zijn, weet ik dat hij naar mij kijkt. De stem die ik hoor, lijkt van overal en nergens tegelijk te komen.

'Niet bang zijn,' zegt hij.

Langzaam laat ik mijn hand zakken. Ik ben niet meer panisch op zoek naar het lichtknopje, ik ben totaal gefocust op hem, op een man die onmogelijk voor me kan staan. Hij komt zo zacht naderbij dat ik alleen mijn bloed in mijn oren hoor suizen. Ook als hij nog dichterbij komt kan ik me niet bewegen. Ik heb geen gevoel meer in mijn ledematen, alsof ik zweef, alsof mijn lichaam oplost in een schaduw. Alsof ik het fantoom ben, stuurloos in een wereld die niet van mij is.

'Onder mijn dak zal je niets gebeuren.'

De aanraking van zijn hand op mijn gezicht voelt net zo warm als mijn eigen huid, en net zo levend. Ik haal bevend diep adem en ruik de zilte geur van de zee. *Het is zijn geur.*

Maar terwijl ik van zijn aanraking geniet, voel ik zijn hand verdwijnen. Het zwakke maanlicht schijnt door hem heen. Hij werpt me een laatste lange blik toe, draait zich om en loopt weg. Hij vervaagt tot een ijle schaduw, vormeloos als stof. Bij de dichte deur naar de uitkijkpost blijft hij niet staan, maar loopt dwars door het hout en het glas naar buiten, naar de vloer zonder planken, een vloer die niet meer is dan een gapend gat. Hij struikelt niet, hij valt niet, maar stapt over lege lucht. Door de tijd.

Ik knipper met mijn ogen, en weg is hij.

Ook de geur van de zee is verdwenen.

Met stokkende adem reik ik naar de muur en vind deze keer het lichtknopje. In het plotseling verblindende licht zie ik het zaagsel en het gereedschap van de timmerlui en de stapel planken. Hannibal zit op de plek waar hij net rustig zijn poten zat te likken. De dode muis is weg.

Ik loop naar het raam en kijk naar de uitkijkpost.

Daar is niemand.

Zeven

Donna zit achter haar computer, haar vingers vliegen snel en efficiënt over het toetsenbord. Ze kijkt pas op als ik voor haar bureau sta, en zelfs dan alleen met een snelle blik en een beroepsmatige glimlach terwijl ze doorgaat met typen.

'Ik kom zo bij je. Even deze mail afmaken,' zegt ze. 'Een van onze huizen heeft lekkage. Ik moet een vervangende woning voor een paar boze huurders zoeken...'

Terwijl ze driftig door blijft typen, loop ik naar de muur waaraan de lijsten met te koop staande huizen hangen. Als ik naar Maine verhuisde, zou ik meer huis voor mijn geld krijgen dan in Boston. Voor de prijs van mijn driekamerappartement kan ik een huis op het platteland kopen met zo'n vierhonderd vierkante meter grond, een opknaphuis met vier slaapkamers in het dorp of een boerderij in Aroostook County. Ik schrijf kookboeken en kan overal in de wereld wonen. Ik heb alleen mijn laptop nodig, een internetverbinding en een goed functionerende keuken om recepten uit te testen. Zoals vele andere vakantiegangers die Maine in de zomer bezoeken, fantaseer ik ongewild dat ik mijn roots achter me laat en hier een nieuw leven begin. Ik stel me voor dat ik in het voorjaar bonen plant, in de zomer mijn zelfgeteelde tomaten oogst en in de herfst appels pluk. En in de lange, donkere winters, terwijl buiten de sneeuw dwarrelt, zou ik brood bakken terwijl er op het fornuis een stoofpot staat te sudderen. Ik zou een splinternieuwe Ava zijn, energiek, gelukkig en productief, en

me niet elke avond bezatten om maar te kunnen slapen.
'Sorry dat ik je liet wachten, Ava, maar het is hier vanochtend een gekkenhuis.'
Ik draai me om naar Donna. 'Ik heb nog een vraag. Een vraag over het huis.'
'Weer over die muizen? Als je het erg vervelend vindt, heb ik misschien in een andere stad een appartement voor je te huur. Het is een nieuw gebouw en er is geen uitzicht, maar–'
'Nee, met die muizen komt het wel goed. De afgelopen week heb ik er al een stuk of zes gevangen. Ik heb een vraag over de toren.'
'O.' Ze zucht, waarschijnlijk al vermoedend waarover ik kom klagen. 'Billy en Ned vertelden me dat de reparatiewerkzaamheden langer duren dan verwacht. Ze moeten die verborgen ruimte achter de muur toegankelijk maken. Als dat onacceptabel is voor jou, kan ik hun vragen om het werk tot na oktober uit te stellen, tot jij weg bent.'
'Nee, ik vind het prima dat ze in het huis aan het werk zijn. Ze zijn aardig gezelschap.'
'Fijn dat je er zo over denkt. Ned heeft een paar zware jaren achter de rug. Hij was heel blij dat meneer Sherbrooke hem deze klus gaf.'
'Volgens mij heeft een goede timmerman meer dan genoeg werk hier.'
'Ja, maar…' Ze slaat haar ogen neer. 'Ík heb hem altijd vertrouwd. En ik weet zeker dat de toren prachtig mooi wordt.'
'Over de toren gesproken…'
'Ja?'
'Heeft de vorige huurder wel eens iets geks over de toren gezegd?'
'Wat bedoel je met iets geks?'
'Vreemd gekraak. Geluiden. Geuren.' *Zoals de geur van de zee.*
'Charlotte heeft er tegen mij nooit iets over gezegd.'

'En de huurders voor haar?'

'Charlotte is de enige aan wie ik dat huis heb verhuurd. Voordat zij er was heeft Brodie's Watch jarenlang leeggestaan. Dit is het eerste seizoen dat het te huur is.' Ze kijkt me onderzoekend aan, probeert te ontdekken wat ik nu werkelijk wil weten. 'Sorry, Ava, maar ik begrijp niet helemaal wat je probleem is. Alle oude huizen kraken en hebben geluiden. Is er iets speciaals dat ik kan oplossen?'

Ik overweeg haar de waarheid te vertellen: dat ik geloof dat het spookt in Brodie's Watch. Maar wat zal deze nuchtere zakenvrouw dan wel van me denken? In haar plaats weet ik wel wat ík van mezelf zou denken.

'Het is eigenlijk geen probleem,' zeg ik uiteindelijk. 'Je hebt gelijk, het is gewoon een oud huis, en in een oud huis zijn er nu eenmaal zo nu en dan vreemde geluiden.'

'Wil je dus niet dat ik een appartement voor je zoek? Ergens in een andere stad?'

'Nee, ik blijf zoals gepland tot en met oktober. Dan heb ik de tijd om een groot deel van mijn boek af te maken.'

'Je zult blij zijn dat je bent gebleven. En oktober is de mooiste tijd van het jaar.'

Ik ben al bij de deur als me nog een vraag te binnen schiet. 'Heet de eigenaar Arthur Sherbrooke?'

'Ja. Hij heeft het huis van zijn tante geërfd.'

'Denk je dat ik contact met hem kan opnemen om hem wat vragen te stellen over de geschiedenis van Brodie's Watch? Als achtergrondinformatie voor mijn boek.'

'Hij komt om de zoveel tijd naar Tucker Cove om Neds werk te controleren. Ik zal informeren wanneer hij weer van plan is te komen, maar ik weet niet of hij over het huis wil praten.'

'Hoezo niet?'

'Het is moeilijk om het huis te verkopen. Hij zit er niet op te wachten dat iemand over de muizen gaat schrijven.'

Ik loop Donna's kantoor uit, de hitte van een zomerdag in. Het is druk in het dorp, alle tafels in het Lobster Trap Restaurant zijn bezet en voor Village Cone Ice Cream staat een lange rij toeristen. Blijkbaar heeft niemand interesse voor het gebouw met de witte houten gevel waarin het Historisch Genootschap van Tucker Cove is gehuisvest. Als ik naar binnenga is er geen mens te bekennen, en op het tikken van een staande klok na is het er doodstil. Toeristen komen naar Maine om te zeilen en in de bossen te wandelen, niet om rond te neuzen in een oud huis met stoffige artefacten. Ik bekijk een vitrinekast met antieke borden, bokalen en tafelzilver. Het is servies voor een avondmaaltijd uit ongeveer 1880. Ernaast ligt een oud kookboek, opengeslagen bij een recept voor gezouten makreel gebakken in verse melk en boter. Het gerecht dat gegeten werd in kustplaatsjes zoals Tucker Cove. Eenvoudige kost, bereid met ingrediënten uit zee.

Boven de vitrinekast hangt een mij bekend olieschilderij van een driemaster met volle zeilen dat door woeste groene golven ploegt. Het is identiek aan het schilderij dat in Brodie's Watch hangt. Ik buig me voorover om het van dichtbij te bekijken en ben zo geboeid door de penseelvoering van de schilder dat ik pas in de gaten heb dat er iemand achter me is komen staan als de planken vloer kraakt. Ik draai me met een ruk om en zie een vrouw naar me kijken. Door de dikke glazen van haar bril zijn haar ogen heel groot. Haar rug is krom van ouderdom en ze reikt maar tot mijn schouder, maar haar blik is rustig en alert en ze staat zonder hulp van een stok stevig op haar voeten in foeilelijke, maar degelijke schoenen. Op haar gidsbadge staat 'Mevrouw Dickens'. Een betere naam had ze niet kunnen hebben.

'Mooi schilderij, hè?' zegt ze.

Nog verrast door haar onverwachte verschijning, knik ik alleen maar.

'Dat is *The Mercy Annabelle*. Ze voer altijd uit in Wiscasset.' Ze glimlacht, lachrimpeltjes kreukelen een gezicht als oud leer. 'Welkom in ons kleine museum. Bent u voor het eerst in Tucker Cove?'

'Ja.'

'Blijft u een poosje?'

'De hele zomer.'

'Geweldig. De meeste toeristen gaan naar de kust en rennen van de ene stad naar de andere, waardoor voor hen alles op elkaar lijkt. Het kost tijd om de hartslag van een plaats te voelen en het karakter te leren kennen.' Haar zware bril glijdt naar het puntje van haar neus. Ze duwt hem weer terug en kijkt me met meer interesse aan. 'Kan ik u ergens mee van dienst zijn? Is er iets speciaals wat u van onze geschiedenis wilt weten?'

'Ik verblijf in Brodie's Watch. Ik ben geïnteresseerd in de geschiedenis van het huis.'

'Aha. U bent de kookboekenschrijver.'

'Hoe weet u dat?'

'Ik kwam Billy Conway tegen in het postkantoor. Hij zegt dat hij nog nooit zo blij is geweest om 's ochtends naar zijn werk te gegaan. Uw bosbessenmuffins zijn al vermaard in het dorp. Ned en Billy hopen dat u hier komt wonen en een bakkerij begint.'

Ik lach. 'Ik zal erover nadenken.'

'Bevalt het u daarboven op de heuvel?'

'Het is prachtig. Precies de plek waar een zeekapitein zijn huis laat bouwen.'

'Ik denk dat u dit interessant zult vinden.' Ze wijst naar een andere vitrinekast. 'Deze spullen zijn van kapitein Brodie geweest. Hij heeft ze van zijn reizen meegenomen.'

Ik buig voorover om de twee dozijn zeeschelpen te bekijken die onder het glas schitteren als kleurige juwelen. 'Verzamelde hij zeeschelpen? Dat had ik niet achter hem gezocht.'

'Een bioloog uit Boston heeft ze bekeken. Ze zei dat die schelpen overal vandaan komen. Van de Caraïbische eilanden, de Indische Oceaan, de Zuid-Chinese Zee. Schattig dat een grote, stoere zeekapitein zo'n hobby heeft, hè?'

Ik zie een opengeslagen logboek in de vitrine liggen. Het handschrift op de vergeelde bladzijde is heel precies.

'Dat is zijn logboek van het schip dat hij daarvoor had, *The Raven*. Hij lijkt een man van weinig woorden. Hij schrijft alleen over het weer en de zeilomstandigheden, dus ik kan je niet veel over hem vertellen. De zee was zijn eerste liefde.'

Die hem uiteindelijk fataal werd, denk ik, terwijl ik het handschrift van een man bestudeer die al heel lang dood is. 'Gunstige wind, kalme zee,' had hij die dag van de zeereis geschreven. Maar het weer is veranderlijk en de zee bedrieglijk. Ik denk aan zijn laatste woorden in het logboek van *The Minotaur*, vlak voordat het schip verging. Rook hij de geur van de dood in de wind, hoorde hij zijn roep in de tuigage? Besefte hij dat hij nooit meer in het huis zou komen waar ik nu slaap?

'Heeft u nog iets anders in uw collectie wat van kapitein Brodie was?' vraag ik.

'Boven liggen nog wat spullen van hem.' De deurbel rinkelt en ze draait zich om naar een gezin met jonge kinderen. 'Kijkt u rustig rond. Alle kamers zijn vrij toegankelijk voor publiek.'

Terwijl zij de nieuwe bezoekers verwelkomt, loop ik door een gang naar de salon, waar stoelen met een roodfluwelen bekleding om een theetafel staan opgesteld, als voor een dameskransje. Aan de muur hangen de portretten van de grijsharige man en de vrouw die dit gebouw ooit bezaten. De man ziet er stijf en ongemakkelijk uit in zijn hooggesloten overhemd en zijn vrouw staart me met een ijskoude blik aan, alsof ze vraagt wat ik in haar salon kom doen.

In de andere kamer hoor ik een kind rondrennen en de moeder smeken: 'Nee, nee, schatje! Zet die vaas neer!'

Ik ontvlucht het luidruchtige gezin en loop naar de keuken, waar een nepcake, kunstfruit en een enorme plastic kalkoen een feestmaaltijd moeten voorstellen. Ik vraag me af hoe het geweest moest zijn om zo'n maaltijd op een gietijzeren houtfornuis te bereiden, het zware werk om water uit een put te halen, hout aan te slepen om het vuur brandende te houden, de kalkoen te plukken. Nee, geef mij maar een moderne keuken.

'Mamá! Laat me lós!' Het gekrijs van het kind komt dichterbij.

Ik vlucht naar een diensttrap en ga de smalle treden op die de bedienden ooit hebben moeten beklimmen. Op de eerste verdieping hangen portretten van de burgers die een eeuw geleden in Tucker Cove een vooraanstaande positie bekleedden, en ik herken namen die nu in het dorp op winkelpanden staan. Laite. Gordon. Tucker.

De naam Brodie zie ik niet.

In de eerste slaapkamer staat een hemelbed en in de volgende staan een antiek ledikantje en een hobbelpaard. De laatste kamer, aan het einde van de gang, wordt in beslag genomen door een groot houten sleebed en een kledingkast die openstaat zodat je een kanten trouwjurk kunt zien hangen. Mijn aandacht gaat echter niet naar het meubilair, maar naar wat boven de open haard hangt.

Het is een schilderij van een knappe man met golvend zwart haar en een hoog voorhoofd. Hij staat voor een raam, en achter zijn schouder zie je in de verte een schip in de haven, de zeilen gehesen. Zijn donkere jas is eenvoudig en heeft geen versieringen, maar zit als gegoten om zijn brede schouders. In zijn rechterhand heeft hij een glimmende koperen sextant. Ik hoef het bijschrift naast het schilderij niet te lezen om te weten wie deze man is. Ik heb hem bij maanlicht gezien. Ik heb gevoeld dat zijn hand mijn wang streelde en ik heb zijn stem in het donker tegen me horen fluisteren.

Onder mijn dak zal je niets gebeuren.
'Aha. U heeft hem gevonden, zie ik,' zegt de gids.

Als ze naast me voor de open haard komt staan, blijft mijn blik op het portret gericht. 'Het is Jeremiah Brodie.'

'Knappe man, vindt u niet?'

'Ja,' fluister ik.

'De vrouwen van het dorp vielen vast in zwijm als hij over de loopplank aan kwam lopen. Jammer dat hij geen erfgenamen heeft.'

Even blijven we daar naast elkaar staan, beiden gebiologeerd door het portret van een man die al bijna anderhalve eeuw dood is. Een man wiens ogen op mij gericht lijken te zijn. Alleen op mij.

'Het was een enorme tragedie voor het dorp toen zijn schip verging,' zegt mevrouw Dickens. 'Hij was nog jong, nog maar negenendertig, maar hij kende de zee als geen ander. Hij is opgegroeid op het water. Hij heeft meer tijd op zee doorgebracht dan op het land.'

'Toch heeft hij dat prachtige huis laten bouwen. Nu ik een tijdje in Brodie's Watch woon, begin ik te beseffen hoe bijzonder het eigenlijk is.'

'Dus het bevalt u daar.'

Ik aarzel. 'Ja,' zeg ik uiteindelijk, en het is de waarheid, ik vind het er fijn. Muizen en geest inbegrepen.

'Sommige mensen reageren heel anders op dat huis.'

'Hoe bedoelt u?'

'Elk oud huis heeft een verleden. Soms voelen mensen het aan als het een donker verleden heeft.'

De blik in haar ogen geeft me een ongemakkelijk gevoel. Ik kijk weer naar het schilderij. 'Ik moet toegeven dat ik, toen ik het huis voor het eerst zag, niet zeker wist of ik er wel wilde wonen.'

'Wat voor gevoel had u toen?'

'Alsof... alsof het huis me niet wilde.'

'Maar waarom bent u er dan toch in getrokken?'

'Omdat dat gevoel veranderde toen ik naar binnen ging. Plotseling voelde ik me niet meer ongewenst. Het was alsof ik geaccepteerd werd.'

Ik besef dat ik mijn mond voorbij heb gepraat, en opnieuw voel ik me ongemakkelijk onder haar blik. Tot mijn opluchting komt het onhandelbare kind aanstampen over de gang, en de gids draait zich om als een jongetje van een jaar of drie de kamer in komt stormen. Hij stevent recht op het haardstel af en heeft binnen de kortste keren de pook te pakken.

'Travis? Travis, waar ben je?' roept zijn moeder vanuit een andere kamer.

De gids grist de pook uit de handen van het jongetje en legt hem buiten zijn bereik op de schoorsteenmantel. 'Jongeman, ik denk dat jouw mama een veel betere plek voor je kan vinden om te spelen!' zegt ze tandenknarsend. Ze pakt de jongen bij de hand en sleept hem de kamer uit. 'We gaan haar zoeken!'

Ik neem de gelegenheid te baat om zachtjes de kamer uit te glippen en terug via de trap naar de uitgang te gaan. Ik wil het niet met haar of met wie dan ook hebben over wat me in Brodie's Watch is overkomen. Nog niet. Niet zolang ik zelf nog niet weet wat ik eigenlijk gezien heb.

Of niet gezien heb.

Ik meng me op straat tussen de toeristen en loop naar mijn auto. Dit is de wereld van levende, ademende mensen die niet wegzweven door muren, die niet als schaduwen opdoemen en weer verdwijnen. Bestaat er een parallelle wereld die ik niet kan zien, een wereld die bewoond wordt door de mensen die ons voorgingen en nu op dezelfde weg lopen als waar ik op loop? Met mijn ogen half dichtgeknepen tegen het felle zonlicht kan ik Tucker Cove bijna voor me zien zoals het ooit was: paarden klakkend over de keien, vrouwen zwierend in lange rokken. Ik knipper met mijn ogen en weg is die wereld. Ik ben weer terug in mijn eigen tijd.

En Jeremiah Brodie is al honderdvijftig jaar dood.

Plotseling word ik overmand door verdriet, een gevoel van gemis dat zo sterk is dat mijn stap vertraagt. Ik blijf midden op het drukke trottoir staan, terwijl de mensen langs me heen stromen. Ik begrijp niet waarom ik huil. Ik begrijp niet waarom de dood van kapitein Brodie me zo aangrijpt. Ik ga op een bankje zitten en buig me voorover, mijn lichaam trilt van het snikken. Ik weet dat ik niet om Jeremiah Brodie huil. Ik huil om mezelf, om de fout die ik heb gemaakt en om wat ik als gevolg daarvan ben kwijtgeraakt. Net zoals ik kapitein Brodie niet tot leven kan roepen, kan ik ook Nick niet tot leven roepen. Ze zijn dood, ze zijn geesten, en de enige uitvlucht die ik heb om de pijn niet te voelen, is de fles die op de keukenkast op mij wacht. En na het eerste glas neem je gemakkelijk een tweede, een derde en een vierde.

Zo is het fout gegaan. Een paar glazen champagne te veel op een sneeuwwitte oudejaarsavond. Ik hoor nog het vrolijke klinken van de glazen, ik voel de bubbels nog bruisen op mijn tong. Kon ik de tijd maar terugdraaien en de Ava van die avond waarschuwen: *Stop. Stop nu het nog kan.*

Ik voel een hand op mijn schouder. Ik veer overeind en als ik me omdraai zie ik een bekend gezicht dat me fronsend aankijkt. Het is die dokter die ik in de ijzerwinkel heb ontmoet. Zijn naam weet ik niet meer. Ik heb helemaal geen zin om met hem praten, maar hij gaat naast me zitten en vraagt op rustige toon:

'Alles goed met je, Ava?'

Ik droog mijn tranen. 'Ja, prima. Ik werd gewoon een beetje duizelig. Komt vast van de warmte.'

'Is dat alles?'

'Het gaat echt prima, dank je.'

'Ik wil me niet opdringen, maar ik was op weg voor een kop koffie en zag je zitten. Ik had de indruk dat je hulp nodig had.'

'Ben jij de psychiater hier in het dorp?'

Niet in het minst gestoord door mijn reactie vraagt hij vriendelijk: 'Zou je er een nodig hebben?'

Ik ben bang het te erkennen, ook voor mijzelf: misschien wel ja. Misschien wijst wat ik in Brodie's Watch heb ervaren op de eerste tekenen van een geestelijke ineenstorting.

'Heb je vandaag al iets gegeten?' vraagt hij.

'Nee. Eh, ja.'

'Weet je het niet?'

'Een kop koffie.'

'Nou, dan is dat misschien het probleem. Ik schrijf voedsel voor.'

'Ik heb geen honger.'

'Een koekje misschien? De koffiebar is pal om de hoek. Ik zal je niets opdringen. Maar ik moet er niet aan denken dat ik je moet hechten als je flauwvalt en je je hoofd bezeert.'

Hij steekt zijn hand naar me uit, een vriendelijk gebaar dat me verrast, en het lijkt me onbeleefd om hem af te wijzen.

Ik pak zijn hand.

Hij leidt me de hoek om een smalle zijstraat in naar No Nonsens Cafe, een koffiebar die zijn naam eer aandoet. In het licht van tl-buizen zie ik een linoleum vloer en een vitrine met onsmakelijk ogende baksels. Het is niet de koffiebar die ik zelf zou kiezen, maar het is blijkbaar een verzamelplek voor de mensen hier. Ik zie de slager van de supermarkt een hap van een kaasbroodje nemen en een postbode staat in de rij om zijn koffie to go af te rekenen.

'Neem plaats,' zegt de dokter. Ik kan nog steeds niet op zijn naam komen, maar ik schaam me om ervoor uit te komen. Ik ga aan het dichtstbijzijnde tafeltje zitten en hoop dat iemand hem bij zijn naam aanspreekt, maar het meisje achter de toonbank begroet hem alleen met een vrolijk 'Hallo dok, wat mag het zijn?'

De deur zwaait open en er komt nog iemand binnen die ik ken. Donna Branca heeft haar blazer niet aan en door de vochtige warmte staat haar gewoonlijk onberispelijke blonde kapsel nu alle kanten op. Ze ziet er een stuk jonger uit, en ik kan het meisje zien dat ze ooit geweest moet zijn: zongebruind en knap, voordat de volwassenheid haar dwong een zakelijk uniform te dragen. Als ze de dokter ziet, begint ze te stralen en zegt: 'Ben, ik hoopte je al tegen te komen. Jen Oswalds' zoon wil zich inschrijven voor geneeskunde. Jij zou hem goed kunnen adviseren.'

Ben. Nu weet ik het weer. Hij heet Ben Gordon.

'Ik zal hem bellen,' zegt hij. 'Bedankt dat je me het laat weten.' Als hij naar mijn tafeltje loopt, staart Donna hem na. Vervolgens staart ze mij aan met een blik alsof er iets mis is met deze setting. Alsof ik niet met dokter Gordon aan tafel mag zitten.

'Alsjeblieft. Dit is goed voor je bloedsuiker,' zegt hij en hij legt een koek voor me neer. Hij is zo groot als een schoteltje en rijk besprenkeld met chocoladevlokken.

Ik heb absoluut geen trek in die koek, maar neem uit beleefdheid een hapje. Het baksel is ongelooflijk zoet, net zo saai van smaak als een suikerspin. Als kind wist ik al dat er in een goed recept een balans bestaat tussen zoet en zuur, zout en bitter. Ik denk terug aan de eerste havermoutkoekjes met rozijnen die ik bakte, hoe gretig Lucy en ik het resultaat hadden gekeurd toen ze uit de oven kwamen. Lucy, zoals altijd scheutig met complimenten, vond ze de lekkerste koekjes ooit, maar ik wist wel beter. Net als het leven zelf draait het met koken om de juiste balans, en ik wist dat ik de volgende keer meer zout aan het beslag moest toevoegen.

Kon elke fout in het leven maar zo makkelijk worden hersteld.

'Lekker?' vraagt hij.

'Ja, maar ik heb gewoon geen trek.'

'Bij jou ligt de lat natuurlijk heel hoog. Ik heb gehoord dat je verrukkelijke bosbessenmuffins maakt.' Als ik mijn wenkbrauwen optrek, lacht hij. 'Ik hoorde het van de mevrouw van het postkantoor en zij had het van Billy.'

'Er bestaan blijkbaar geen geheimen in dit dorp.'

'En hoe is het met de muizen? Emmett van de ijzerwarenwinkel voorspelde dat je binnen een week terug zou zijn voor meer vallen.'

Ik zucht. 'Ik was van plan er vandaag een paar te gaan halen. Maar ik ging naar het Historisch Genootschap en...' Ik zwijg als ik zie dat Donna, die in haar eentje een paar tafeltjes verderop zit, naar ons zit te kijken. Onze ogen ontmoeten elkaar en haar blik verontrust me. Alsof ze me ergens op betrapt.

Plotseling zwaait de deur open, en iedereen draait zich om als een man in een vissersoveral de bar komt binnenstormen. 'Dokter!' roept hij naar Ben. 'Ze hebben je in de haven nodig.'

'Nu meteen?'

'Ja, meteen! Pete Crouse heeft zojuist bij de steiger aangemeerd. Je moet komen om te kijken wat hij uit de baai heeft gehaald.'

'Wat is het?'

'Een lichaam.'

Bijna iedereen in de bar loopt achter Ben en de visser aan de deur uit. Nieuwsgierigheid is besmettelijk. Het dwingt ons te kijken naar iets wat we helemaal niet willen zien, en net als de anderen laat ik me meevoeren met de macabere stoet die zich over de keienstraat naar de haven begeeft. Het nieuws over een lijk heeft zich kennelijk al verspreid; er staat een groepje mensen op de kade waar een kreeftenboot ligt aangemeerd. Een politieagent van Tucker Cove ziet Ben en zwaait.

'Hallo, dokter. Het lijk ligt op het dek, onder het zeildoek.'

'Ik vond het in de buurt van Scully's Rocks, het zat vast in het zeewier,' zegt de kreeftenvisser. 'Ik kon mijn ogen eerst niet geloven, maar toen ik het met de bootshaak te pakken kreeg, wist ik dat het echt was. Misschien heb ik eh, wat schade aangericht toen ik het aan boord trok. Maar ik kon het daar niet achterlaten, ik was bang dat het zou zinken. Dan zouden we het nooit meer kunnen vinden.'

Ben klimt in de kreeftenboot en hurkt neer bij het blauwe plastic zeil waaronder zich vaag de vorm van een menselijk lichaam aftekent. Ik niet kan zien waar hij naar kijkt, maar het afgrijzen op zijn gezicht als hij een punt van het zeil oplicht en staart naar wat eronder ligt, zegt genoeg. Hij blijft nog enige tijd gehurkt zitten, oog in oog met de verschrikkingen die de zee een mens kan aandoen. Het groepje mensen op de steiger zwijgt uit respect voor het dramatische moment. Dan laat Ben plotseling het zeil vallen en kijkt op naar de politieagent. 'Heeft u de lijkschouwer gebeld?'

'Ja, meneer. Hij is onderweg.' De agent werpt een blik op het zeil en schudt zijn hoofd. 'Volgens mij ligt het lichaam al een tijdje in het water.'

'Minstens een week. Op basis van de grootte en wat er van de kleding over is, denk ik dat het een vrouw is.' Met een vertrokken gezicht komt Ben overeind en klautert uit de kreeftenboot. 'Hebben jullie onlangs meldingen van vermissingen binnengekregen?'

'De afgelopen maanden niet één.'

'In deze tijd van het jaar liggen er veel boten in de baai. Ze kan overboord zijn gevallen en verdronken.'

'Maar als ze al weken in het water heeft gelegen, zou je denken dat iemand haar inmiddels als vermist heeft opgegeven.'

Ben haalt zijn schouders op. 'Misschien zeilde ze solo. En had niemand door dat ze vermist werd.'

De agent draait zich om en tuurt over het water. 'Of iemand wilde niet dat ze werd gevonden.'

Als ik terugrijd naar Brodie's Watch ben ik nog steeds geschokt door wat ik op de kade zag. Hoewel ik geen glimp van het lijk heb opgevangen, zag ik de onmiskenbare vorm van een menselijk lichaam onder het blauwe zeil, en mijn fantasie vult alle gruwelijke details in die Ben onder ogen moest zien. Ik denk aan kapitein Brodie, wiens lichaam aan dezelfde meedogenloze krachten van de zee was overgeleverd. Ik stel me voor hoe het moet zijn om te verdrinken, hoe het zeewater in je longen stroomt terwijl je wild met je armen zwaait. Ik stel me voor hoe de vissen en krabben zich tegoed doen aan je vlees, hoe je huid en spieren door de stroming over messcherp koraal worden gesleurd. Wat blijft er na anderhalve eeuw onder water over van de stoere man die me vanaf zijn portret aanstaarde?

Ik draai mijn oprit op en kreun als ik Neds pick-uptruck voor het huis zie staan. Ik laat tegenwoordig een huissleutel voor de timmermannen achter, en ze hebben hier natuurlijk een klus te doen, maar ik heb geen zin om de hele middag in het getimmer te zitten. Ik sluip naar binnen en vul snel een picknickmand met brood, kaas en olijven. Een fles rode wijn, die al open is, lonkt me vanaf de aanrecht toe. Ook die gaat in mijn mand.

Beladen met een lunch en een deken klauter ik als een berggeit over de met korstmos bedekte rotsen en volg het pad naar het strand. Als ik over mijn schouder kijk, zie ik Billy en Ned aan het werk op de uitkijkpost. Ze zijn bezig met een nieuwe balustrade en zien mij niet. Ik loop het pad af naar beneden, langs de bloeiende rozen, en spring op het kiezelstrand dat ik die eerste ochtend heb ontdekt. Een strand waar niemand me kan zien. Ik spreid mijn deken uit en haal mijn lunch uit de picknickmand. Ik ben misschien gek aan het worden, maar ik weet nog wel een goede maaltijd samen te stellen. Hoewel het een eenvoudige picknick is, schuw ik geen ceremonie. Ik leg een linnen servet, een vork en een mes neer en zet er een glas naast. De eerste slok wijn verwarmt mijn lichaam. Zuchtend leun ik achterover tegen een rots en tuur naar de zee. Dit is precies waar ik vandaag behoefte aan heb: niets doen. Ik wil als een schildpad van de zon genieten en de wijn zijn werk laten doen. De uit zee gehaalde dode vrouw vergeten. Kapitein Brodie vergeten, wiens botten onder de golven over de zeebodem verspreid liggen. Vandaag staat in het teken van genezen.

En vergeten. Vooral vergeten.

De zoute zeelucht maakt me hongerig. Ik breek een stuk brood af, smeer er brie op en eet het in twee happen op. Ik neem een paar olijven en spoel alles weg met een tweede glas wijn. Tegen de tijd dat ik alles opheb, is de fles rioja leeg. Ik ben zo slaperig dat ik mijn ogen nauwelijks kan openhouden.

Ik strek me uit op de deken, bedek mijn gezicht met een zonnehoed en val in een diepe, droomloze slaap.

Het is het koude water dat over mijn voeten klotst dat me doet ontwaken.

Ik trek mijn hoed van mijn gezicht, open mijn ogen en zie dat de lucht paarsachtig blauw is geworden en dat de zon achter de rots wegzakt. Hoelang heb ik geslapen? Door de opkomende vloed is het water al halverwege mijn privéstrandje en de onderkant van mijn deken is nat. Katterig en onvast op mijn benen verzamel ik de restanten van de picknick, prop alles in de mand en strompel weg van het water. Mijn huid gloeit en ik snak naar een glas bruiswater. En misschien een scheutje rosé.

Ik klauter over het pad naar de top van de klif. Daar blijf ik staan om op adem te komen en ik kijk omhoog naar de uitkijkpost. Wat ik daar zie, doet het bloed in mijn aderen stollen. Het gezicht van de man is niet duidelijk, maar ik weet wie daar staat.

Ik zet het op een rennen, de lege wijnfles rolt rammelend rond in mijn picknickmand. Ik verlies mijn hoed, maar ga niet terug om hem te pakken, ik blijf rennen. Ik vlieg het trappetje van de veranda op en stuif door de voordeur naar binnen. De timmermannen zijn weg, dus er kan niemand in het huis zijn.

In de hal laat ik de picknickmand vallen en hij komt met een klap op de grond neer, maar ik hoor niets, alleen het kloppen van mijn hart. Het bonzen versnelt als ik de trap naar de eerste verdieping bestijg en over de gang naar de torenkamertrap draaf. Onder aan de trap blijf ik staan. Hoor ik iets?

Het is stil boven.

Ik denk aan de man van het schilderij, aan de ogen die mij regelrecht aankeken, alleen mij. Ik verlang ernaar zijn gezicht weer te zien. Ik wil – ik móét – weten of hij echt is. Het beklimmen van de trap veroorzaakt de vertrouwde kraakgeluiden, de gloed van de schemering verlicht de weg. Ik loop de torenkamer in en word overspoeld door de geur van de zee. Ik herken die geur, het is zíjn geur. Hij hield van de zee, maar het was de zee die zijn leven nam. In de armen van de zee vond hij zijn eeuwige rustplaats, maar in dit huis leeft een spoor van hem voort.

Ik doorkruis de met gereedschap bezaaide kamer en stap de uitkijktoren op. Alle rotte planken zijn vervangen en voor het eerst kan ik over de vloer lopen. Er is hier niemand. Geen timmermannen, geen kapitein Brodie. Ik ruik nog steeds de zee, maar deze keer is het de wind die de geur vanaf het water meevoert.

'Kapitein Brodie?' roep ik. Ik verwacht gaan antwoord, maar ik hoop er wel op. 'Ik ben niet bang voor je. Ik wil je graag zien. Alsjeblíéft.'

De wind waait door mijn haar. Geen koude wind, maar een zacht zomerbriesje dat de geur van rozen en warme aarde verspreidt. De geur van land. Ik blijf lang over de zee turen, zoals hij dat ook ooit heeft gedaan, en wacht tot ik zijn stem hoor. Maar er praat niemand tegen me. En er verschijnt niemand.

Hij is weg.

Acht

Ik lig in de duisternis van mijn slaapkamer en hoor weer muizen tussen de muren rennen. Maandenlang was alcohol mijn verdovingsmiddel en kon ik alleen in slaap komen als ik lam was, maar vanavond ben ik klaarwakker, zelfs na twee glazen whiskey. Op de een of andere manier weet ik dat hij vanavond aan me zal verschijnen.

Hannibal, die naast me ligt te pitten, komt plotseling in beweging en gaat rechtop zitten. Achter de muren verstomt het geluid van de muizen. De wereld is in rust nu en zelfs de zee heeft zijn ritmisch geruis gestaakt.

Een bekende geur waait de kamer binnen. De geur van de zee.

Hij is er.

Ik ga rechtop zitten, mijn hart klopt in mijn keel, mijn handen zijn ijskoud. Ik kijk om me heen, maar ik zie alleen de groene gloed van Hannibals ogen die me aankijken. Geen beweging, geen geluid. De geur van de zee wordt sterker, alsof er een golf door de kamer slaat.

Dan verschijnt bij het raam een donkere werveling. Nog geen gedaante, louter een vaag schaduwbeeld dat in de nacht vaste vorm krijgt.

'Ik ben niet bang voor je,' kondig ik aan.

De schaduw drijft weg als rook, en ik kan hem bijna niet meer zien. 'Kom terug, kapitein Brodie!' roep ik. 'Je bent kapitein Brodie toch? Ik wil je zien. Ik wil weten of je echt bent.'

'De vraag is of jíj echt bent!'

De stem is verrassend dichtbij, de woorden worden pal naast me uitgesproken. Met ingehouden adem draai ik me opzij en kijk recht in de ogen van Jeremiah Brodie. Dit is geen schaduw, nee, dit is een man van vlees en bloed met dik zwart haar, beschenen door het zilverachtige maanlicht. Zijn diepliggende ogen kijken me zo doordringend aan dat het vuur van zijn blik bijna voelbaar is. Dit is het gezicht dat ik op het schilderij zag, dezelfde ruwe kaken, dezelfde scherpe neus. Hij is al anderhalve eeuw dood, maar ik zie hem, en hij is zo levensecht dat het matras inzakt als hij naast me op bed komt zitten.

'Je bent in mijn huis,' zegt hij.

'Ik woon hier nu. Ik weet dat het jouw huis is, maar–'

'Dat wordt maar al te vaak vergeten.'

'Ik zou het nooit vergeten. Dit ís jouw huis.'

Hij neemt me van top tot teen op en zijn blik blijft een tergend moment bij het lijfje van mijn nachtpon hangen. Daarna focust hij weer op mijn gezicht. Als hij mijn wang aanraakt, voelen zijn vingers verbazingwekkend warm op mijn huid. 'Ava.'

'Je weet hoe ik heet.'

'Ik weet nog veel meer van je. Ik voel je pijn. Ik hoor je huilen in je slaap.'

'Hou je me in de gaten?'

'Er moet iemand over je waken. Heb je niemand?'

Door zijn vraag springen de tranen in mijn ogen. Hij streelt mijn gezicht en het is niet de koude hand van een dode die ik voel. Jeremiah Brodie is springlevend en zijn aanrakingen doen me trillen.

'Hier in mijn huis zul je vinden je wat je zoekt,' zegt hij.

Ik doe mijn ogen dicht en er gaat een rilling door me heen als hij mijn nachtpon voorzichtig opzijtrekt en mijn schouder kust. Zijn ongeschoren gezicht voelt ruw tegen mijn huid en ik zucht als ik mijn hoofd achterover laat vallen. Mijn nachtpon valt van mijn andere schouder en het maanlicht beschijnt mijn borsten. Ik tril, ik voel me weerloos onder zijn blik, maar ik ben niet bang. Zijn lippen raken de mijne, zijn kus smaakt naar zout en rum. Ik adem diep in en ruik vochtige wol en zeewater. De geur van een man die te lang op een schip heeft geleefd, een man die hongert naar een vrouw.

Zoals ik honger naar een man.

'Ik weet waar je naar verlangt,' zegt hij.

Ik verlang naar hém. Ik heb hem nodig om me alles te laten vergeten, behalve het gevoel om door een man te worden omhelsd. Ik val op mijn rug en dan ligt hij op me, zijn gewicht drukt me in het matras. Hij pakt met één hand mijn polsen en houdt ze boven mijn hoofd vast. Ik kan me niet verzetten. Wil me niet verzetten.

'Ik weet wat je nodig hebt.'

Mijn adem stokt als zijn hand mijn borst omvat. De omhelzing is niet teder, maar dwingend, en ik krimp ineen alsof hij net zijn merkteken in mijn huid heeft gebrand.

'En je weet wat je verdient.'

Geschokt open ik mijn ogen. Ik zie niemand, niets. In paniek kijk ik om me heen, zie de contouren van de meubels, het schijnsel van de maan op de grond. En ik zie Hannibals ogen, groen en waakzaam als altijd, naar me staren.

'Jeremiah,' fluister ik. Niemand geeft antwoord.

Ik word wakker van het gierende geluid van een elektrische zaag en als ik mijn ogen open word ik verblind door zonlicht. De lakens zijn om mijn benen gedraaid en het laken onder mijn dijen is vochtig. Ik ben nog steeds opgewonden en verlang naar hem.

Was hij er echt?

Ik hoor boven in de torenkamer zware voetstappen en getimmer. Billy en Ned zijn weer aan het werk, en ik lig in de slaapkamer pal onder hen met mijn benen gespreid en mijn huid gloeiend van verlangen. Plotseling voel ik me kwetsbaar en opgelaten. Ik stap uit bed en trek de kleren aan die ik gisteren ook droeg. Ze liggen nog op de grond. Ik weet niet eens meer dat ik me uitgekleed heb. Hannibal krabt tegen de dichte deur en miauwt ongeduldig, want hij wil naar buiten. Zodra ik de deur open, snelt hij de gang in, de trap af naar de keuken. Om te ontbijten natuurlijk.

Ik ga niet achter hem aan, maar loop naar boven naar de torenkamer, waar ik tot mijn verbazing een groot gat in de muur zie. Billy en Ned hebben het stucwerk opengebroken en staan naar de zojuist geopende ruimte te kijken.

'Wat zit er in hemelsnaam achter?' vraag ik.

Ned draait zich om en kijkt met gefronst voorhoofd naar mijn ongekamde haar. 'O jee, ik hoop niet dat we je wakker gemaakt hebben.'

'Eh, ja. Eigenlijk wel.' Ik wrijf in mijn ogen. 'Hoe laat is het?'

'Halftien. We hebben op de voordeur geklopt, maar ik denk dat je ons niet gehoord hebt. We dachten dat je de deur uit was om te wandelen of zoiets.'

'Wat is er met je gebeurd?' vraagt Billy naar mijn arm wijzend.

Ik kijk naar de krassen. 'O, niks. Hannibal heeft me gisteren gekrabd.'

'Ik bedoel je andere arm.'

'Wat?' Ik kijk naar een bloeduitstorting rondom mijn pols, het is net een lelijke blauwe armband. Ik weet niet hoe ik eraan kom, net zoals ik ook niet meer weet hoe ik laatst mijn knie heb bezeerd. Ik denk aan de kapitein en aan de manier waarop hij mijn armen tegen het matras drukte. Ik herinner me het gewicht van zijn lichaam, de smaak van zijn mond. Maar dat was gewoon een droom, en dromen laten geen blauwe plekken achter. Ben ik gestruikeld toen ik in het donker naar de wc ging? Of is het gistermiddag op het strand gebeurd? Heb ik, verdoofd door de wijn, mijn arm tegen een rots gestoten en niets gevoeld?

Mijn keel is zo droog dat ik Billy's vraag bijna niet kan beantwoorden. 'Misschien heb ik het in de keuken opgelopen. Soms ben ik zo druk aan het koken dat ik het niet eens merk als ik me bezeer.' Om verdere vragen te voorkomen, draai ik me om om weg te gaan. 'Ik heb trek in koffie. Willen jullie ook?'

'Kom eerst even kijken wat we achter deze muur hebben gevonden,' zegt Ned. Hij breekt nog een stuk muur weg waardoor de ruimte erachter beter zichtbaar is.

Ik kijk in de opening en zie vaag een muurkandelaar en wanden die mintgroen zijn geschilderd. 'Het is een kleine alkoof. Hoe vreemd!'

'De vloer daar is nog goed. En heb je die kroonlijsten gezien? Die zijn authentiek, ze horen bij het huis. Deze ruimte is al die jaren bewaard gebleven, het is een soort tijdcapsule.'

'Waarom zou je een alkoof in hemelsnaam willen dichtmetselen?'

'Dat vroegen Arthur en ik ons ook af. We denken dat het is gedaan voordat zijn tante hier woonde.'

'Misschien was het een plek om drank te verstoppen,' oppert Billy. 'Of een schat.'

'Er is nergens een deur, dus hoe zou je erin moeten komen?' Ned schudt zijn hoofd. 'Nee, deze ruimte zat potdicht, als een grafkelder. Het lijkt erop dat iemand probeerde te verdoezelen dat hier ooit een alkoof is geweest.'

Er trekt een huivering door me heen als ik in de kamer tuur waar de tijd minstens een generatie lang heeft stilgestaan. Wat heeft iemand ertoe gebracht deze ruimte af te sluiten en alle sporen van haar bestaan weg te pleisteren? Welk geheim hadden ze te verbergen?

'Arthur wil dat we de alkoof toegankelijk maken en de wanden schilderen in een kleur die past bij de rest van de torenkamer,' zegt Ned. 'En we moeten de vloer schuren en in de lak zetten, dus we hebben hier nog wel een week of twee werk. We zijn nu al een paar maanden in dit huis bezig, en ik begin me af te vragen of er ooit een eind aan komt.'

'Gek oud huis,' zegt Billy, en hij pakt een moker van de grond. 'Ik vraag me af wat er nog meer verborgen zit.'

Billy en Ned zitten aan mijn keukentafel, beiden met een grijns op hun gezicht als ik twee dampende kommen neerzet die naar rundvlees en laurierblad geuren.

'Dit rook ik al de hele ochtend,' zegt Billy, wiens onverzadigbare eetlust me telkens weer verbaast. Hij pakt snel een lepel. 'We vroegen ons al af wat je aan het maken was.'

'Labskaus,' antwoord ik.

'Het lijkt op een stoofpot van rundvlees.' Hij neemt een hap en zucht, zijn ogen dicht in opperste staat van geluk. 'Wat het ook is, volgens mij ben ik in de hemel beland.'

'Het is een scheepsgerecht met aardappelen, uien en zout vlees,' leg ik uit terwijl de twee mannen aanvallen. 'Het recept komt van de Vikingen, maar zij gebruikten vis. Het recept ging met zeelui de hele wereld over en in de loop der tijd werd de vis vervangen door rundvlees.'

'Joepie, rundvlees,' mompelt Billy.

'En bier,' zeg ik. 'Er zit heel veel bier in dit gerecht.'

Billy reageert als eerste. 'Joepie, bier!'

'Kom, Billy, het is niet de bedoeling dat je het alleen maar naar binnen schrokt, je moet ook zeggen wat je ervan vindt.'

'Ik zou het zo weer eten.' Dat verbaast me niks. Billy is de minst kritische eter die ik ken. Hij zou nog gebakken schoenzolen eten als ik ze hem voorzette.

Maar Ned neemt de tijd als hij een hap van de stukjes aardappel en rundvlees neemt en hij denkt al kauwend diep na. 'Ik vind dit veel smakelijker dan wat die zeelui vroeger aten,' concludeert hij. 'Dit recept moet je absoluut in je boek opnemen, Ava.'

'Ja, dat denk ik ook. Ik ben blij dat ik de Ned Haskell-goedkeuring heb.'
'Wat ga je volgende week voor ons koken?' vraagt Billy.
Ned stompt hem op zijn schouder. 'Ze kookt niet voor óns. Dit is onderzoek voor haar boek.'
Een boek waar ik al tientallen interessante recepten voor heb verzameld, van een generaties oud Frans-Canadees recept van een varkensvleespastei, goddelijk van smaak en druipend van het vet, tot een stuk hertenvlees met jeneverbessen, tot een hele serie gerechten met gezouten kabeljauw. Ik kan ze nu uittesten op echte Mainers, mannen met trek.
Billy heeft zijn stoofpot als eerste op en gaat weer naar boven om te werken, maar Ned blijft nog even zitten en geniet van de laatste happen.
'Ik ga dit missen als we straks klaar zijn met je torenkamer.'
'En ik zal mijn voorproevers missen.'
'Er zullen genoeg vrijwilligers zijn, Ava.'
Mijn mobiele telefoon gaat, en op het scherm zie ik de naam van mijn redacteur. Ik neem telkens niet op als hij belt, maar dat kan ik niet eeuwig blijven doen. Als ik nu niet opneem, zal hij blijven bellen.
'Hallo Simon.'
'Gelukkig, je bent dus niet opgegeten door een beer.'
'Sorry dat ik niet teruggebeld heb. Ik stuur je morgen nog een paar hoofdstukken.'
'Scott vindt dat we naar je toe moeten komen om je naar huis te slepen.'
'Ik wil niet naar huis. Ik wil schrijven. Ik moest echt weg.'
'Weg van wat?'
Ik zwijg, ik weet niet wat ik moet zeggen. Ik kijk naar Ned. Hij staat zachtjes van tafel op en brengt zijn lege kom naar de gootsteen.
'Ik heb veel aan mijn hoofd, dat is alles,' zeg ik.

'O ja? Hoe heet hij?'

'Je zit er vierkant naast. Ik bel je volgende week.' Ik hang op en kijk naar Ned, die ijverig staat af te wassen. Met zijn achtenvijftig jaar heeft hij nog steeds het slanke, atletische figuur van een man die met zijn spieren werkt, maar er is meer dan alleen spierkracht. In zijn zwijgzaamheid schuilt een zekere wijsheid. Het is een man die observeert en luistert, die veel meer begrijpt dan anderen misschien beseffen. Ik vraag me af wat hij van me denkt. Of hij het vreemd vindt dat ik me in dit eenzame huis afzonder en als enige gezelschap een ongemanierde kat heb.

'Je hoeft niet af te wassen,' zeg ik.

'Ik vind het niet erg. Ik hou er niet van troep achter te laten.' Hij spoelt zijn kom af en pakt een theedoek. 'Ik ben heel precies op dat punt.'

'Zei je nou net dat je al maanden hier in huis aan het werk bent?'

'Bijna zes maanden.'

'Kende je de vorige huurder? Ze heet Charlotte volgens mij.'

'Aardige vrouw. Ze is onderwijzeres in Boston. Ze leek het hier goed naar haar zin te hebben. Het verbaasde me dat ze wegging.'

'Heeft ze je niet verteld waarom?'

'Nee, ze heeft helemaal niks gezegd. Toen we hier op een dag kwamen om te werken, was ze weg.' Hij heeft de kom afgedroogd en zet hem in de kast, precies op de plek waar hij hoort. 'Billy was een beetje verliefd op haar, dus hij vond het heel erg dat ze geen afscheid heeft genomen.'

'Heeft ze ooit iets eh... vreemds gezegd over het huis?'

'Iets vreemds?'

'Bijvoorbeeld geluiden of geuren die ze niet kon verklaren. En andere dingen.'

'Wat voor andere dingen?'

'Het gevoel dat iemand haar... in de gaten hield.'

Hij draait zich maar me om. Ik ben blij dat hij in elk geval de tijd neemt om over mijn vraag na te denken. 'Ze heeft wel om gordijnen gevraagd,' zegt hij na een poosje.

'Gordijnen?'

'Ze wilde dat we in haar slaapkamer gordijnen ophingen zodat er niemand naar binnen kon kijken. Ik legde haar uit dat de slaapkamer op zee uitkijkt, en dat daar niemand is die haar kan zien, maar ze drong erop aan dat ik het met de eigenaar zou bespreken. Een week later was ze weg. We hebben die gordijnen nooit opgehangen.'

Er trekt een huivering door me heen. Charlotte had dat gevoel dus ook, het gevoel dat ze niet alleen in het huis was, dat ze in de gaten werd gehouden. Maar gordijnen houden de blik van een dode niet tegen.

Als Ned de trap naar de toren op gaat, laat ik me in een stoel aan de keukentafel zakken. Ik wrijf over mijn hoofd, probeer de herinnering aan afgelopen nacht weg te masseren. Nu ik er in het daglicht over nadenk, kan het niet anders dan een droom zijn geweest. Het moet een droom zijn geweest, omdat het alternatief onmogelijk is, namelijk dat een man die al heel lang dood is met me probeerde te vrijen.

Nee, zo kan ik het niet noemen. Wat er gisteravond gebeurde was geen liefde, maar hard en dwingend. Maar hoewel het me schrik aanjoeg, verlang ik naar meer. *Ik weet wat je verdient*, had hij gezegd. Op de een of andere manier kent hij mijn geheim, de bron van mijn schaamte. Hij weet het omdat hij me in gaten houdt.

Zou hij me nu ook in de gaten houden?

Ik ga rechtop zitten en kijk zenuwachtig om me heen. Natuurlijk is er niemand. Zoals er ook gisteravond niemand in mijn slaapkamer was, behalve de geestverschijning die ik vanuit mijn eenzaamheid heb opgeroepen. Een geest is tenslotte voor iedere vrouw de perfecte minnaar. Ik hoef hem niet te behagen of te amuseren, ik hoef niet bang te zijn dat ik te oud, te dik of te lelijk ben. Hij komt 's avonds niet in mijn bed en laat zijn schoenen en sokken niet overal in de kamer rondslingeren. Hij verschijnt wanneer ik bemind wil worden en doet dat op de manier die ik wil, en 's ochtends mag hij weer in de ijle lucht verdwijnen. Ik hoef nooit een ontbijt voor hem klaar te maken.

In mijn lach klinkt iets van waanzin door. Of ik word gek, of er waart echt een geest rond in het huis.

Ik weet niet met wie ik kan praten of wie ik in vertrouwen kan nemen. In mijn wanhoop klap ik mijn laptop open. De laatste tekst die ik heb getypt staat nog op het scherm, het is een beschrijving van een recept: voeg volle room, klontjes boter en gepelde oesters samen voor een rijke stoofpot die ooit langs de hele kust van New England op gietijzeren fornuizen heeft staan pruttelen. Ik sluit het bestand, open een zoekmachine. Naar wie moet ik in godsnaam zoeken? Een psychiater hier uit het dorp?

In plaats daarvan typ ik: 'Spookt het in mijn huis?'

Tot mijn verbazing verschijnt er op het scherm een lijst met websites. Ik klik de eerste link open.

Veel mensen denken dat er een geest in hun huis rondwaart, maar meestal zijn er voor hun ervaringen logische verklaringen te vinden. Enkele verschijnselen die mensen beschrijven:

Huisdieren gedragen zich vreemd.

Vreemde geluiden (voetstappen, gekraak) terwijl er niemand anders in huis is.

Voorwerpen verdwijnen en komen op een andere plek tevoorschijn.

Het gevoel in de gaten te worden gehouden...

Ik stop met lezen, kijk opnieuw de keuken rond en denk aan wat hij gisteravond gezegd heeft. *Er moet iemand over je waken.* Wat vreemd gedrag van huisdieren betreft: Hannibal is zo gefocust op het naar binnen werken van zijn ontbijt dat hij niet één keer van zijn voerbak opkijkt. Volkomen normaal gedrag voor die dikzak.

Ik scrol naar de volgende pagina van de website.

Het verschijnen van vage menselijke gedaanten of bewegende schaduwen.

Het gevoel aangeraakt te worden.

Gedempte geluiden.

Onverwachte geuren die komen en weer gaan.

Ik staar naar de laatste vier tekenen van rondwarende geesten. Mijn god, ik ervaar ze allemaal. Niet alleen de aanrakingen en de gedempte geluiden. Ik heb zijn gewicht op me gevoeld. Ik voel zijn mond nog op mijn mond. Ik haal diep adem om rustig te worden. Er zijn meerdere websites aan dit onderwerp gewijd, dus ik ben niet de enige die dit probleem heeft. Hoeveel anderen hebben het internet afgestruind op zoek naar een antwoord? Hoeveel anderen hebben zich afgevraagd of ze gek werden?

Ik richt mijn aandacht weer op het scherm van mijn laptop.

Wat te doen als je denkt dat er een geest in je huis is.

Neem elke ongewone gebeurtenis waar en schrijf op wat je ziet.

Noteer de tijd en de plaats van het verschijnsel.

Leg verschijningen of geluiden op video vast.

Houd altijd een mobiele telefoon binnen bereik.

Bel een deskundige voor advies.

Een deskundige. Waar moet ik die in hemelsnaam vinden? 'Wie ga je bellen?' zeg ik hardop, en mijn lach klinkt waanzinnig.

Ik ga terug naar de zoekmachine en typ: 'Geestenonderzoek Maine.'

Er verschijnt een nieuwe pagina met links naar websites. Op de meeste sites staan verhalen over huizen met geesten, en het lijkt erop dat Maine veel van dit soort verhalen heeft voortgebracht, sommige hebben zelfs de tv gehaald. Geesten in herbergen, geesten op verkeerswegen, geesten in bioscopen. Ik scrol naar beneden, terwijl mijn scepsis groeit. In plaats van verhalen over geesten lijken dit meer griezelverhalen die je vertelt bij een kampvuur. De liftende vrouw in het wit. De man met de hoge hoed. Ik scrol naar beneden en wil het bijna opgeven als mijn oog op een link onderaan valt.

Hulp voor mensen die geesten in huis hebben. Professioneel geestenonderzoek, Maine.

Ik klik op de link. De website is niet uitgebreid, er staat alleen een korte omschrijving van het doel: *We onderzoeken en documenteren paranormale activiteiten in de staat Maine. We geven en verzamelen informatie en bieden emotionele en logistieke hulp aan mensen die paranormale verschijnselen ervaren.*

Er is een contactformulier, maar geen telefoonnummer.

Ik vul mijn naam en telefoonnummer in. In de ruimte voor *De reden waarom u contact met ons opneemt* typ ik: 'Ik denk dat er een geest in mijn huis is. Ik weet niet wat ik eraan moet doen,' en druk op 'verstuur'.

Het bericht vliegt de ether in, en ik voel me bijna meteen erna belachelijk. Heb ik zojuist werkelijk contact opgenomen met een geestenjager? Ik denk aan wat mijn altijd nuchtere zus Lucy hiervan zou vinden. Lucy, wier medische carrière op wetenschap is gebaseerd. Ik heb haar advies nu meer nodig dan ooit, maar ik durf haar niet te bellen. Ik ben bang voor wat ze tegen me zal zeggen, en nog banger voor wat ik tegen háár zal zeggen. Mijn oude vriend en redacteur Simon ga ik ook niet bellen, want hij zou zeggen dat het me in de bol is geslagen. En me er vervolgens aan herinneren dat ik mijn manuscript allang had moeten inleveren.

In een poging mijn zinnen te verzetten schep ik het laatste restje van de stoofpot in een kom om het in de koelkast te zetten. Ik trek de deur open en zie de fles sauvignon blanc staan. Hij ziet er zo verrukkelijk uit dat ik de koude, scherpe smaak van alcohol bij voorbaat al proef. De fles is zo aanlokkelijk dat ik de ping van een binnenkomende e-mail in mijn inbox bijna mis.

Ik loop naar mijn laptop. Hoewel de mail van een onbekend account is, open ik hem.

Van: Maeve Cerridwyn
Re: De geest in je huis.
Wanneer wil je afspreken?

Negen

Het is twee uur rijden van Tucker Cove naar Tranquility, het dorp waar de geestenjager woont. Volgens de kaart is het hemelsbreed niet meer dan negentig kilometer, maar Tranquility ligt landinwaarts en is vanaf de kust alleen via binnenwegen te bereiken. Ik rij langs verlaten boerderijen met ingestorte schuren, langs door jonge bomen in bezit genomen braakliggende akkers, door bossen waar bomen het zonlicht verdringen. Mijn gps stuurt me over wegen die nergens heen lijken te leiden, maar ik gehoorzaam de irritante stem uit de speaker braaf omdat ik geen idee heb waar ik ben. Ik heb al kilometerslang geen andere auto gezien en begin me af te vragen of ik in cirkels rondrijd. Ik zie alleen maar bomen en alle bochten in de weg lijken op elkaar.

Dan zie ik aan de kant van de weg een brievenbus waarop een lichtblauwe vlinder is geschilderd. Nummer 41. Hier moet ik zijn.

Ik draai de onverharde oprit op en voor me verschijnt op een open plek in het bos het huis van Maeve Cerridwyn. Ik had me het huis van een geestenjager donker en onheilspellend voorgesteld, maar deze cottage in het bos lijkt op een huis waar je zeven alleraardigste dwergen zou kunnen aantreffen. Als ik uit mijn auto stap, hoor ik een klingelende windgong. Achter het huis staat een rij berkenbomen, hun witte basten als spookachtige bewakers van het bos. De zonnige voortuin is ingericht als kruidentuin waar salie en kattenkruid in bloei staan.

Ik volg het natuurstenen pad door de tuin, waar ik mijn culinaire vrienden herken: tijm en rozemarijn, peterselie en dragon, basilicum en oregano. Maar er staan ook kruiden die ik niet ken, en in dit magische bosgebied vraag ik me af voor welke mysterieuze doeleinden ze gebruikt worden. Voor liefdesdrankjes misschien, of om demonen af te weren? Ik buig me voorover om een struik met blauwe bessen en kleine paarse bloemetjes te bekijken.

Als ik overeind kom, schrik ik als ik zie dat er op de veranda van het huis een vrouw naar me staat te kijken. Hoelang staat ze daar al?

'Fijn dat je het gevonden hebt, Ava,' zegt ze. 'Je kunt hier gemakkelijk verdwalen.'

Maeve Cerridwyn ziet er heel anders uit dan hoe ik me een geestenjager had voorgesteld. Het is een kleine vrouw met een onopvallend, vriendelijk gezicht, helemaal niet geheimzinnig of eng. Ze heeft zomersproetjes en diepe lachrimpeltjes om haar lichtblauwe ogen, haar donkere haar is hier en daar zilvergrijs. Ik kan me niet voorstellen dat deze vrouw geesten overdondert of demonen te lijf gaat, eerder dat ze koekjes voor ze zou bakken.

'Sorry dat je helemaal naar mij moest komen. Ik ga meestal zelf naar het huis van de cliënt, maar mijn auto staat nog bij de garage.'

'Helemaal niet erg. Ik vind het wel fijn om even van huis te zijn.' Ik kijk naar haar tuin. 'Prachtig! Ik schijf kookboeken, en ik ben altijd op zoek naar kruiden die ik nog niet uitgeprobeerd heb.'

'Nou, met die daar kun je maar beter niet koken,' zegt ze naar de struik wijzend die ik net bewonderde. 'Dat is belladonna. Een giftige plant uit de nachtschadefamilie. Een paar besjes kunnen al dodelijk zijn.'

'Waarom heb je hem dan?'

'Elke plant heeft zijn nut, ook de giftige. Tinctuur van belladonna kan als pijnstiller gebruikt worden en helpt wonden genezen.' Ze glimlacht. 'Kom verder. Ik beloof je dat ik niets in je thee zal doen, alleen honing.'

Ik loop naar binnen en blijf even staan, ik kijk verbaasd om me heen naar de spiegels die aan bijna elke muur hangen. Sommige bestaan uit niet meer dan glasscherven, andere reiken van de vloer tot het plafond. Sommige hebben een overdadig gedecodeerde lijst. Overal waar ik kijk, als ik van de ene in de andere spiegel kijk, zie ik beweging van mezelf.

'Zoals je ziet heb ik een obsessie voor spiegels,' bekent ze. 'Sommige mensen verzamelen porseleinen kikkers. Ik verzamel spiegels uit de hele wereld.' Ze wijst ze aan terwijl we door de gang lopen. 'Deze komt uit Guatemala. Die uit India. Die uit Maleisië. Die uit Slovenië. Waar je ook bent in de wereld, mensen willen naar zichzelf kijken. Zelfs parelhoenen willen hun spiegelbeeld zien.'

Ik blijf voor een opvallend exemplaar staan. Rond het spiegelglas zit een goedkope lijst, versierd met vreemde, enge gezichten. *Demonen.* 'Interessante hobby heb je,' mompel ik.

'Het is meer dan een hobby. Het is ook mijn bescherming.'

Ik kijk haar vragend aan. 'Bescherming waartegen?'

'In sommige culturen denken mensen dat spiegels gevaarlijk zijn. Dat ze de poort naar een andere wereld zijn, een poort waar geesten zich door kunnen bewegen om ellende te veroorzaken. Maar de Chinezen denken dat spiegels afweermiddelen zijn en hangen ze buiten aan hun huis om kwade geesten af te weren. Als een demon zijn spiegelbeeld ziet, schrikt hij en zal hij je niet storen.' Ze wijst naar de spiegel boven de deuropening van de keuken waarvan de lijst felgroen en goudkleurig is geschilderd. 'Dat is een Bagua-spiegel. Zie je dat hij bol is? Hij absorbeert negatieve energie, voorkomt dat die in mijn keuken komt.' Ze ziet de twijfel op mijn gezicht. 'Je denkt dat het onzin is, hè?'

'Ik ben altijd sceptisch als het om het bovennatuurlijke gaat.'

Ze glimlacht. 'Toch ben je hier.'

We gaan in haar keuken zitten. Voor het raam bungelen kristallen die kleine regenbogen op de muren werpen. In deze ruimte hangen geen spiegels. Misschien denkt ze dat er niets in de keuken kan binnendringen omdat die beschermd wordt door de verzameling demonafstotende spiegels in de gang. Ik ben blij dat ik mezelf hier niet meer overal zie. Net als die demonen ben ik bang voor mijn spiegelbeeld, bang om mezelf in de ogen te kijken.

Maeve zet twee dampende koppen kamillethee op tafel en gaat tegenover me zitten. 'Vertel me nu eens over je geestprobleem.'

Ik kan er niets aan doen, maar lach wat schaapachtig. 'Sorry, maar ik vind dit eigenlijk belachelijk.'

'Natuurlijk. Dat komt doordat je niet in geesten gelooft.'

'Nee, dat klopt. Ik heb er nooit in geloofd. Ik heb altijd gedacht dat mensen die geesten zagen aan wanen leden of een te rijke fantasie hadden, maar ik weet niet hoe ik de gebeurtenissen in mijn huis anders zou kunnen verklaren.'

'Denk je dat die gebeurtenissen paranormaal zijn?'

'Ik weet het niet. Maar ik heb ze echt niet verzonnen.'

'Dat weet ik wel zeker. Maar oude huizen hebben nu eenmaal krakende vloeren. Het hout zet uit en krimpt. Kranen druppelen.'

'Geen van die dingen verklaren wat ik heb gezien. Of heb gevoeld toen hij mij aanraakte.'

Haar wenkbrauwen gaan omhoog. 'Ben je door iets aangeraakt?'

'Ja.'

'Waar?'

'Mijn gezicht. Hij raakte mijn gezicht aan.' Ik vertel haar niet waar hij me nog meer heeft betast. Of dat hij me met zijn lichaam tegen het matras drukte.

'Je zei door de telefoon dat je ook dingen ruikt. Vreemde geuren.'

'Dat is bijna altijd het eerste wat ik merk voordat hij verschijnt.'

'Geuren worden vaak beschouwd als wachters van een bovennatuurlijke aanwezigheid. Is het een onaangename geur?'

'Nee. Het lijkt op een wind vanuit zee. De geur van de zee.'

'Wat merk je nog meer? Je zei dat je kat zich soms vreemd gedraagt.'

'Ik denk dat hij snapt dat er iets vreemds aan de hand is. Ik denk dat hij hem ziet.'

Maeve knikt en neemt een slokje thee. De dingen die ik zeg lijken haar totaal niet te verbazen en de rust waarmee ze mijn bizarre verhaal aanhoort, kalmeert me op de een of andere manier. Het geeft me het gevoel dat mijn verhaal eigenlijk niet zo belachelijk is. 'Wat *zie* je, Ava? Beschrijf het eens.'

'Ik zie een man. Hij is van mijn leeftijd, hij heeft dik zwart haar.'

'Een verschijning ten voeten uit.'

'Ja, van top tot teen.' *En meer.* 'Hij draagt een donkere jas zonder versieringen. Hij lijkt op de jas die kapitein Brodie draagt op zijn portret.'

'Is kapitein Brodie de man die je huis heeft gebouwd?'

Ik knik. 'Zijn portret hangt in het gebouw van het Historisch Genootschap van Tucker Cove. Ze zeggen dat hij op zee is omgekomen, misschien dat ik daarom de zee ruik als hij verschijnt. En hij zei tegen me: "Je bent in mijn huis." Hij denkt dat het nog steeds zijn huis is. Ik vraag me af of hij wel beseft dat hij overleden is...' Ik wil zo vreselijk graag dat ze me gelooft dat ik, als ik mijn ogen neersla, zie dat mijn handen zich aan de tafel vastklampen. 'Het is kapitein Brodie. Ik weet het zeker.'

'Voel je je welkom in dat huis?'

'Nu wel.'

'Eerst niet?'

'Toen ik het voor het eerst van buiten zag, maakte het huis een onvriendelijke indruk op me. Alsof het mij niet wilde. Ik ging naar binnen en rook de zee. En plotseling voelde ik me welkom. Ik had het gevoel dat het huis me accepteerde.'

'Was je niet een beetje bang?'

'Eerst wel, maar nu niet meer. Zou ik bang moeten zijn?'

'Dat hangt ervan af. Ik weet niet of het alléén maar een geest is.'

'Wat zou het anders kunnen zijn?'

Ze aarzelt, en voor het eerst merk ik dat ze zich ongemakkelijk voelt, alsof ze niet wil vertellen wat ze denkt. 'Geesten zijn zielen van overledenen die onze wereld nog niet helemaal verlaten hebben,' legt ze uit. 'Ze blijven bij ons om iets af te maken. Of ze zitten hier vast omdat ze nog niet beseffen dat ze dood zijn.'

'Zoals kapitein Brodie.'

'Misschien. Laten we hopen dat dat het is. Een goedwillende geest.'

'Zijn er ook geesten die niet goedwillend zijn?'

'Het ligt eraan wat voor iemand hij tijdens zijn leven was. Aardige mensen worden aardige geesten. Omdat jouw entiteit je niet bang lijkt te maken, is hij waarschijnlijk aardig. Een geest die jou in zijn huis heeft geaccepteerd. Die je misschien tegen kwaad probeert te beschermen.'

'Dan hoef ik me geen zorgen te maken.'

Ze pakt haar kop thee en neemt een slok. 'Waarschijnlijk niet.'

Het woord 'waarschijnlijk' bevalt me niet. De mogelijkheden die het oproept bevallen me niet. 'Is er iets waar ik me wél zorgen over moet maken?'

'Er zijn ook entiteiten die zich aan een huis hechten. Soms worden ze door een negatieve energie aangetrokken.

Poltergeisten bijvoorbeeld verschijnen in gezinnen met pubers. Of in gezinnen die een onrustige emotionele tijd doormaken.'

'Ik woon daar alleen.'

'Zit je in een emotionele crisis momenteel?'

Waar moet ik beginnen? Ik zou kunnen vertellen dat ik de afgelopen acht maanden verlamd was door schuldgevoel. Ik zou kunnen vertellen dat ik Boston ben ontvlucht omdat ik het verleden niet onder ogen kan zien. Maar ik vertel haar niets, zeg alleen: 'Ik probeer een boek af te maken. Het had bijna een jaar geleden moeten verschijnen en mijn redacteur valt me er constant over lastig. Dus ja, ik ben momenteel wel wat gestrest.'

Ze kijkt me onderzoekend aan, haar blik zo doordringend dat ik wegkijk als ik vraag: 'Hoe kom ik erachter of het een poltergeist is?'

'Poltergeisten manifesteren zich heel fysiek. Ze bewegen voorwerpen of laten ze zweven. Ze kunnen schalen laten vliegen, slaan deuren dicht. Ze kunnen zelfs gewelddadig zijn.'

Ik kijk op. 'Gewelddadig?'

'Maar dat heb jij niet meegemaakt. Toch?'

Ik aarzel. 'Nee.'

Zou ze me geloven? Het feit dat ze zwijgt impliceert dat ze twijfelt, maar na een paar tellen gaat ze gewoon weer verder. 'Ik zal wat achtergrondonderzoek doen naar je huis; misschien is er in het verleden iets gebeurd wat de aanwezigheid van een geest in je huis verklaart. Daarna beslissen we of we het huis moeten zuiveren.'

'Zuiveren? Bedoel je dat we hem dan kwijt zijn?'

'Er zijn manieren om het verschijnsel te doen stoppen. Doen deze activiteiten zich dagelijks voor?'

'Nee.'

'Wanneer was de laatste keer?'

Ik sla mijn ogen neer en kijk naar mijn theekopje. 'Drie avonden geleden.' Drie nachten heb ik wakker gelegen, wachtte ik op de terugkeer van de kapitein. Vroeg ik me af of ik hem niet gewoon verzonnen had. Was ik bang dat ik hem nooit meer zal zien.

'Ik wil niet dat hij verdreven wordt,' zeg ik. 'Ik wil alleen de bevestiging dat wat ik zag écht is.'

'Dus je accepteert zijn aanwezigheid?'

'Wat moet ik anders?'

'Je kunt hem vragen te vertrekken.'

'Is het zo eenvoudig?'

'Ja, soms wel. Ik heb cliënten gehad die hun geest vroegen het huis te verlaten en verder te gaan. En daarmee was het probleem opgelost. Ik kan je helpen, als je wilt.'

Ik denk even na over hoe het zou zijn om nooit meer een glimp van hem in de schaduw te zien. Om nooit meer zijn aanwezigheid te voelen, te voelen dat hij over me waakt. Me beschermt. *Onder mijn dak zal je niets gebeuren.*

'Ben je bereid om met deze entiteit te leven?' vraagt ze.

Ik knik. 'Vreemd genoeg voel ik me veilig in de wetenschap dat hij er is.'

'Dan is niets doen een redelijke keuze. Ondertussen zoek ik informatie over Brodie's Watch. De bibliotheek van de staat Maine in Augusta heeft een krantenarchief dat eeuwen teruggaat, en ik heb een vriendin die daar werkt.'

'Wat ga je zoeken?'

'Of er in het huis tragische gebeurtenissen hebben plaatsgevonden. Sterfgevallen, zelfmoorden, moorden. Berichten over paranormale activiteiten.'

'Ik weet dat zich in het huis een tragedie heeft afgespeeld. Mijn timmerman heeft me erover verteld. Hij zei dat het ongeveer twintig jaar geleden is gebeurd, op de avond van Halloween. Een stel tieners is het huis binnengedrongen, is dronken geworden en werd overmoedig. Een van de meisjes in van de uitkijkpost gevallen en overleden.'

'Er was dus een sterfgeval.'
'Dat was gewoon een ongeluk. Het is de enige tragedie waar ik van weet.'
Haar blik dwaalt af naar het keukenraam, waar kleurige kristallen hangen. Zachtjes zegt ze: 'Als er andere waren, zou het me verbazen.'
'Wat zou je verbazen?'
Ze kijkt me aan. 'Dat je probleem inderdaad een geest is.'

Het is al eind van de middag als ik terugrijd naar Tucker Cove. Onderweg stop ik bij een wegrestaurant om iets te eten en na te denken over wat Maeve tegen me zei: 'Ik kan je helpen. Er zijn manieren om het verschijnsel te doen stoppen.' Manieren om kapitein Brodie voor altijd te laten verdwijnen. Maar dat is niet wat ik wil, dat wist ik al voordat ik met haar sprak. Het enige wat ik wilde is geloofd worden. Ik wilde weten of dat wat ik in Brodie's Watch zag en voelde echt was. Ik ben helemaal niet bang voor de geest van kapitein Brodie.
Wat me beangstigt is de mogelijkheid dat hij niet bestaat en dat ik gek word.
Terwijl ik wacht op de gebraden kip die ik besteld heb, scrol ik door de berichten op mijn telefoon. Ik had hem tijdens mijn gesprek met Maeve op stil gezet en zie nu dat ik een paar nieuwe voicemails heb. De eerste is van Simon, mijn redacteur, die weer gebeld heeft over de status van mijn te laat ingeleverde manuscript. 'De hoofdstukken die je hebt gestuurd zijn fantastisch! Wanneer krijg ik de volgende? We moeten het ook over een nieuwe publicatiedatum hebben.'
Ik zal hem morgen mailen. Ik kan hem melden dat het goed gaat met het boek. (En dat mijn timmermannen dikker worden.) Ik scrol naar de volgende twee voicemails, beide van spambellers, en zie dan een bekend nummer.
Om 13.23 uur heeft Lucy gebeld.

Ik beluister haar bericht niet, ik kan me er niet toe zetten haar stem te horen.

In plaats daarvan richt ik mijn aandacht op mijn maaltijd, die net is gebracht. De gebraden kip is droog en taai en de aardappelpuree komt waarschijnlijk uit een pakje. Hoewel ik tussen de middag niets heb gegeten heb ik geen trek, maar ik dwing mezelf te eten. Ik wil niet aan Lucy, aan Simon of aan het boek denken dat ik moet afmaken. Nee, ik wil aan de geest denken, die een welkome afleiding voor me is geworden. Maeve heeft me ervan overtuigd dat ook andere mensen, mensen die bij hun volle verstand zijn, geesten zien. En welke eenzame vrouw zou haar bed niet willen delen met een knappe kapitein?

Waar was je, kapitein Brodie? Zie ik je vanavond?

Ik reken de maaltijd, waar ik nauwelijks van heb gegeten, af en ga weer de weg op.

Tegen de tijd dat ik thuis ben, is het avond. Het is zo donker dat ik op de tast de trap naar de veranda op loop. Als ik de voordeur bereik, blijf ik staan, de zenuwen gierend door mijn lijf. Zelfs in het donker zie ik dat de deur op een kier staat.

Het is vrijdag vandaag, dus Billy en Ned hebben in het huis gewerkt, maar zij zouden de deur nooit open laten staan. Ik bedenk wie er nog meer een sleutel van de voordeur zouden kunnen hebben: Donna Branca, Arthur Sherbrooke en de vorige huurder. Is Charlotte vergeten haar sleutel in te leveren toen ze wegging? Heeft iemand anders hem te pakken gekregen?

Er klinkt vanuit het huis een luide miauw en Hannibal steekt zijn kop om de deur om me te begroeten. Mijn slimme Maine Coon kan deurknoppen omdraaien en deuren openduwen, en hij ziet er doodkalm uit. Omdat hij niet in paniek is, zal binnen waarschijnlijk alles in orde zijn.

Ik duw zachtjes tegen de deur en hij zwaait met een schril piepgeluid open. Ik knip het licht aan en zie niets ongewoons in de hal. Hannibal gaat aan mijn voeten zitten, zijn staart zwiept heen en weer en hij miauwt om zijn eten. Misschien is Ned vergeten de deur dicht te doen. Misschien wist Hannibal hem open te krijgen.

Misschien heeft de geest het gedaan.

Ik volg Hannibal naar de keuken en doe het licht aan. Hij stevent regelrecht af op de kast waar het kattenvoer in staat, maar ik kijk niet meer naar hem. Er is iets anders dat mijn aandacht trekt. Een kluit modder op de grond.

En een schoenafdruk.

Ik zie nog een schoenafdruk, en nog een, en ik volg het spoor naar waar het vandaan komt: het keukenraam. Het staat wagenwijd open.

Tien

De politie doorzoekt alle kamers, alle kasten van mijn huis. Met 'de politie' bedoel ik agent Quinn en agent Tarr. De haas en de schildpad was het eerste wat bij me opkwam toen ik ze uit hun politiewagen zag stappen. De jonge Quinn sprong als een haas van de passagiersstoel terwijl agent Tarr, die me ergens in de vijftig lijkt, moeizaam van de bestuurdersplaats overeind kwam. Met de trage Tarr aan het stuur is het geen wonder dat het drie kwartier duurde voor ze op mijn 112-oproep reageerden.

Maar nu zijn ze er, en ze benaderen de inbraak met een ernst alsof het een moordonderzoek is. Ze gaan met me mee naar boven naar de slaapkamers. Agent Quinn snelt de trap op terwijl Tarr achter hem aan sukkelt, en ik bevestig dat er niets lijkt te ontbreken of op een andere plek staat. Terwijl Tarr ijverig in zijn notitieboekje aantekeningen maakt, doorzoekt Quinn de kasten en vliegt de trap naar de torenkamer op om te checken of de inbreker zich daar schuilhoudt.

Weer beneden in de keuken bekijken ze de schoenafdrukken wat beter. Ze zijn groter dan de mijne. Dan richt Tarr zijn aandacht op het open raam, waarschijnlijk de plek van binnenkomst.

'Was dit raam open toen u het huis verliet?' vraagt hij me.

'Ik weet het niet meer. Ik weet wel dat ik het vanochtend toen ik mijn ontbijt klaarmaakte heb opengedaan.' Ik kan me niet herinneren of ik het raam heb dichtgetrokken zonder het op slot te doen. De laatste tijd ben ik zo met mijn gedachten bij het boek en de geest dat ik de dingen die ik zou moeten onthouden vergeet. *Zoals hoe ik aan die blauwe plekken kom.*

'Heeft u de afgelopen dagen hier iemand zien rondhangen? Iemand die er verdacht uitziet?'

'Nee. Er zijn twee timmermannen die hier werken, maar die zou ik niet verdacht noemen.'

Hij gaat naar een nieuw blaadje van zijn notitieboekje. 'Hoe heten ze?'

'Ned en Billy.' Hun achternamen zijn me ontschoten. Tarr kijkt me aan.

'Ned? Ned Haskell?'

'Ja, zo heet hij.'

Er valt een stilte als hij over deze informatie nadenkt, een stilte die me onrustig maakt. 'Ze hebben toegang tot het huis,' leg ik uit. 'Ik laat een sleutel voor ze achter. Ze kunnen gewoon door de voordeur, ze hoeven niet door het raam te klimmen om binnen te komen.'

Tarrs blik gaat door de keuken en blijft bij mijn laptop hangen, die nog op de keukentafel staat, ingeschakeld en aangesloten. Vervolgens dwaalt zijn blik naar het aanrecht, waar een kommetje met wat kleingeld op staat. Agent Tarr is traag, maar niet dom; hij trekt uit de aanwijzingen een verbijsterende conclusie.

'De inbreker verwijdert het voorzetraam en gooit het in de bosjes,' zegt hij, hardop denkend. 'Hij klimt door het open raam en laat vervolgens een spoor van modder op de vloer achter.' Hij buigt zijn schildpadachtige hoofd om de schoenafdrukken te volgen, die halverwege de keuken vervagen. 'Hij is in je huis maar neemt geen waardevolle spullen mee. Laat de laptop staan. Neemt zelfs niet de moeite om het kleingeld in zijn zak te steken.'

'Het was dus geen beroving?' vraagt Quinn.

'Dat kan ik nog niet zeggen.'

'Waarom heeft hij niets meegenomen?'

'Omdat hij misschien de kans niet kreeg.' Tarr sjokt naar de hal. Kreunend gaat hij op zijn knieën zitten. Pas dan zie ik waar hij naar kijkt: een kluit aarde vlak voor de drempel van de voordeur die ik net niet had gezien.

'Van zijn schoenen gevallen,' zegt Tarr. 'Gek, vind je niet? Hij heeft nergens anders in het huis troep achtergelaten. Alleen in de keuken en hier toen hij op weg was naar de voordeur. Ik vraag me af...'

'Wat?' vraag ik.

'Waarom hij er zo snel vandoor moest. Hij heeft niets meegenomen. Is niet naar boven gegaan. Hij klom door het raam, liep door de keuken en had vervolgens zo'n haast het huis te verlaten dat hij niet eens de deur achter zich dichttrok.' Tarr komt weer kreunend overeind. Zijn gezicht is knalrood van de inspanning. 'Een raadsel, vinden jullie niet?'

We denken alle drie zwijgend na over een mogelijke verklaring van het merkwaardige gedrag van de inbreker. Hannibal glipt langs me heen en vlijt zich aan de voeten van agent Tarr, wiens traagheid niet voor de zijne onderdoet.

'Blijkbaar is hij ergens van geschrokken,' oppert Quinn. 'Misschien zag hij de koplampen van uw auto op de oprit en is hij gevlucht.'

'Maar ik heb niemand gezien,' zeg ik. 'En er stond geen auto op de oprit toen ik thuiskwam.'

'Dan zou het ook een tiener geweest kunnen zijn,' zegt Quinn. 'Je kunt hier ook over het rotspad komen. Het pad begint bij het openbare strand, nog geen anderhalve kilometer hiervandaan. Ik denk dat we daarvan uit moeten gaan. Een tiener die dacht dat hij in een leegstaand huis inbrak. Dat is hier eerder gebeurd.'

'Ja, dat heb ik gehoord,' zeg ik. Ik denk terug aan wat Ned me heeft verteld over de Halloweeninbraak en het arme meisje dat een noodlottige val maakte van de uitkijkpost.

'We geven u hetzelfde advies dat we haar gaven. Sluit de deuren en de ramen. En laat het ons weten als...'

'Haar?' Ik kijk de agenten om beurten aan. 'Over wie hebben jullie het?'

'Over de dame die voor u het huis huurde. De onderwijzeres.'

'Was er ook bij Charlotte ingebroken?'

'Ze lag in bed toen ze beneden iets hoorde. Ging naar beneden en zag dat er een raam openstond. Maar hij was toen al weg, en er was niets verdwenen.'

Ik kijk naar de kluit aarde afkomstig van de schoen van de inbreker die vanavond in mijn huis is geweest. Een inbreker die zich misschien nog in mijn huis bevond op het moment dat ik met mijn auto de oprit op reed. Ik krijg kippenvel en sla mijn armen om me heen. 'En als het nu eens geen kind is geweest?' vraag ik zacht.

'Tucker Cove is een heel veilig dorp, mevrouw,' zegt agent Quinn. 'Er is wel eens een winkeldief, maar we hebben geen grote incidenten–'

'Het is altijd goed om voorzorgsmaatregelen te nemen,' onderbreekt Tarr hem. 'Houd deuren en ramen gesloten. En misschien moet u een hond nemen.' Hij kijkt naar Hannibal die tegen zijn schoen ligt te spinnen. 'Ik denk niet dat uw kat een inbreker de stuipen op het lijf kan jagen.'

Maar ik ken iemand die dat wel kan. *De geest.*

Ik doe de voordeur op slot en sluit en vergrendel alle ramen op de begane grond. De politie heeft alle kamers, alle kasten gecontroleerd, maar ik sta nog te trillen op mijn benen, ik kan nog niet naar bed.

Dus ga ik naar de keuken en schenk een glas whiskey in. En daarna nog een.

De tweede fles is nu bijna op. Toen ik mijn intrek nam in

Brodie's Watch was deze fles vol. Heb ik die whiskey al zo snel soldaat gemaakt? Ik weet dat ik me tot één glas zou moeten beperken, maar na deze enerverende dag heb ik een opkikkertje nodig. Ik ga met mijn glas en de fles met het restje naar boven.

In mijn slaapkamer kijk ik om me heen terwijl ik de knoopjes van mijn blouse openmaak en mijn spijkerbroek uittrek. Als ik in mijn ondergoed sta voel ik me kwetsbaar, ook als is er niemand. Dat wil zeggen niemand die ik kan zien. Vanavond is de zee onrustig, en door het open raam hoor ik het geruis van de golven. Zwart als inkt strekt de zee zich uit tot de door sterren verlichte horizon. Hoewel mijn kamer over eenzame rotsen en water uitkijkt, begrijp ik waarom Charlotte hier gordijnen voor het raam wilde. Het is alsof de nacht ogen heeft die me hier in het licht kunnen zien staan.

Ik doe het licht uit en laat het duister over me heen komen. Als ik voor het raam ga staan en de koele wind over mijn huid laat gaan, voel ik me niet langer bekeken. Ik zal het missen als ik terug in Boston ben om bij het geluid van de golven in slaap te vallen, de zoute wind op mijn huid te voelen. Stel dat ik niet meer naar mijn huis in de stad ga? De laatste tijd denk ik steeds vaker aan deze mogelijkheid. Ik kan overal werken, overal schrijven. In Boston heb ik mijn schepen achter me verbrand, als een dronken pyromaan mijn leven in de fik gestoken. Waarom zou ik niet in Tucker Cove blijven, hier in dit huis?

Ik trek mijn nachtpon aan en als die over mijn hoofd glijdt, zie ik een lichtflits bij mijn raam. Het licht flikkert heel even en verdwijnt weer.

Ik tuur de nacht in. Ik weet dat er buiten behalve rotsen en de zee niets is, maar waar kwam dat licht dan vandaan? In mijn donkere slaapkamer ben ik onzichtbaar, maar een paar tellen geleden had eenieder die dit raam in de gaten hield me naakt kunnen zien staan. Bij die gedachte stap ik naar achteren, dieper het donker in. Dan zie ik nog een lichtflits, hij danst als een stuk lava in de wind. Hij zeilt langs het raam en verdwijnt in de nacht.

Een vuurvliegje.

Ik neem een slok whiskey en denk aan de warme zomeravonden waarop Lucy en ik op de boerderij van onze grootouders vuurvliegjes probeerden te vangen. Rennend over een wei waarboven honderden sterretjes schitterden, zwaaiden we met onze netjes en sloten we hele sterrenstelsels op in weckpotten. Met onze vuurvlieglantaarns keerden we als tweelingfeeën terug naar de boerderij. De herinnering is plotseling zo helder dat ik het gras onder mijn voeten voel kriebelen en de hordeur hoor piepen als we het huis in gaan. Ik herinner me dat we de halve nacht wakker lagen en ons verbaasden over de wervelende lichtjes in onze potten, een op haar en een op mijn nachtkastje. Ze hoorden bij elkaar, net als Lucy en ik.

Zo was het altijd.

Ik schenk de laatste whiskey in mijn glas, sla het achterover en ga op bed liggen.

Het is drie nachten geleden dat kapitein Brodie voor het laatst is verschenen. Ik heb urenlang wakker gelegen, geplaagd door twijfels of hij wel echt bestaat. Me afgevraagd of ik er uiteindelijk toch aan onderdoor ga. Toen ik vandaag bij de geestenjager was, zocht ik zekerheid dat ik niet aan waanvoorstellingen lijd, dat het echt is wat ik meemaak. Maar mijn twijfels zijn weer terug.

God, ik moet slapen. Ik zou er ik weet niet wat voor over hebben om één nacht goed te slapen. Ik ben in de verleiding om naar beneden, naar de keuken te gaan en een nieuwe fles wijn open te trekken. Nog één of twee glazen brengen mijn gedachten misschien tot rust.

Hannibal die naast me op bed ligt, richt plotseling zijn kop op. Zijn gepluimde oren staan rechtovereind en hij staart gealarmeerd naar het open raam. Ik zie daar niets ongewoons, geen veelbetekenende mistvlaag, geen schaduw die een vaste vorm aanneemt.

Ik stap uit bed en kijk naar buiten, naar de zee. 'Kom terug,' smeek ik. 'Kom alsjeblieft terug.'

Ik voel een lichte aanraking op mijn arm, maar dat moet verbeelding zijn. Heeft mijn wanhopig verlangen naar gezelschap uit het gefluister van een zacht briesje de streling van een geest opgeroepen? Maar ik voel de warme druk van een hand op mijn schouder. Ik draai me om en daar is hij. Hij staat recht voor me. Zo levensecht als een man maar kan zijn.

Ik pink mijn tranen weg. 'Ik dacht dat ik je nooit meer zou zien.'

'Je hebt me gemist.'

'Ja.'

'Hoe erg, Ava?'

Ik zucht en doe mijn ogen dicht terwijl zijn vingers mijn wang strelen. 'Heel erg. Ik kan alleen maar aan jou denken. Ik…'

'Verlang?'

De vraag, fluisterend gesteld, brengt een plotselinge opwinding in me teweeg. Ik open mijn ogen en zie een gezicht in de schaduw. Bij het licht van de sterren zie ik alleen de scherpe neus, de uitstekende jukbeenderen. Wat verbergt het duister nog meer?

'Verlang je naar me?' vraagt hij.

'Ja.'

Hij streelt mijn gezicht, en hoewel zijn vingers zacht zijn, brandt mijn huid onder zijn aanraking. 'Ben je bereid je aan mij te onderwerpen?'

Ik slik. Ik weet niet wat hij wil, maar ik sta op het punt ja te zeggen. Op alles.

'Wat wil je dat ik doe?' vraag ik.

'Alles waartoe je bereid bent.'

'Wat moet ik doen? Zeg het.'

'Je bent geen maagd meer. Je bent wel vaker met een man naar bed geweest.'

'Ja.'

'Mannen met wie je gezondigd hebt.'

'Ja,' fluister ik nauwelijks hoorbaar.

'Zonden waarvoor je nog niet hebt geboet.' De hand die mijn gezicht zo teder omvat, verstrakt plotseling. Ik kijk in zijn ogen. Hij weet het. Op de een of andere manier heeft hij in mijn ziel gekeken en mijn schuldgevoel gezien. Mijn zonde.

'Ik weet wat je kwelt, Ava. En ik weet waar je naar verlangt. Ben je bereid je te onderwerpen?'

'Ik begrijp het niet.'

'Zeg het.' Hij komt dichterbij. 'Zeg dat je bereid bent je aan mij te onderwerpen.'

Mijn stem is nauwelijks hoorbaar. 'Ik ben bereid me aan jou te onderwerpen.'

'Je weet wie ik ben.'

'Jeremiah Brodie.'

'Ik ben de gezagvoerder. Ik geef bevelen. Jij gehoorzaamt.'

'En als ik dat niet doe?'

'Dan wacht ik op een vrouw die beter bij mij past. Maar dan zal jij mijn huis moeten verlaten.' Ik voel zijn aanraking verslappen en ik zie dat zijn gezicht in de schaduw oplost.

'Alsjeblieft!' roep ik. 'Ga niet weg!'

'Je moet erin toestemmen.'

'Dat doe ik.'

'Onderwerp je je aan mij?'

'Ja.'

'Gehoorzaam je mij?'

'Ja.'

'Ook als er pijn aan te pas komt?'

Ik zwijg. 'Hoeveel pijn?' fluister ik.

'Genoeg om je genot te vergroten.'

Hij streelt mijn borsten, zijn liefkozing is warm en zacht. Ik zucht en gooi mijn hoofd achterover. Ik verlang naar meer, veel meer. Hij knijpt in mijn tepel, en mijn knieën knikken als de onverwachte pijn overgaat in genot.

'Als je er klaar voor bent,' fluistert hij, 'kom ik naar je toe.'

Ik open mijn ogen, maar hij is al weg.

Ik sta alleen in mijn kamer, trillend, mijn benen onvast. Mijn borsten tintelen, mijn tepel is nog gevoelig. Ik ben opgewonden, en ik voel dat ik vochtig ben. Mijn lichaam smacht ernaar te worden bezeten, te worden opgeëist, maar hij heeft me verlaten.

Was hij er eigenlijk wel echt?

Elf

De volgende ochtend word ik wakker met koorts.

De zon heeft de mist opgelost en buiten tjirpen vogels, maar de zachte zeebries die door het open raam naar binnen waait, voelt als een ijskoude wind. Ik stap rillend van de kou uit bed om het raam dicht te doen en kruip er vervolgens weer in. Ik heb geen zin om eruit te komen. Ik heb geen trek in eten. Ik wil dat het rillen ophoudt. Ik rol me op en val in een diepe, onrustige slaap.

Ik blijf de hele dag in bed liggen, kom er alleen uit om naar het toilet te gaan of een slokje water te nemen. Mijn hoofd bonkt en omdat het zonlicht pijn doet aan mijn ogen, trek ik het dekbed over mijn hoofd.

Ik hoor de stem die mijn naam roept maar nauwelijks. Een vrouwenstem.

Als ik het dekbed terugsla, zie ik dat het daglicht is verdwenen en de kamer in duisternis is gehuld. Nog half in slaap vraag ik me af of ik wel echt geroepen werd of dat ik het alleen maar droomde. En heb ik echt de hele dag geslapen? Waarom heeft Hannibal me niet wakker gekrabd, niet om zijn ontbijt gevraagd?

Ik kijk om me heen, mijn ogen doen pijn, maar mijn kat is nergens te bekennen en de deur van de kamer staat wagenwijd open.

Iemand klopt op de voordeur, en opnieuw hoor ik mijn naam. Het was dus geen droom.

Ik kan me er niet toe zetten mijn bed uit te gaan, maar

degene die op de deur staat te kloppen geeft niet op. Ik trek mijn ochtendjas aan en strompel de kamer uit. Het is schemerig en terwijl ik me stevig aan de leuning vasthoud, loop ik de trap af. In de hal zie ik tot mijn schrik dat de voordeur openstaat, en in de deuropening tekent het silhouet van mijn bezoeker zich scherp af tegen de koplampen van een auto.

Ik zoek de lichtschakelaar en als ik die aanknip, is het licht zo hel dat het zeer doet aan mijn ogen. Nog versuft heb ik even de tijd nodig om me haar naam te herinneren, ook al heb ik haar gisteren nog gesproken, gisteren toen ik bij haar thuis was.

'Maeve?' Weet ik uiteindelijk uit te brengen.

'Ik heb geprobeerd je te bellen. Toen je niet opnam dacht ik: ik rij er toch maar heen, gewoon om het huis te zien. Ik trof de voordeur open aan.' Ze kijkt me onderzoekend aan. 'Gaat het wel goed met je?'

Ik voel me opeens duizelig worden, ik wankel en grijp de trapleuning vast. Alles draait om me heen en het gezicht van Maeve vervaagt. Plotseling zakt de grond onder mijn voeten weg en ik val, ik val in een diepe afgrond.

'Ava!' hoor ik Maeve roepen.

Daarna hoor ik niets meer.

Ik heb geen idee hoe ik op de bank in de zitkamer ben beland, maar daar lig ik nu. Iemand heeft de haard aangestoken. Ik zie de vlammen dansen, maar de warmte is nog niet doorgedrongen in de dekens die over me heen liggen.

'Je bloeddruk was negentig over zestig. Nu is hij gelukkig een stuk beter. Ik denk dat je uitgedroogd was en daarom bent flauwgevallen.'

Dokter Ben Gordon maakt de band los en het klittenband kraakt als hij hem van mijn arm af trekt. Tegenwoordig doet bijna geen dokter nog huisbezoeken, maar misschien is het in een klein dorp als Tucker Cove nog heel normaal. Nog geen twintig minuten nadat Maeve had gebeld, liep Ben Gordon met zijn zwarte tas en een bezorgde blik op zijn gezicht mijn huis binnen.

'Ze was weer bij kennis toen ik u belde,' zegt Maeve. 'En ze weigerde pertinent om met een ambulance te gaan.'

'Ik ben alleen maar flauwgevallen,' leg ik hem uit. 'Ik heb de hele dag in bed gelegen en nauwelijks iets gedronken.'

Dokter Gordon wendt zich tot Maeve. 'Zou u nog een glas jus d'orange willen halen? Ze moet worden bijgetankt.'

'Oké,' zegt Maeve en ze loopt naar de keuken.

'Wat een nodeloze drukte,' zeg ik zuchtend. 'Ik voel me alweer een stuk beter.'

'Je zag er niet goed uit toen ik aankwam. Ik stond op het punt je naar de eerste hulp te brengen.'

'Voor een griepje?'

'Het zou een griepje kunnen zijn. Maar het kan ook niets anders zijn.' Hij slaat de dekens terug om me te onderzoeken en zijn blik gaat meteen naar mijn rechterarm. 'Wat is er gebeurd? Hoe kom je daaraan?'

Ik kijk naar het spoor van kleine wondjes op mijn huid. 'O, niets. Ik ben gewoon gekrabd.'

'Ik zag je kat net. Wat een beest! Hij zat op de veranda.'

'Ja. Hij heet Hannibal.'

'Vernoemd naar de Hannibal die over de Alpen trok?'

'Nee, naar Hannibal Lecter, de seriemoordenaar. Als je mijn kat kent, begrijp je hoe hij aan zijn naam komt.'

'En wanneer heeft je seriemoordenaar je gekrabd?'

'Ongeveer een week geleden, denk ik. Het doet geen pijn. Het jeukt alleen een beetje.'

Hij strekt mijn arm en buigt zich vooroverom me te onderzoeken, zijn vingers drukken diep in mijn oksel. Zijn gebogen hoofd is nu dicht bij mijn hoofd, het heeft iets heel intiems. Hij ruikt naar waspoeder en houtrook en ik zie dat zijn bruine haar hier en daar grijs is. Hij heeft zachte, warme handen, en plotseling ben ik me er pijnlijk van bewust dat ik onder mijn nachtpon niets aanheb.

'De lymfeklieren in je oksel zijn opgezet,' zegt hij fronsend.

'Wat betekent dat?'

'Laat me de andere kant eens voelen.' Terwijl hij zijn hand uitsteekt om mijn andere oksel te onderzoeken raakt hij mijn borst. Mijn tepels tintelen, worden hard. Ik draai mijn hoofd weg zodat hij niet ziet dat ik bloos.

'Aan deze kant zijn de lymfeklieren niet opgezet, een goed teken,' zegt hij. 'Ik denk dat ik weet wat er aan de hand is—'

Een enorme klap doet ons opschrikken. We staren beiden naar een vaas die aan diggelen op de grond ligt. Een vaas die een tel geleden nog op de schoorsteenmantel stond.

'Ik zweer je dat ik hem niet heb aangeraakt!' roept Maeve, die net met een glas jus d'orange binnenkomt. Ze kijkt naar de glasscherven. 'Hoe is die vaas in hemelsnaam gevallen?'

'Dingen vallen niet zomaar uit zichzelf,' zegt dokter Gordon.

'Nee.' Maeve kijkt me met een vreemde blik aan en zegt rustig: 'Nee, zeker niet.'

'Waarschijnlijk stond hij op de rand en is hij door een trilling omgevallen,' zegt hij, een verklaring die logisch klinkt.

Ik kijk de kamer rond, zoek een onzichtbare schuldige. Ik weet dat Maeve hetzelfde denkt als ik: de geest heeft het gedaan. Maar dat zeg ik niet tegen dokter Gordon, een wetenschapper. Hij gaat verder met mij te onderzoeken, betast mijn hals, luistert naar mijn hart en drukt op mijn buik.

'Je milt voelt volkomen normaal.' Hij slaat de dekens over me heen en gaat rechtop zitten. 'Ik denk dat ik weet wat er aan de hand is. Dit is klassiek geval van Bartonella. Een bacteriële infectie.'

'O jee, dat klinkt ernstig,' zeg Maeve. 'Kan ik het ook krijgen?'

'Alleen als u een kat heeft.' Hij kijkt me aan. 'Het wordt ook wel de kattenkrabziekte genoemd. Meestal is het niet ernstig, maar je kunt er koorts en gezwollen lymfeklieren van krijgen. En heel soms is er sprake van encefalopathie.'

'Heeft die infectie invloed op de hersenen?' vraag ik.

'Ja, maar jij maakt een alerte, gefocuste indruk. Niet alsof je waandenkbeelden hebt.' Hij glimlacht. 'Ik durf je gezond te verklaren.'

Dat zou hij waarschijnlijk hij niet zeggen als hij wist wat ik vannacht heb beleefd. Ik voel dat Maeve me onderzoekend bekijkt. Vraagt zij zich, net als ik, af of mijn visioenen van kapitein Brodie louter het gevolg waren van een koortsige geest?

Dokter Gordon pakt zijn zwarte tas. 'De farmaceutische bedrijven overladen me altijd met gratis samples, ik denk dat ik azitromycine bij me heb.' Hij diept een stripje pillen op. 'Je bent niet allergisch voor bepaalde medicijnen?'

'Nee.'

'Dan zullen deze antibiotica helpen. Volg de instructies op het pakje tot de pillen op zijn. Kom volgende week naar mijn praktijk, dan kan ik je lymfeklieren controleren. Ik vraag aan mijn receptioniste of ze je belt voor een afspraak.' Hij klikt zijn zwarte tas dicht en bekijkt me van top tot teen. 'Goed eten, Ava. Ik denk dat je je daarom zo slap voelt. En je kunt best wat extra pondjes gebruiken.'

Terwijl hij het huis uit loopt, zwijgen Maeve en ik. We horen de voordeur dichtklappen en dan komt Hannibal de kamer binnenstappen. Hij lijkt zich van geen kwaad bewust als hij bij de haard gaat zitten en rustig zijn poot schoonlikt. De kat die deze hele toestand heeft veroorzaakt.

'Ik wou dat ik ook zo'n dokter had,' zegt Maeve.

'Hoe kwam je erbij om dokter Gordon te bellen?'

'Zijn naam staat op het lijstje bij de keukentelefoon waarop ook het nummer van de loodgieter en de elektricien staat. Ik ging ervan uit dat hij jouw huisarts is.'

'O, dat lijstje. De vorige huurder heeft het achtergelaten.'

Dokter Gordon is blijkbaar populair hier in het dorp.
Maeve gaat in de stoel tegenover me zitten en het licht van het haardvuur omkranst haar haar met een halo, accentueert de zilverkleurige strepen. 'Gelukkig dat ik vanavond bij je langskwam. Ik moet er niet aan denken dat je van de trap was gevallen en niemand je kon helpen.'
'Ik voel me een stuk beter nu. Maar ik ben nog niet in staat om je vandaag het huis te laten zien. Als je een andere keer terug wilt komen, kan ik je een rondleiding geven en je de plek laten zien waar ik de geest zag.'
Maeve kijkt naar het plafond, naar het spel van vuurgloed en schaduw. 'Ik wilde een idee van het huis krijgen.'
'En? Voel je iets?'
'Ik dacht het wel, net. Toen ik terug in de kamer kwam met je jus d'orange. Toen die vaas plotseling op de grond viel.' Ze werpt een blik op de plek waar de vaas in stukken viel en huivert. 'Ik voelde echt iets.'
'Was het goed of slecht?'
Ze kijkt me aan. 'Niet bepaald vriendelijk.'
Hannibal springt op de bank en vlijt zich aan mijn voeten. Mijn twaalf kilo wegende haarbal die ik de hele dag niet heb gezien. Hij lijkt volmaakt tevreden, wekt niet de indruk honger te hebben. Wat heeft hij gegeten? Plotseling schiet me te binnen wat Maeve net heeft gezegd: 'Je voordeur stond open.' Hannibal is natuurlijk naar buiten gegaan en heeft zijn eigen avondeten gevangen.
'Dit is nu de tweede keer dat mijn voordeur openstaat,' zeg ik. 'Gisteravond, toen ik thuiskwam van mijn bezoek aan jou, trof ik hem ook open aan. Ik heb de politie gebeld.'
'Doe je je deur niet altijd op slot?'
'Ik weet zeker dat ik hem gisteravond voordat ik naar bed ging op slot heb gedaan. Ik snap er niks van.'
'Hij stond wagenwijd open, Ava. Alsof het huis me vroeg

naar binnen te gaan om te kijken of er iets met je aan de hand was. Maar toen die vaas stukviel, voelde het heel anders. Niet uitnodigend, maar vijandig.' Ze kijkt me aan. 'Heb jij dat ooit gevoeld in dit huis?'

'Vijandschap? Nee. Nooit.'

'Dan heeft deze entiteit je misschien geaccepteerd. Misschien beschermt hij je zelfs.' Ze kijkt in de richting van de hal. 'En nodigde hij me uit naar binnen te gaan omdat hij wist dat jij mijn hulp nodig had. Ik ben blij dat ik de papieren niet gewoon voor de deur heb gelegd en ben weggereden.'

'Welke papieren?' vraag ik.

'Ik heb je toch verteld dat ik in de krantenarchieven informatie over je huis zou zoeken? Meteen na je vertrek gisteren heb ik mijn vriendin gebeld die in de bibliotheek van Maine werkt. Ze heeft verschillende artikelen over ene kapitein Jeremiah Brodie uit Tucker Cove gevonden. Ik ga ze voor je halen. Ze liggen in mijn auto.'

Terwijl ik op haar lig te wachten voel ik mijn hartslag versnellen. Ik weet bijna niets over kapitein Brodie en ik heb alleen dat ene portret van hem gezien bij het Historisch Genootschap. Ik weet alleen dat hij in een storm op zee is omgekomen, dat zijn schip in de beukende golven is gekapseisd.

Dat is de reden waarom je de geur van de zee bij je draagt.

Maeve komt terug en legt een map in mijn handen. 'Mijn vriendin heeft fotokopieën voor je gemaakt.'

Ik sla de map open en zie een fotokopie van een sierlijk handschrift. Het is een scheepsregister van 6 mei 1862, en ik herken meteen de naam van het schip: *The Minotaur*.

Zijn schip.

'Dit is nog maar het begin,' zegt Maeve. 'Ik verwacht dat mijn vriendin met nog veel meer zal komen, en ik ga zelf bij het Historisch Genootschap hier in het dorp langs. Maar deze papieren geven je al enig idee van de man die waarschijnlijk hier in huis rondwaart.'

Twaalf

De volgende ochtend is mijn koorts gezakt, en als ik ontwaak heb ik honger als een paard, maar ik ben nog zo slap als een vaatdoek. Ik wankel de trap af naar de keuken, waar Hannibal de laatste droge brokjes kattenvoer in zijn voerbak verorbert. Maeve moet die gevuld hebben voor ze gisteravond wegging. Geen wonder dat ik vanochtend niet door een dwingende poot op mijn borst wreed uit mijn slaap werd gehaald. Ik zet de koffie aan, klop drie eieren met een scheut room en doe twee boterhammen in de broodrooster. Ik schrok mijn eten naar binnen en tegen de tijd dat ik mijn tweede kop koffie opheb voel ik me weer mens en ben ik klaar om de documenten te bekijken die Maeve voor me heeft achtergelaten.

Ik sla de map open en vind het logboek van *The Minotaur*. Gisteravond kon ik het sierlijke handschrift niet goed lezen, maar nu, in het heldere ochtendlicht, ben ik in staat de verbleekte beschrijving van het gedoemde schip van kapitein Brodie te ontcijferen. *The Minotaur* werd gebouwd door het bedrijf Goss, Sawyer and Packard in Bath, Maine, en werd op 4 september 1862 te water gelaten. Het schip had een houten romp en was van het type 'Down Easter'. De driemaster was vijfenzeventig meter lang, veertien meter breed en woog ruim twee ton. Ze vereiste een vijfendertigkoppige bemanning. *The Minotaur* was eigendom van het Charles Thayer-syndicaat in Portland. Het koopvaardijschip was gebouwd voor snelheid, maar was ook sterk genoeg om de woeste passage rond Kaap de

Goede Hoop te overleven wanneer het van de kust van Maine naar het Verre Oosten voer.

Ik blader door de documenten waarin een opsomming wordt gegeven van de reizen van het schip, de verschillende havens die het aandeed en de ladingen die het vervoerde. Op reizen naar Shanghai vervoerde het dierenhuiden, suiker, wol en een soort olie die ze paraffine noemden. Op de terugtocht naar Amerika bracht het thee, zijde, ivoor en tapijten mee. Het schip stond tijdens zijn eerste reis onder bevel van kapitein Jeremiah Brodie.

Twaalf jaar lang voerde hij het gezag op *The Minotaur* op de reizen naar Shanghai, Macau, San Francisco en Londen. Hoewel deze scheepsdocumenten niet vertellen wat hij betaald kreeg, concludeer ik uit het feit dat hij dit huis liet bouwen, een ruime villa met veel verfijnd houtsnijwerk, dat hij met die reizen een goed inkomen had. Wat zal hij ongelooflijk blij zijn geweest om na maandenlang zwoegen op zee weer in dit huis te komen, in een bed te slapen dat niet heen en weer schommelde, en vers vlees te eten en groenten uit eigen tuin.

Ik blader verder en vind een kopie van een artikel uit de *Camden Herald* van januari 1875.

Opnieuw zijn de woelige wateren rond Kaap de Goede Hoop een zeilschip uit Maine noodlottig geworden. Aangenomen wordt dat de The Minotaur, *het schip dat een halfjaar geleden de haven van Tucker uitvoer, op zee verloren is gegaan. Op 8 september deed het nog de haven van Rio de Janeiro aan om drie dagen later naar Shanghai te vertrekken.* The Minotaur *is ten onder gegaan in de buurt van de gevreesde Kaap, waar zware stormen en huizenhoge golven het leven van de dapperen die de zee trotseren bedreigen. Het is in deze wateren dat* The Minotaur *hoogstwaarschijnlijk zijn noodlottige einde heeft gevonden. Een deel van de postzakken die het schip vervoerde en stukken versplinterd hout zijn aangespoeld in Port Elizabeth op de zuidelijke punt van Afrika. Onder de zesendertig opvarenden bevond zich kapitein Jeremiah Brodie uit Tucker Harbor, een ervaren zeeman onder wiens gezag* The Minotaur *al vijf keer eerder dezelfde passage maakte. Dat een doorgewinterd kapitein en een bekwame bemanning op een veilig schip hun einde vonden op een tocht die ze zo goed kenden, herinnert ons eraan dat de zee levensgevaarlijk en meedogenloos is.*

Ik klap mijn laptop open en googel 'Kaap de Goede Hoop'. Een valse en misleidende naam voor een passage die door de Portugezen ooit 'Kaap der Stormen' werd genoemd. Ik zie foto's van enorme golven die op een rotskust beuken. Ik hoor in gedachten het gieren van de wind, het kreunen van de scheepsbalken en stel me voor hoe vreselijk het moet zijn om je mannen overboord te zien slaan terwijl de rotsen dichterbij komen. Dit is dus de plek waar hij is omgekomen. De zee eist zelfs de bekwaamste zeeman op.

Ik sla de pagina om in de hoop meer over de ramp te lezen. In plaats daarvan tref ik een paar fotokopieën aan van een handgeschreven brief die is gedateerd een jaar voordat *The Minotaur* zonk. Boven aan de bladzijde zit een gele post-it met een aantekening van Maeve of van haar bibliotheekvriendin:

Vond dit tussen de papieren die afkomstig zijn uit de nalatenschap van ene mevrouw Ellen Graham, die in 1922 is overleden. Er wordt verwezen naar The Minotaur.

De brief zelf is duidelijk door een vrouw geschreven, het handschrift is netjes en sierlijk.

Lieve Ellen,
Samen met het laatste nieuws stuur ik je de rol Chinese zijde waar je al maanden met smart op zit te wachten.

De lading stoffen kwam vorige week met The Minotaur *aan. Ze zijn zo mooi dat mama en ik niet konden kiezen. We moesten snel beslissen omdat alle jonge vrouwen uit het dorp op de stoffen azen. Mama en ik hebben de felroze en kanariegele zijde gekocht. Voor jou heb ik groen gekozen, omdat ik denk dat groen goed bij je rode haar zal passen. We waren dolblij met onze buit, regelrecht uit het schip. Volgende week gaat de rest naar de winkels aan de kust. We hebben geluk dat mama goede betrekkingen onderhoudt met onze naaister, mevrouw Stephens, wier echtgenoot de eerste stuurman van kapitein Brodie is. Ze was zo vriendelijk om mama erop te attenderen dat er een schat aan zijden stoffen was aangekomen, en we werden nog dezelfde dag uitgenodigd om de kostbare stoffen te bekijken in het pakhuis waar ze waren gelost.*
Ondanks alle prachtige stoffen en tapijten werd ik eerlijk gezegd behoorlijk afgeleid door de goedgebouwde kapitein Brodie zelf, die kort nadat mama en ik waren aangekomen het pakhuis binnenstapte. Ik zat voor een kist met zijde geknield toen ik hem met de pakhuiseigenaar hoorde praten. Ik keek op en daar stond hij, in het licht van de deuropening, en ik was zo van hem onder de indruk dat ik hem met open mond aanstaarde. Omdat ik dacht dat hij mij niet zag, kon ik mijn ogen goed de kost geven. De laatste keer dat hij de haven van Tucker uitvoer, was ik dertien. Nu, drie jaar later, kan ik brede schouders en een mooie sterke kaak op waarde schatten. Ik denk dat ik hem zeker een minuut heb aangegaapt voor hij mij zag en naar me glimlachte. Heb ik al verteld, lieve Ellen, dat hij vrijgezel is?
Als hij iets tegen me had gezegd, had ik geen woord kunnen uitbrengen. Maar net op het moment dat hij naar me glimlachte, pakte mama me bij de arm en zei: 'We hebben onze inkopen gedaan, Ionia. We gaan.'

Ik wilde helemaal niet weg. Ik had nog uren in dat koude pakhuis naar de kapitein kunnen kijken en me kunnen koesteren in de warmte van zijn glimlach. Maar mama wilde er per se vandoor, dus ik heb hem maar een paar kostbare momenten kunnen bewonderen. Ik weet zeker dat hij mijn blik met eenzelfde waardering beantwoordde, maar toen ik dat tegen mama zei, waarschuwde ze me voor dergelijke gedachten.
'Houd in hemelsnaam je hoofd koel,' zei ze. 'Je bent nog een kind. Je moet oppassen dat een man niet van je profiteert.' Is het slecht van me dat dat idee me juist wel bevalt? Volgende week is er in Brodie's Watch een diner voor de scheepsofficieren. Ik ben uitgenodigd, maar mama heeft de uitnodiging afgeslagen! Mijn vriendin Genevieve gaat wel, Lydia ook, maar ik moet van mama thuisblijven. Rustig gaan breien, als de toekomstige oude vrijster die ik ongetwijfeld zal worden. Ik ben bijna net zo oud als de andere meisjes en oud genoeg om met mannen te dineren, maar mama verbiedt het me. Het is vreselijk oneerlijk! Ze zegt dat ik te naïef ben. Ze zegt dat de kapitein een kwalijke reputatie heeft. Ze heeft geruchten gehoord over de dingen die zich tot diep in de nacht in zijn huis afspelen. Als ik haar erover ondervraag, perst ze haar lippen samen en weigert ze iets over het onderwerp te zeggen.
O, Ellen, wat zal ik niet allemaal missen! Ik zie in gedachten dat prachtige huis op de heuvel. Ik zie in gedachten die andere meisjes naar hem glimlachen (of hij naar hen, wat nog erger is). Ik zie met angst een huwelijksaankondiging tegemoet. Stel dat hij Genevieve of Lydia als vrouw kiest?
Het zou allemaal mama's schuld zijn.

Ik stop met lezen, mijn blik gaat naar de zin boven aan de bladzijde. *Mama zegt dat de kapitein een kwalijke reputatie heeft. Ze heeft geruchten gehoord.*

Wat zouden dat voor geruchten zijn? Wat kan Ionia's moeder zo gechoqueerd hebben dat ze haar zestienjarige dochter verbood om met Brodie contact te hebben? Waarschijnlijk ook het leeftijdsverschil. In het jaar dat deze brief is geschreven was Jeremiah Brodie achtendertig, ruim twee keer zo oud als het meisje, en uit haar beschrijving van hem begrijp ik dat hij knap was en in de kracht van zijn leven. Ik denk aan het portret dat ik bij het Historisch Genootschap zag, en ik kan me voorstellen dat hij de harten van alle jonge vrouwen op hol heeft gebracht. Hij was een man van de wereld, gezagvoerder op een zeilschip en eigenaar van dat prachtige huis op de heuvel. Hij was ook nog eens ongetrouwd. Welke jonge vrouw zou niet zijn aandacht willen?

Ik stel me het diner in Brodie's Watch voor, de koks en bedienden druk in de weer in de keuken waar ik nu zit. In de eetkamer de scheepsofficieren, fonkelend kaarslicht en jonge vrouwen in de glanzende zijden stoffen die *The Minotaur* uit China heeft meegenomen. Aan het hoofd van de tafel Jeremiah Brodie, wiens beruchte reputatie ervoor gezorgd heeft dat hij in elk geval voor één jonge vrouw buiten bereik is.

Om meer over die reputatie van hem te weten te komen, ga ik naar de volgende bladzijde van de brief. Tot mijn teleurstelling is er alleen nog de slotalinea van Ionia.

> *Wil je alsjeblieft een goed woordje voor me doen bij je moeder? Haar vragen om met mijn moeder te praten? De tijden zijn veranderd, wij zijn niet de kasplantjes die zij waren toen ze onze leeftijd hadden. Als ik niet naar dat feest kan gaan, moet ik een andere manier vinden om hem te zien.* The Minotaur *is tot mei voor onderhoud op de werf.*

Er zullen zich nog genoeg andere gelegenheden voordoen voordat mijn kapitein weer uitvaart!
Liefs, Ionia

Ik weet niet wat Ionia's achternaam is en ik weet ook niet wat er van haar geworden is, maar ik weet wel dat kapitein Brodie drie maanden nadat ze deze brief heeft geschreven is uitgevaren en zijn noodlot tegemoet ging.

Ik leg de papieren neer en denk na over wat ze heeft geschreven: *Ze zegt dat ik te naïef ben. Ze heeft geruchten gehoord over de dingen die zich tot diep in de nacht in zijn huis afspelen.* Ik zie hem voor me in mijn slaapkamer. Ik denk aan zijn hand op mijn borst. En zijn woorden:

Onderwerp je je aan mij?

Mijn hart bonkt, mijn wangen gloeien. Nee, hij is geen man voor onschuldige Ionia's. Hij is een man die weet wat hij wil, en wat hij wil is een vrouw die bereid is een hap van een gevaarlijke appel te nemen. Een vrouw die bereid is om een duister spel te spelen waarbij hij alle macht heeft. Waarin het ultieme genot uit complete overgave bestaat.

Ik ben er klaar voor zijn spel te spelen.

Dertien

Die avond drink ik een glas wijn terwijl ik uitgebreid een bad neem in de badkuip op pootjes. Als ik eruit kom ben ik rood en rozig. Ik smeer mijn armen en benen in met lotion en trek een doorschijnende nachtpon aan alsof ik een minnaar verwacht, ook al weet ik niet of hij vanavond zal verschijnen.

Ik weet niet eens of hij wel echt is.

Ik lig in het donker in bed en wacht tot ik de geur van de zee ruik. Zo zal ik weten dat hij er is: als ik de zee ruik die hem heeft genomen en waarin zijn beenderen nu rusten. Hannibal ligt opgekruld naast me, hij spint en het geluid trilt tegen mijn been. Vanavond staat de maan niet aan de hemel en schitteren er alleen sterren in het raam. In het duister zie ik nauwelijks de contouren van de kast, het nachtkastje en de lamp.

Hannibals kop schiet overeind en een koude, verkwikkende geur overspoelt me plotseling, alsof een golf mijn kamer binnenrolt. Deze keer is er geen aankondigende werveling van een schaduw, geen silhouet die langzaam een vaste vorm aanneemt. Ik kijk op, en daar is hij, in volle glorie staat hij naast mijn bed. Hij zegt niets, maar ik voel hoe zijn blik de duisternis tussen ons wegneemt en me kwetsbaar maakt.

Hij bukt zich om mijn hand te pakken. Bij zijn aanraking kom ik alsof ik bij toverslag gewichtloos ben overeind en ga voor hem staan. Ik heb alleen mijn nachtpon aan en ril van spanning en de vochtige zeelucht.

'Doe je ogen dicht,' beveelt hij.

Ik gehoorzaam en wacht op zijn volgende bevel. Op wat er gaat gebeuren. *Ja, ik ben er klaar voor.*

Dan fluistert hij: 'Ogen open, Ava.'

Ik open mijn ogen en hap naar adem. Hoewel we nog in mijn slaapkamer moeten zijn, herken ik de groenfluwelen gordijnen voor het raam, het chinoiseriebehang en het enorme hemelbed niet. In de open haard knappert vuur. Het licht van de vlammen danst op de muren en zet alles in een gouden gloed.

'Hoe kan dit?' mompel ik. 'Is dit een droom?'

Hij drukt een vinger tegen mijn mond om me tot zwijgen te brengen. 'Wil je nog meer zien?'

'Ja. Ja!'

'Kom.' Terwijl hij mijn hand blijft vasthouden, leidt hij mij de slaapkamer uit. Ik kijk naar onze verstrengelde handen en zie kanten stof om mijn pols. Pas dan besef ik dat mijn dunne nachtpon is verdwenen en dat ik nu een blauwe lange jurk draag van glanzende zijde die lijkt op de rollen stof die *The Minotaur* ooit aan boord had. Dit moet een droom zijn. Lig ik op dit moment in mijn bed te slapen terwijl de droom-Ava de slaapkamer uitgeleid wordt?

Ook in de gang is alles anders. In het tapijt zijn wijnrankpatronen geweven en de brandende kaarsen in de koperen muurkandelaars werpen hun licht op portretten die ik niet ken. Zwijgend neemt hij me mee langs de schilderijen en opent de deur naar de torentrap.

Het is donker daar, maar vanonder de dichte deur boven schijnt een streep licht. Als ik mijn gewicht op de eerste trede zet, verwacht ik de vertrouwde kraak, maar ik hoor niets. Het geluid zal pas ontstaan in een eeuw die nog moet aanbreken. Ik hoor alleen het ruisen van de zijde tegen mijn benen, en het bonken van zijn laarzen. Waarom gaan we naar de toren? Wat staat me daar te wachten? Als ik terug zou willen, zou dat niet kunnen, want de greep van zijn hand heeft zich verstevigd en er is geen ontsnappen meer mogelijk. Ik heb mijn keus gemaakt en ben aan zijn genade overgeleverd.

We komen in een kamer die in kaarslicht baadt.

Ik kan mijn ogen niet geloven. Aan alle muren hangen spiegels. Overal om me heen zie ik mijn eigen spiegelbeeld, eindeloos veel in blauwe zijde gehulde Ava's. Hoe vaak heb ik niet in deze kamer gestaan, de bouwvallige staat ervan gezien en het timmergereedschap? De kamer zoals die nu is, had ik me nooit kunnen indenken, het schitterende licht, al die spiegels en…

Een alkoof.

Roodfluwelen gordijnen verbergen de ruimte die tot vorige week door een muur was afgesloten. Wat zit er zich achter die gordijnen?

'Je bent bang,' merkt hij op.

'Nee.' Ik slik en geef dan toe. 'Ja.'

'Wil je je nog steeds aan me onderwerpen?'

Ik kijk naar hem op. Dit is de man die ik op het schilderij zag: het verwaaide zwarte haar, het gezicht hard als graniet. Maar ik zie nu meer dan een schilderij kan weergeven. Er is een hunkering in zijn ogen die op gevaarlijke verlangens duidt. Ik kan nog terug. Ik kan deze kamer, dit huis nog ontvluchten.

Maar ik doe het niet. Ik wil weten wat er gaat gebeuren.

'Ja, ik onderwerp me,' antwoord ik.

Zijn glimlach bezorgt me een rilling. Hij heeft het nu voor het zeggen en ik voel me net zo naïef als de zestienjarige Ionia, een maagd in handen van een man wiens verlangens nu duidelijk zullen worden. Met de rug van zijn hand streelt hij mijn gezicht, zijn aanraking is zo zacht dat ik mijn ogen dichtdoe en zucht. Er is niets om bang voor te zijn. Er is van alles om me op te verheugen.

Hij leidt me naar de alkoof en trekt het gordijn opzij. Ik zie een bed opgemaakt met zwarte zijde. Maar het is niet het bed dat mijn aandacht trekt, het zijn de dingen die aan de vier eikenhouten stijlen bengelen.

Leren boeien.

Hij pakt me bij mijn schouders en plotseling val ik achterover op het bed. Mijn jurk spreidt zich over de lakens uit, zijde op zijde, blauw op glanzend zwart. Zonder een woord te zeggen schuift hij een leren boei om mijn rechterpols en trekt hem zo strak aan dat ik me er onmogelijk uit kan bevrijden. Doelgericht loopt hij om het bed heen om mijn linkerpols vast te binden. Voor het eerst ben ik bang omdat ik, als ik in zijn ogen kijk, een man zie die de volledige controle over me heeft. Ik kan niets doen om hem te laten stoppen.

Hij loopt naar het voeteneinde van het bed, slaat de zoom van mijn jurk terug en grijpt mijn rechtervoet zo plotseling vast dat mijn adem stokt. Binnen een paar tellen ligt de leren boei om mijn enkel en wordt die strakgetrokken. Drie van mijn ledematen zitten nu vast. Zelfs als ik het zou willen, zou ik me niet kunnen bevrijden. Ik ben volkomen machteloos als hij de laatste band om mijn linkerenkel legt en aan de bedstijl vastmaakt. Ik lig met mijn armen en benen gespreid, mijn hart bonkt in mijn keel en ik wacht op wat er gaat komen.

Even blijft hij bij het voeteneinde van het bed bewonderend staan kijken. Dat hij opgewonden is, is duidelijk zichtbaar. Toch komt hij niet in actie, maar hij geniet van mijn hulpeloosheid terwijl hij zijn blik over mijn vastgebonden lichaam en mijn verkreukelde jurk laat gaan. Er komt geen woord over zijn lippen, de stilte op zich is al een helse kwelling.

Hij gaat met zijn hand naar zijn laars en trekt een mes tevoorschijn.

Angstig zie ik hoe hij het lemmet naar het kaarslicht keert en naar de weerkaatsing ervan in het metaal staart. Zonder enige waarschuwing pakt hij mijn jurk vast bij de hals, zet het mes in de stof en snijdt die tot onderaan open. Hij rukt de vernielde jurk open, mijn lichaam is nu onbedekt, en gooit het mes opzij. Maar hij heeft geen mes nodig om me schrik aan te jagen, dat doet hij al met zijn blik. Zijn ogen beloven zowel genot als straf. Ik krimp ineen als hij zich vooroverbuigt om mijn gezicht te strelen. Zijn vingers glijden over mijn hals, mijn borstbeen, mijn buik. Hij glimlacht als hij zijn hand tussen mijn benen steekt. 'Wil je dat ik stop?'

'Nee, nee, niet stoppen.' Ik doe mijn ogen dicht en zucht. 'Ik wil meer. Ik wil jóú.'

'Ook als je zou moeten schreeuwen?'

Ik kijk naar hem op. 'Schreeuwen?'

'Zou je dat niet willen dan? Genomen worden, gestraft worden?' In het flakkerende kaarslicht lijkt zijn glimlach plotseling wreed. Satanisch. 'Ik weet waar je naar verlangt, Ava. Ik ken je donkerste, schandelijkste verlangens. Ik weet wat je verdient.'

Mijn god, wat gebeurt er? Is dit echt?

De man die nu zijn overhemd en zijn broek uittrekt is wel degelijk echt, en ongelooflijk imposant. Het is het gewicht van een echte man dat ik op me voel, een echte man die me tegen het bed drukt. Mijn heupen gaan als vanzelf omhoog om hem te ontvangen, want hoewel ik zijn kracht vrees, is mijn verlangen zo groot dat er geen weg meer terug is. Hij geeft me geen tijd om me op hem voor te bereiden, in één heftige stoot is hij in me, diep in me.

'Vecht!' beveelt hij.

Ik schreeuw het uit, maar er is niemand die me kan horen. Er is niemand in de buurt van dit door de wind geteisterde, eenzame huis.

'Vecht!' Ik zie ogen waarin vuur woedt. Dít is het spel dat hij speelt. Een spel van verovering en onderwerping. Hij wil niet dat ik me overgeef, hij wil dat ik me verzet. Om me vervolgens te overmeesteren.

Ik worstel onder hem, gooi me van links naar rechts. Maar

mijn inspanningen winden hem alleen maar op, en hij stoot nog dieper in me.
'Dit is toch wat je wilt?'
'Ja,' kreun ik.
'Genomen worden. Overmeesterd worden.'
'Ja...'
'Om je schuld niet te voelen.'
Ik verzet me niet langer omdat ik helemaal in zijn spel opga. Opga in de fantasie van totale overgave. Ik gooi mijn hoofd achterover, terwijl zijn lippen tegen mijn hals drukken, zijn baard over mijn keel schraapt. Ik schreeuw het uit, half snikkend, half huilend, terwijl de verrukkelijkste golven door me heen slaan. Hij stoot een overwinningskreet uit en laat zich op me vallen, zijn lichaam zo zwaar dat ik me niet kan bewegen, dat ik nauwelijks kan ademen.

Na een poosje beweegt hij zich en heft zijn hoofd op. Ik kijk in zijn ogen, die zo-even nog brandden van lust, een blik die me zowel angst aanjoeg als opwond. Ik zie nu een heel andere man. Een man die rustig de banden om mijn polsen en enkels losmaakt. Terwijl ik over mijn geschaafde huid wrijf, kan ik niet geloven dat dit hetzelfde razende beest is dat me aanviel. Ik zie een andere man. Kalm, ingetogen. Teder zelfs.

Hij pakt mijn hand en trekt me overeind. We staan tegenover elkaar, naakt en kwetsbaar, maar als ik in zijn ogen kijk, kan ik er niets uit opmaken. Ik zou net zo goed naar een portret aan de muur kunnen kijken.

'Nu ken je mijn geheim,' zegt hij. 'Zoals ik ook jouw geheim ken.'
'Je geheim?'
'Mijn behoeften. Mijn verlangens.' Er trekt een rilling door me heen als hij zijn vinger over mijn sleutelbeen laat glijden. 'Heb ik je bang gemaakt?'
'Ja,' fluister ik.

'Je hoeft niet bang te zijn. Ik beschadig mijn bezittingen nooit.'

'Ben ik jouw bezit dan?'

'Dat windt je toch op? Om zoals vanavond te worden genomen? Om hard bereden te worden en geen zeggenschap te hebben over wat ik verkies met je te doen?'

Ik slik en haal diep adem. 'Ja.'

'Dan kun je je verheugen op mijn volgende bezoek. Dat zal anders zijn.'

'Hoezo?'

Hij tilt mijn kin op en kijkt me aan met een blik die me doet huiveren. 'Vanavond was er genot, lieve Ava. Maar de volgende keer?' Hij glimlacht. 'Zal er pijn zijn.'

Veertien

De receptioniste van dokter Ben Gordon zou zijn oma kunnen zijn, zo oud ziet ze eruit. Als ik opkijk naar de serie foto's in de wachtkamer zie ik haar gezicht in een veel jongere uitvoering met identieke cat eye-bril, dat me toelacht vanaf een foto die tweeënveertig jaar geleden werd genomen toen ditzelfde gebouw de praktijk van dokter Edward Gordon was. Op een andere foto, twintig jaar later, poseert ze met dokter Paul Gordon, haar haar nu hier en daar zilvergrijs. Dokter Ben Gordon is de derde in de generatie dokters Gordon in Tucker Cove, en Miss Viletta Hutchins is voor hen allemaal receptioniste geweest.

'U heeft geluk dat hij vandaag nog een plekje voor u heeft,' zegt ze, terwijl ze me een klembord met een blanco patiëntenformulier aanreikt. 'Normaal gesproken ontvangt hij tijdens zijn lunchpauze geen patiënten, maar hij zei dat het in uw geval om een belangrijke vervolgcontrole gaat. Met al die zomertoeristen in het dorp is zijn agenda voor de komende weken helemaal volgeboekt.'

'Ik heb ook geluk dat hij huisbezoeken aflegt,' zeg ik en ik geef haar mijn verzekeringspasje. 'Ik wist niet dat dokters dat nog deden.'

Miss Hutchins kijkt fronsend naar me op. 'Is hij op huisbezoek geweest?'

'Ja, vorige week. Ik was flauwgevallen.'

'O ja?' is alles wat ze zegt voor ze weer discreet in het afsprakenboek kijkt. In dit tijdperk van elektronische medische dossiers is het bijzonder om in inkt geschreven namen van patiënten te zien. 'Neemt u plaats, mevrouw Collette.'

Ik ga zitten om het patiëntenformulier in te vullen. Naam, adres, medische voorgeschiedenis. Bij het punt 'contact in noodgevallen' aarzel ik. Ik staar naar de ruimte waar ik voorheen altijd Lucy's naam invulde. In plaats daarvan geef ik Simons naam en telefoonnummer. Hij is dan wel geen familie, maar nog wel altijd mijn vriend. Het enige schip dat ik niet achter me heb verbrand. Nog niet.

'Ava?' Ben Gordon staat in de deuropening en glimlacht naar me. 'Zullen we even naar die arm kijken?'

Ik laat het klembord bij de receptioniste achter en loop achter hem aan door de gang naar de onderzoekkamer, waar het er in tegenstelling tot Miss Hutchins geruststellend modern uitziet. Als ik op de onderzoektafel klim, loopt hij naar de wastafel om zijn handen te wassen, zoals het een goed medicus betaamt.

'Hoe is het met de koorts?' vraagt hij.

'Die is weg.'

'Heb je de antibioticakuur afgemaakt?'

'Tot op de laatste pil. Zoals je had gezegd.'

'Eetlust? Energie?'

'Ik voel me eigenlijk prima.'

'Ah, een medisch wonder! Zo nu en dan heb ik het dus goed.'

'En ik wou je nog bedanken.'

'Omdat ik doe waar ik voor opgeleid ben?'

'Omdat je een uitzondering voor me hebt gemaakt. Toen ik met je receptioniste sprak, kreeg ik de indruk dat je eigenlijk geen huisbezoeken meer aflegt.'

'Mijn opa en mijn vader deden dat ook altijd. Brodie's Watch ligt niet zo ver buiten het dorp, dus was het een kleine moeite voor me om even langs te wippen. Ik wilde je een peperdure rit naar de eerste hulp besparen.' Hij droogt zijn handen af en draait zich naar me om. 'Laten we eens even naar de arm kijken.'

Ik maak het knoopje van het manchet van mijn blouse los.
'Het ziet er volgens mij een stuk beter uit.'
'Niet meer gekrabd door die woeste kat?'
'Hij is niet zo gemeen als het lijkt. Hij krabde me omdat hij ergens van schrok.' Ik vertel dokter Gordon niet waar hij van schrok, omdat hij dan aan mijn verstand zou twijfelen. Ik stroop mijn mouw op tot boven mijn elleboog. 'Je ziet die krassen al bijna niet meer.'

Hij onderzoekt de genezen kattenkrabben. 'De wondjes helen inderdaad goed. Geen vermoeidheid, geen hoofdpijn?'
'Nee.'

Hij strekt mijn arm en drukt zacht op mijn oksel. 'Eens zien of de lymfeklieren minder gezwollen zijn.' Hij wacht even en kijkt fronsend naar de blauwe plek rond mijn pols. Hij is bijna verdwenen, maar nog wel zichtbaar.

Ik trek mijn arm terug en rol snel mijn mouw naar beneden. 'Ik voel me goed, echt.'
'Hoe kom je aan die blauwe plek?'
'Ik heb me waarschijnlijk gestoten. Ik weet het niet meer.'
'Is er iets waar je over wilt praten?'

Hij vraagt het rustig, aardig. Waar kan ik mijn hart beter luchten dan hier, bij deze man wiens werk het is naar zijn patiënten te luisteren en de meest gênante verhalen aan te horen? Maar ik hou mijn mond en knoop het manchet van mijn blouse dicht.
'Doet iemand je pijn, Ava?'
'Nee.' Ik dwing mezelf hem aan te kijken en antwoord kalm: 'Het is echt niks.'

Even is het stil, dan knikt hij. 'Het is mijn werk om het welzijn van mijn patiënten in de gaten te houden. Ik weet dat je helemaal in je eentje boven op die heuvel woont en ik wil weten of je je daar veilig voelt. Daar veilig bént.'

'Dat ben ik. Behalve dat ik een kat heb die me zo nu en dan aanvalt.'

Hij lacht en de spanning vloeit tussen ons weg. Hij heeft ongetwijfeld het gevoel dat ik hem niet alles vertel, maar op dit moment dringt hij niet verder aan. En trouwens, wat zou hij zeggen als ik hem vertelde wat er met me in de toren is gebeurd? Zou hij geschokt zijn als hij hoorde dat ik ervan genoten heb? Dat ik sinds die avond met spanning op mijn fantoomlover wacht?

'Ik zie geen noodzaak voor een vervolgafspraak, tenzij je weer koorts krijgt,' zegt hij en hij klapt het dossier dicht. 'Hoelang ben je van plan in Tucker Cove te blijven?

'Ik huur het huis tot eind oktober, maar misschien blijf ik wel langer. Het is voor mij een ideale plek om te schrijven.'

'O ja,' zegt hij als hij met me mee naar de receptie loopt. 'Ik heb over je boek gehoord. Billy Conway vertelde me dat je hem een verrukkelijke runderstoofschotel hebt voorgezet.'

'Zijn er ook mensen in dit dorp die jij niet kent?'

'Dat is het leuke van Tucker Cove. We weten alles van iedereen en praten toch nog met elkaar. Dat wil zeggen: meestal.'

'Wat heb je nog meer over me gehoord?'

'Los van het feit dat je een geweldige kok bent? Dat de geschiedenis van ons dorp je heel erg interesseert.'

'Dat heb je zeker van mevrouw Dickens?'

Hij lacht schaapachtig en knikt. 'Klopt.'

'Het is niet eerlijk. Jij weet alles over mij, maar ik weet niks over jou.'

'Daar is wat aan te doen, zou ik zeggen.' Hij opent de deur naar de receptie en we lopen samen de wachtkamer in. 'Ben je geïnteresseerd in kunst?'

'Waarom vraag je dat?'

'Er is vanavond een openingsreceptie in de Seaglass Gallery in het centrum. Ter gelegenheid van een nieuwe expositie van plaatselijke kunstenaars. Er hangen ook twee schilderijen van mij. Vind je het leuk om te komen kijken?'

'Ik wist helemaal niet dat jij kunstenaar was.'

'Kijk, nu weet jij ook iets over mij. Ik ben geen Picasso of zo hoor, maar schilderen houdt me van de straat.'

'Misschien kom ik vanavond wel even langs.'

'Dan kun je gelijk de uit hout gesneden vogels van Ned zien.'

'Heb je het over Ned, mijn timmerman?'

'Hij is niet alleen timmerman. Hij werkt al zijn hele leven met hout, zijn beeldhouwwerken worden in galerieën in Boston verkocht.'

'Hij heeft me nooit verteld dat hij kunstenaar is.'

'Veel mensen in Tucker Cove hebben verborgen talenten.'

En geheimen, denk ik als ik zijn praktijk uit loop. Ik vraag me af hoe hij zou reageren als hij mijn geheimen wist. Als hij wist waarom ik Boston heb verlaten. Als hij wist wat er in de torenkamer van Brodie's Watch met me is gebeurd. Nachtenlang heb ik verlangend liggen wachten op kapitein Brodie. Misschien maakt dit deel uit van zijn straf, dwingt hij me te smachten naar zijn terugkomst.

Ik loop over een drukke straat met toeristen, van wie niemand weet wat zich in mijn hoofd afspeelt. Het roodfluwelen gordijn. De leren boeien. Het sissende geluid op het moment dat mijn zijden jurk werd opengescheurd. Plotseling blijf ik staan, in de hitte breekt het zweet me uit, mijn hartslag bonkt in mijn oor. Is dit hoe waanzin voelt, deze heftige botsing tussen schaamte en lust?

Ik denk aan de brief die anderhalve eeuw geleden geschreven is door een smoorverliefde tiener die Ionia heette. Zij was ook geobsedeerd door Jeremiah Brodie. En wat waren het voor kwalijke geruchten die Ionia's moeder ertoe brachten haar elk contact met hem te verbieden? Hoeveel vrouwen heeft hij naar zijn toren meegenomen toen hij leefde?

Ik ben vast niet de enige.

Als ik het kantoor van Branca Property Management binnenstap, tref ik Donna zoals gewoonlijk telefonerend aan haar bureau aan. Ze maakt een 'ik kom zo bij je'-gebaar naar me, en ik neem plaats in de wachtruimte om de foto's van huizen aan de muur te bekijken. Door groene weilanden omgeven boerderijen. Huisjes aan zee. Een opzichtige victoriaanse villa. Hebben die huizen ook inwonende geesten of geheime kamers die speciaal zijn ingericht voor het uitleven van schandelijke lusten?

'Alles oké in het huis, Ava?' Donna heeft opgehangen en zit nu met haar handen stijfjes gevouwen op haar bureau, de immer onberispelijke zakenvrouw in een blauwe blazer.

'Alles oké,' antwoord ik.

'Ik kreeg juist Neds laatste rekening voor het timmerwerk. Ik denk dat hij en Billy klaar zijn met de reparaties.'

'Ze hebben het fantastisch gedaan. De toren ziet er prachtig uit.'

'Dan heb je het huis nu helemaal voor jezelf.'

Nou nee. Ik zeg niets, maar probeer een vraag te formuleren die niet idioot klinkt. 'Ik, eh, wilde in contact komen met de vrouw die voor mij het huis huurde. Zei je niet dat ze Charlotte heette? Ik weet haar achternaam niet.'

'Charlotte Nielson. Waarom heb je haar nodig?'

'Het kookboek is niet het enige wat ze in het huis heeft achtergelaten. Ik heb in de slaapkamerkast een zijden sjaal gevonden. Een heel dure van het merk Hermès, ik weet zeker dat ze hem terug wil hebben. Ik heb een FedEx-account, ik wil hem naar haar opsturen als je mij haar adres geeft. En haar e-mailadres.'

'Natuurlijk, maar de laatste tijd heeft Charlotte haar mails niet beantwoord. Ik heb haar een paar dagen geleden over dat kookboek gemaild en ze heeft nog steeds niet gereageerd.' Donna draait rond in haar stoel naar haar computer. 'Adres: 4318 Commonwealth Ave, Apartment 314,' leest ze hardop voor.

Ik krabbel het neer op een stukje papier. 'Het is kennelijk een heftige crisis.'

Ik kijk op. 'Sorry?'

'Na haar vertrek heeft ze me een mailtje gestuurd met de mededeling dat er een familiecrisis was en ze verontschuldigde zich voor het verbreken van het huurcontract. Omdat ze de huur tot het einde van augustus had betaald, heeft de eigenaar er geen probleem van gemaakt. Maar het was heel onverwachts. En best vreemd.'

'Heeft ze je niet verteld wat die crisis inhield?'

'Nee. Ik heb alleen die mail gekregen. Toen ik het huis ging checken, was ze al met haar spullen vertrokken. Ze had waarschijnlijk haast.' Donna schenkt me haar vrolijke makelaarsglimlach. 'Het positieve van alles is dat jij het huis kon huren.'

Ik vind dit verhaal van een huurder die Brodie's Watch op stel en sprong verlaat meer dan vreemd, ik vind het alarmerend, maar zeg dat niet als ik opsta om weg te gaan.

Ik ben al bij de deur als Donna zegt: 'Ik wist niet dat je al contacten had in het dorp.'

Ik loop naar haar toe. 'Contacten?'

'Jij en Ben Gordon. Jullie zijn toch bevriend? Ik zag jullie samen in de koffiebar.'

'O, bedoel je dat.' Ik haal mijn schouders op. 'Ik werd die dag een beetje duizelig van de hitte, hij was bang dat ik flauw zou vallen. Hij lijkt me heel aardig.'

'Dat is hij ook. Hij is tegen iedereen aardig,' voegt ze eraan toe en de onderliggende boodschap is duidelijk: denk maar niet dat je bijzonder bent. Uit de koele blik die ze me toewerpt concludeer ik dat we het onderwerp dokter Ben Gordon in de toekomst maar beter kunnen vermijden.

Ze pakt opnieuw haar telefoon en toetst al een nummer in als ik de deur uit loop.

Ik pak de zijden sjaal uit de kast op mijn slaapkamer en bewonder nog eens het zomerse rozendessin. Het is een sjaal voor een tuinfeest, een sjaal die je draagt om te flirten en champagne te drinken. Het zou de perfecte sjaal zijn om mijn saaie zwarte jurkjes mee op te fleuren, en heel even ben ik in de verleiding hem te houden. Charlotte heeft er tenslotte niet om gevraagd, dus hoe graag wil ze hem terug? Maar die sjaal is van haar, niet van mij, en ik als ik haar wil uitvragen over de geest in de torenkamer is deze sjaal een mooie manier om het gesprek te openen.

Beneden vouw ik de sjaal in vloeipapier en schuif hem samen met het kookboek in een FedEx-envelop. Ik doe er ook een briefje bij.

Charlotte, ik ben de nieuwe huurder van Brodie's Watch. Je hebt je kookboek en deze prachtige sjaal laten liggen, en ik weet zeker dat je ze terug wilt hebben.
Ik ben schrijver en zou graag met je over dit huis en over je ervaringen hier willen praten. Misschien kan ik de informatie gebruiken voor het nieuwe boek dat ik schrijf. Ik zou je graag telefonisch willen spreken, zou dat kunnen? Bel me alsjeblieft. Ik kan jou ook bellen.

Ik voeg mijn telefoonnummer en mailadres toe en lik de envelop dicht. Morgen zal ik hem op de post doen.

Die middag maak ik het fornuis schoon, geef (voor de zoveelste keer) Hannibal te eten, en ik schrijf een nieuw hoofdstuk voor het boek, deze keer over vispasteitjes. Terwijl de klok voort tikt, blijft het pakketje voor Charlotte me afleiden. Ik denk aan de andere spullen die ze heeft achtergelaten. De flessen whiskey (die allang op zijn, nog bedankt.) De sjaal. De verdwaalde slipper. Het exemplaar van *Koken met plezier*, waarin haar naam geschreven staat. Het laatste voorwerp vind ik het merkwaardigst. Ze was duidelijk gehecht aan het met vetvlekken besmeurde kookboek, en ik kan me niet voorstellen dat ik ooit een van mijn liefste kookboeken vergeet mee te nemen.

Ik klap mijn laptop dicht en besef dat ik nog niet heb bedacht wat ik vanavond ga eten. Wordt dit weer een avond lang hopen dat híj verschijnt? Ik stel mezelf tien, twintig jaar ouder voor: ik zit nog steeds in mijn eentje hier in dit huis, hopend op een glimp van de man die alleen ik heb gezien. Hoeveel avonden, hoeveel jaren, zal ik hier blijven wachten, met alleen een kat om me gezelschap te houden?

Ik kijk naar de klok en zie dat het al zeven uur is geweest. Op dit moment zijn mensen in de Seaglass Gallery in het dorp wijn aan het drinken en kunst aan het bewonderen. Ze praten niet met de doden, maar met de levenden.

Ik pak mijn tas en loop het huis uit om me bij hen te voegen.

Vijftien

Door het raam van de Seaglass Art Gallery zie ik een goedgekleed gezelschap dat aan champagneflûtes nipt en een vrouw in een lange zwarte rok die een harp bespeelt. Ik ken niemand en heb me niet passend gekleed. Ik overweeg weer in mijn auto te stappen en naar huis te rijden, maar zie dan Ned Haskell tussen de mensen staan. Zijn naam staat op de lijst van exposanten die in de etalage van de galerie hangt, en hoewel hij zoals gewoonlijk een spijkerbroek draagt, heeft hij er voor de gelegenheid een wit overhemd bij aangetrokken. Eén bekend gezicht is genoeg om me over de streep te trekken.

Ik stap naar binnen, pak een champagneflûte met vloeibare moed en loop naar Ned. Hij staat naast een aantal van zijn uit hout gesneden vogels, die elk op een eigen sokkel staan. Dat ik niet wist dat mijn timmerman ook kunstenaar was, en wat voor een! Al zijn vogels hebben een eigen persoonlijkheid. Een keizerspinguïn staat met zijn kop achterover en zijn bek opengesperd, alsof hij naar de hemel brult. De papegaaiduiker heeft onder zijn beide vleugels een vis geklemd en kijkt alsof hij wil zeggen: 'Waag het niet ze van me af te pakken.' Ik moet om de houtsnijwerken lachen en ik zie Ned plotseling in een heel ander licht. Behalve een bekwaam timmerman is hij een kunstenaar met gevoel voor humor. Tussen deze chique lui lijkt hij niet erg op zijn gemak, het is alsof hij zich geïntimideerd voelt door zijn bewonderaars.

'Ik kom er nu pas achter dat je een verborgen talent hebt,' zeg ik tegen hem. 'Je hebt wekenlang in mijn huis gewerkt, maar me nooit verteld dat je kunstenaar bent.'

Hij haalt bescheiden zijn schouders op. 'Het is gewoon een van mijn geheimen.'

'Zijn er nog meer geheimen die ik zou moeten kennen?'

Met zijn achtenvijftig jaar kan Ned nog steeds blozen, en dat vind ik heel erg charmant. Ik besef hoe weinig ik eigenlijk van hem weet. Heeft hij kinderen? Waarom is hij nooit getrouwd? Hij heeft me zijn vakmanschap als timmerman laten zien, maar verder heeft hij niets van zichzelf prijsgegeven.

In dat opzicht lijken we meer op elkaar dan hij weet.

'Ik hoorde dat je werk ook in Boston wordt verkocht.'

'Ja, de galerie daar noemt het "boerse kunst" of zoiets. Ik ben er nog niet uit of ik dat als een belediging moet opvatten.'

Ik kijk om me heen naar de champagne nippende mensen. 'Zij zien er anders niet boers uit.'

'Nee, de meeste bezoekers komen uit de stad.'

'Ik hoorde dat hier ook een paar schilderijen van dokter Gordon hangen.'

'In de andere kamer. Hij heeft er al een verkocht, hoorde ik.'

'Ik wist helemaal niet dat hij kunstenaar was. Nog iemand met een verborgen talent.'

Ned draait zich om en tuurt naar het andere eind van de kamer. 'Mensen zijn gecompliceerd, Ava,' zegt hij zachtjes. 'Wat je ziet is niet altijd wat je krijgt.'

Ik werp een snelle blik in de richting waarnaar hij kijkt en zie dat Donna Branca net de galerie is komen binnenlopen. Als ze haar hand naar een glas champagne uitsteekt kruisen onze blikken elkaar, en heel even blijft haar hand boven het dienblad met drankjes hangen. Dan brengt ze een flûte naar haar lippen, neemt een voorzichtig slokje en loopt weg.

'Zijn Donna Branca en Ben Gordon eh... met elkaar bevriend?' vraag ik Ned.

'Bevriend?'
'Ik bedoel: hebben ze iets met elkaar?'
Hij fronst zijn voorhoofd. 'Waarom vraag je dat?'
'Ze leek wat geërgerd toen ze Ben en mij laatst samen zag.'
'Heb jij iets met hem?'
'Ik ben alleen nieuwsgierig naar hem. Hij was zo vriendelijk om op huisbezoek te komen nadat ik vorige week was flauwgevallen.'

Een hele poos zegt Ned niets, en ik vraag me af ik, de buitenstaander, een taboeonderwerp heb aangesneden. In een klein dorp als Tucker Cove kent iedereen elkaar zo goed dat elke romance bijna incest lijkt.

'Ik dacht dat je een vriend in Boston had,' zegt hij.
'Een vriend?'
'Ik hoorde je bellen met iemand die Simon heet. Ik dacht dat...'
Ik schiet in de lach. 'Simon is mijn redacteur. Hij is getrouwd met Scott, een heel aardige man.'
'O.'
'Hij is dus geen potentiële kandidaat.'
Ned kijkt me nieuwsgierig aan. 'Ben je op zoek?'

Ik neem de mannen in de galerie op. Sommigen zijn aantrekkelijk, en ze zijn allemaal springlevend. Het is maanden geleden sinds ik enige interesse voor de andere sekse heb gevoeld, een periode waarin mijn verlangens in diepe winterslaap waren.

'Misschien wel.' Ik pak een nieuwe flûte champagne en loop zigzaggend langs vrouwen in zwarte jurkjes naar het volgende vertrek. Net als zij ben ook ik een toerist, maar ik voel me in dit gezelschap een buitenstaander. Ik kom niet uit Maine en ik ben geen kunstverzamelaar, maar val in een heel eigen categorie: de kattenvrouw die in het spookhuis woont. Ik heb niets gegeten, dus de champagne stijgt me naar het hoofd, en het is hier te rumoerig, te licht. Te veel kunst. Ik kijk naar de muren, zie chaotische abstracte schilderijen en enorm grote foto's van oude auto's. Ik hoop dat ik de schilderijen van Ben Gordon niet lelijk vind, want ik ben niet zo goed in liegen dat ik een schijnheilig 'Wat fantastisch!' kan uitkramen. Dan zie ik een opvallende rode stip op een van de lijsten, het teken dat het is verkocht, en ik begrijp in één oogopslag waarom iemand 2500 dollar voor dit stuk wil neertellen. Het schilderij stelt de zee in al zijn heftigheid voor, hoge witschuimende golven, aan de horizon dreigende wolken. De handtekening van de kunstenaar, 'B. Gordon', is in het kolkende donkergroene water bijna niet te lezen.

Ernaast hangt een schilderij van B. Gordon dat nog te koop is. In tegenstelling tot het onheilspellende zeegezicht stelt dit schilderij een strand voor waar de golven rustig tegen de kiezels klotsen. De voorstelling is zo realistisch dat je het voor een foto zou kunnen aanzien, en ik buig me voorover om de penseelstreken te zien. Elk detail, de boom met de woest gedraaide stam, de met zeewier bedekte rotsen, de waterlijn die met een bocht naar een uitspringende rotspunt van het eiland loopt, zegt me dat dit een schildering is van een plek die in werkelijkheid bestaat. Ik vraag me af hoeveel uren, hoeveel dagen hij, terwijl de schaduwen langer werden en het daglicht temperde, op dit strand heeft gezeten.

'Mag ik vragen wat je ervan vindt of kan ik me beter uit de voeten maken?'

Ik ben zo geboeid door het schilderij dat ik niet heb gemerkt dat Ben naast me is komen staan. Ondanks de drukte om ons heen is hij alleen op mij gefocust, en zijn blik is zo doordringend dat ik mijn blik afwend en naar zijn schilderij kijk.

'Ik zal eerlijk zijn,' zeg ik.

'Ik zet me schrap.'

'Toen je vertelde dat je schilderde, kon ik me niet voorstellen dat je schilderijen zó goed zouden zijn. Het lijkt zo echt dat ik de kiezelsteentjes onder mijn voeten kan voelen. Het is bijna jammer dat je dokter bent geworden.'

'Geneeskunde was ook niet mijn eerste keus.'

'Waarom heb je het dan al die jaren gestudeerd?'

'Je bent in mijn praktijk geweest. Je heb de foto's van mijn vader en mijn grootvader gezien. Het is alsof er altijd een dokter Gordon in Tucker Cove is geweest, en wie ben ik om die traditie te verbreken? Hij lacht minzaam. 'Mijn vader zei altijd dat ik in mijn vrije tijd kon schilderen. Ik wilde hem niet teleurstellen, daar was ik niet dapper genoeg voor.' Hij staart naar het zeegezicht alsof hij zijn eigen leven in die woeste groene zee ziet.

'Het is nooit te laat om rebels te zijn.'

We glimlachen even naar elkaar terwijl de mensen om ons heen lopen en er harpmuziek klinkt. Iemand tikt hem op de schouder en hij draait zich om naar een slanke brunette die een ouder echtpaar aan hem wil voorstellen.

'Sorry dat ik stoor, Ben, maar dit zijn meneer en mevrouw Weber uit Cambridge. Ze zijn zeer onder de indruk van je schilderij *Uitzicht vanaf het strand*. Ze wilden kennismaken met de maker ervan.'

'Is dit schilderij een weergave van een bestaande plek?' vraag mevrouw Weber. 'Het ziet er namelijk zo echt uit.'

'Ja, het is een bestaand strand, ik heb het alleen wat mooier gemaakt. Het drijfhout weggelaten. Ik kies altijd bestaande plekken om te schilderen.'

Terwijl de Webers dichterbij gaan staan om het schilderij beter te bekijken en nog meer vragen te stellen, trek ik me terug om Ben de kans te geven het te verkopen. Hij pakt mijn arm en fluistert: 'Zou je nog even willen blijven, Ava? Kunnen we misschien straks samen ergens een hapje eten?'

Ik heb geen tijd om erover na te denken, want de Webers en de brunette kijken ons aan. Ik knik ja en loop weg.

Uit eten met mijn dokter. Dat had ik niet van de avond verwacht.

Ik dwaal wat rond, drink champagne en vraag me af of ik niet te veel achter Bens uitnodiging zoek. Het is acht uur en het is nu zo druk in de galerie dat ik de meest gewilde stukken van de collectie niet van dichtbij kan zien. Ik zie mezelf niet als een kunstkenner, maar weet wel wat ik mooi vind, en er zijn een paar stukken die ik prachtig vind. Op Neds papegaaiduiker prijkt nu een rode sticker, en hij is in een hoek gedreven door een vrouw in een pimpelpaarse kaftan. Na al die avonden alleen in mijn huis op de heuvel heb ik het gevoel alsof ik eindelijk uit een coma ben ontwaakt. Daar moet ik Ben Gordon voor bedanken.

Er heeft zich een groepje mensen om hem heen verzameld, de Webers, de bruinharige galeriehoudster en nog een stuk of wat bewonderaars. Hij werpt me een verontschuldigende blik toe en ik blijf geduldig wachten, ook al word ik licht in mijn hoofd van de honger en de champagne. Van alle vrouwen hier die hij had kunnen uitnodigen om uit eten te gaan, vraagt hij mij. Waarom? Omdat ik nieuw ben in het dorp? Als begeerlijke vrijgezel in Tucker Cove is hij het misschien zat om achternagelopen te worden. Waarschijnlijk ben ik de enige vrouw die niet in hem geïnteresseerd is.

Is dat zo?

Ik drentel wat heen en weer en laat mijn blik over de kunstwerken gaan, maar mijn aandacht is bij Ben. Zijn stem, zijn lach. Ik blijf voor een abstract bronzen beeld staan dat *Passie* heet. Het bestaat uit rondingen, lichamen zo innig met elkaar verenigd dat je niet kunt zien waar het ene begint en het andere eindigt. Ik denk aan de torenkamer, en aan Jeremiah Brodie. Ik denk aan de leren boeien om mijn polsen en onze zwetende, stotende lichamen. Mijn mond wordt droog. Mijn gezicht loopt rood aan. Ik doe mijn ogen dicht, mijn hand ligt op een ronding van het beeld, het brons is even hard en ongenaakbaar als zijn rugspieren. *Vanavond. Kom alsjeblieft bij me. Ik wil je.*

'Zullen we gaan, Ava?'

Ik open mijn ogen en zie dat Ben naar me glimlacht. De eerbiedwaardige dokter Gordon is duidelijk in me geïnteresseerd, maar ben ik dat ook in hem? Kan een man van vlees en bloed me net zo bevredigen als Jeremiah Brodie?

We ontvluchten de menigte in de galerie en lopen de warme zomeravond in. Het is alsof iedereen in Tucker Cove vanavond de deur uit is en door de straatjes van het dorp slentert. In de t-shirt-winkeltjes is het een drukte van belang en voor de ijssalon staat zoals gewoonlijk een enorme rij.

'Ik denk niet dat we nog ergens een tafeltje kunnen vinden,' zeg ik als we langs de overvolle restaurants lopen.

'Ik weet een plek waar we geen tafel nodig hebben.'

'Waar?'

Hij glimlacht. 'Het beste eten in heel Tucker Cove. Geloof me.'

We laten het centrum van het dorp achter ons en lopen over een straat met kasseitjes naar de haven. Het is rustig op de kade, er kuieren alleen wat toeristen rond. We lopen lang zeilschepen die krakend aan hun touwen aangemeerd liggen, langs een visser die zijn lijn uitgooit vanaf de kade.

'Het is vloed. Dat betekent makreel,' roept de visser. Ik kijk naar zijn vangst. In het vage licht van de straatlantaarn zie ik zilverkleurige vissen in zijn emmer kronkelen.

Ben en ik lopen door naar een groepje mensen die bij een kraam staan, en ik zie stomende ketels en een verrukkelijke geur dringt mijn neus binnen. Nu snap ik waarom Ben me mee naar de kade heeft genomen.

'Geen tafelzilver, geen linnen, alleen kreeft,' zegt hij. 'Ik hoop dat je het goed vindt.'

Het is meer dan goed, het is preciés waar ik trek in heb.

We kopen vers gekookte kreeften, mais aan de kolf en friet, en nemen onze maaltijd mee naar de kademuur. Daar gaan we zitten met de kartonnen borden op onze schoot, onze benen bungelen over de rotsen. We missen alleen nog een fles wijn, maar na drie glazen champagne is het beter dat ik vanavond geen alcohol meer drink. Te hongerig om een gesprek te beginnen val ik meteen op de kreeft aan, scheur vakkundig het vlees van de schaal en prop het in mijn mond.

'Je hebt zo te zien geen lesje nodig in kreeft pellen,' merkt hij op.

'Ik heb heel veel ervaring opgedaan in de keuken. Je zou eens moeten zien hoe snel ik oesters kraak.' Ik veeg gesmolten boter van mijn kin en glimlach naar hem. 'Dit is de perfecte maaltijd. Geen bemoeizieke obers, geen pretentieus menu. Er gaat niets boven eenvoud en versheid.'

'Zegt de kookboekenschrijver.'

'Zegt de enthousiaste eter.' Ik neem een hap van de maiskolf en het smaakt precies zoals ik hoopte: zoet en knapperig. 'Ik ben van plan een heel hoofdstuk van mijn boek aan kreeft te wijden.'

'Weet je dat kreeft altijd als inferieur voedsel werd beschouwd? Als je kreeft in je lunchtrommel had, dacht iedereen dat je arm was.'

'Ja, idioot, hè? Dat iedereen zo over deze godenspijs dacht.'

Hij lacht. 'Ik weet niets over godenspijzen, maar als je iets over kreeften wilt weten, breng ik je in contact met kapitein Andy.' Hij wijst naar een boot in de haven. 'Die daar is van hem. Het luie meisje. Hij kan je meenemen op zijn boot en je alles over zeekreeften vangen vertellen.'

'Dat zou mooi zijn. Dank je.'

Hij speurt de donkere haven af. 'Als kind heb ik op sommige van die boten gewerkt. Ik ben een zomer lang mee geweest met de *Mary Ryan,* die boot daar.' Hij wijst naar een driemaster aan de kade. 'Mijn vader wilde dat ik als laboratoriumassistent in het ziekenhuis ging werken, maar ik had geen zin om de hele zomer binnen te zitten. Ik wilde naar buiten, het water op.' Hij gooit een lege schaal in het water, waar hij met een zachte plons neerkomt. 'Zeil je?'

'Mijn zus en ik hebben als kind altijd op een meer in New Hampshire gezeild.'

'Heb je een zus? Is ze ouder? Jonger?'

'Twee jaar ouder.'

'Wat doet ze voor de kost?'

'Ze werkt in Boston. Ze is orthopedisch chirurg.' Het onderwerp Lucy bevalt me niet en ik ga snel over op iets anders. 'Maar ik heb nog nooit op zee gezeild. Ik vind de zee eerlijk gezegd best eng. Eén fout en het is met je gedaan. Dat doet me trouwens denken aan het lichaam dat de kreeftenvisser uit het water heeft gehaald. Wat was er gebeurd?'

Hij haalt zijn schouders op. 'Ik heb er verder niets meer over gehoord. Waarschijnlijk was het een ongeluk. Mensen gaan de zee op, drinken te veel. Worden achteloos.' Hij kijkt me aan. 'Ik word niet achteloos, niet op het water. Een goede zeeman respecteert de zee.'

Ik denk aan kapitein Brodie, die de zee het beste van iedereen kende. Toch kwam hij om, zijn resten liggen nu onder de golven. Er gaat een rilling door me heen, alsof de wind zojuist mijn naam fluisterde.

'Ik kan je over je angst heen helpen, Ava.'

'Hoe?'

'Ga met me zeilen. Ik zal je laten zien dat je alleen maar moet weten wat je kunt verwachten en hoe je je daarop moet voorbereiden.'

'Heb je een zeilboot?'

'Een sloep van negen meter. Ze is oud, maar degelijk en betrouwbaar.' Hij gooit weer een lege schaal in het water. 'Voor alle duidelijkheid: dit is geen officiële uitnodiging voor een date.'

'Nee?'
'Dokters mogen niet met hun patiënten afspreken.'
'Dan zullen we het een andere naam moeten geven.'
'Dus je gaat met me zeilen?'

Het is geen date, maar het begint er verdacht veel op te lijken. Ik geef niet meteen antwoord, maar neem de tijd om over zijn uitnodiging na te denken terwijl ik de servetten en het plastic bestek opruim. Ik weet niet waarom ik aarzel: ik ben nooit zo kieskeurig geweest wat mannen betreft, en praktisch gezien is Ben een goede partij. In gedachten hoor ik de altijd redelijke stem van Lucy, die haar hele leven op me heeft gepast. *Hij voldoet aan alle eisen, Ava! Hij is aantrekkelijk, intelligent en bovendien dokter. Hij is precies de man die je nodig hebt na alle die foute figuren met wie je bent omgegaan.* Ik heb Lucy altijd alles verteld, ze weet van elke dronken vergissing die ik beging, van iedere man met wie ik naar bed ben geweest, van alle avontuurtjes die ik achteraf betreurde.

Behalve van een.

Ik kijk naar Ben. 'Mag ik je iets vragen?'
'Natuurlijk.'
'Nodig je al je patiënten uit voor een zeiltocht?'
'Nee.'
'Waarom mij dan wel?'
'Waarom niet?' Hij ziet mijn vragende blik en zucht. 'Sorry, dat was flauw. Ik... ik weet niet wat het precies is wat me in jou aantrekt. Ik zie heel wat toeristen hier in het dorp. Ze blijven een paar weken of een paar maanden en vertrekken weer. Ik heb nooit de aanvechting gehad om met een van hen een relatie te beginnen. Maar jij bent anders.'
'In welk opzicht?'
'Je intrigeert me. Je hebt iets waardoor ik meer van je wil weten. Alsof er onder de oppervlakte van alles is te ontdekken.'
Ik lach. 'Een vrouw met geheimen.'

'Ben je dat?'

We kijken elkaar aan en ik ben bang dat hij me zal proberen te kussen, wat een dokter niet behoort te doen met zijn patiënt. Tot mijn opluchting doet hij geen poging, maar richt hij zijn blik opnieuw op de haven. 'Sorry. Dat klonk vast belachelijk.'

'Het was alsof je het over een puzzeldoos had die je open wilt breken.'

'Dat bedoelde ik niet.'

'Wat dan wel?'

'Ik wil jóú leren kennen, Ava. Ik wil alles van je weten, grote en kleine dingen, ik wil dat je me de kans geeft je te leren kennen.'

Ik zwijg, denk aan wat me in de toren te wachten staat. Hoe geschokt Ben zou zijn als hij zou weten dat ik zowel naar lust als naar pijn smacht. Alleen kapitein Brodie kent mijn geheim. Hij is de perfecte partner in zonde, want hij zal het nooit verraden.

Mijn stilzwijgen heeft te lang geduurd en Ben snapt de hint. 'Het is al laat. Kom, we gaan.'

We staan allebei op. 'Bedankt voor de uitnodiging. Het was heerlijk.'

'Laten we gauw weer afspreken. De volgende keer op het water misschien?'

'Ik zal erover nadenken.'

Hij glimlacht. 'Ik zorg voor perfect weer. Je hoeft je nergens zorgen over te maken.'

Als ik thuiskom, zit Hannibal in de hal op me te wachten. Hij kijkt me met zijn gloeiende kattenogen aan. Wat ziet hij nog meer? Voelt hij de aanwezigheid van de geest? Ik blijf onder aan de trap staan, snuif de lucht op, maar ruik alleen verse verf en zaagsel, de geur van verbouwing.

In mijn slaapkamer kleed ik me uit en knip ik het licht uit. In het donker sta ik naakt te wachten, hopend op zijn komst.

Waarom is hij niet teruggekomen? Hoe moet ik hem verleiden bij me terug te komen? Met elke nacht die zonder hem verstrijkt groeit mijn angst dat hij nooit heeft bestaan, dat hij louter een fantasiebeeld was, ontstaan uit wijn en eenzaamheid. Ik druk mijn handen tegen mijn slapen en vraag me af of dit het gevoel is dat je hebt als je waanzinnig wordt. Of dat dit het gevolg is van kattenkrabkoorts, encefalitis en hersenbeschadiging, de logische verklaring die Lucy zou geven. Bacteriën kunnen tenslotte door een vergrootglas worden waargenomen en groeien in reageerbuisjes. Niemand trekt hun bestaan in twijfel, of de schade die ze kunnen veroorzaken in het menselijk brein.

Misschien is dit echt de schuld van Hannibal.

Ik klim in bed en trek het dekbed op tot mijn kin. Dit is zeker echt: het frisse beddengoed tegen mijn huid. Het verre ruisen van de zee en het geluid van Hannibal die naast me ligt te spinnen.

Er doemt geen verschijning op in de donkere nacht, er is geen schaduw die de vorm van een man aanneemt. Op de een of andere manier weet ik dat hij me vannacht niet komt bezoeken. Misschien is hij er wel nooit geweest. Maar er is een man die ik wel bij me in bed zou kunnen hebben, als ik dat zou willen. Een man van vlees en bloed.

Ik moet kiezen.

Zestien

Het grootzeil staat strak en ik klamp me vast aan de stuurboordreling als *Callista* in de wind vooruitschiet en de boeg door de golven snijdt.

'Bang?' roept Ben vanaf het roer.

'Eh... een beetje!'

'Je hoeft je echt geen zorgen te maken. Ga lekker zitten en geniet van het uitzicht. Ik heb alles onder controle.'

Dat heeft hij inderdaad. Vanaf het moment dat ik aan boord van *Callista* stapte, wist ik dat ik in bekwame handen was. Ben heeft aan alles gedacht om er een fantastische middag op het water van te maken. Een fles bruiswater en een fles wijn staan in de ijsemmer te koelen en de picknickmand is gevuld met kaas, fruit en broodjes kip. Ik had aangeboden de lunch te verzorgen, maar hij beloofde me dat hij overal voor zou zorgen, en dat blijkt zo te zijn. Ik kijk om me heen naar het kraakheldere dek, waar alle touwen netjes zijn opgerold, waar alle koperen accessoires glimmen en het teakhout glanst van een nieuwe laag vernis.

'Je zou niet zeggen dat deze boot al vijftig jaar oud is,' zeg ik.

'Ze is van hout en vraagt veel onderhoud, maar ze is van mijn vader geweest. Hij zou zich in zijn graf omdraaien als ik niet goed voor haar zou zorgen.' Hij kijkt omhoog naar het grootzeil en maakt de fok los. 'Oké, klaar voor overstag!'

Als hij de boeg door de wind draait, haast ik me naar bakboord. De boot helt over, ik hang weer boven het water. 'Wanneer is je vader overleden?' vraag ik.

'Vijf jaar geleden. Hij was zeventig en werkte nog fulltime in zijn dokterspraktijk. Hij overleed tijdens zijn ronde in het ziekenhuis. Niet de manier waarop ik wil doodgaan.'

'Hoe zou jij willen doodgaan?'

'Niet tijdens mijn werk. Liever als ik op het water ben, zoals vandaag, als ik me vermaak met iemand die ik leuk vind.'

Zijn antwoord lijkt niet bijzonder, maar ik hoor dat hij het laatste stukje van de zin beklemtoont, 'iemand die ik leuk vind'. Ik wend me af en tuur naar de kustlijn waar het bos aan de zee grenst. Er zijn hier geen stranden, alleen bossen en granieten rotsen waar zeemeeuwen rondcirkelen en plotsklaps neerduiken.

'Achter die punt ligt een leuk baaitje,' zegt hij. 'Daar kunnen we voor anker gaan.'

'Kan ik helpen?'

'Nee, Ava. Ik zeil altijd in m'n eentje, ik weet hoe het moet.'

Na een paar keer deskundig oploeven loodst hij *Callista* om de rotspunt heen naar een stille baai. Ik hoef alleen maar toe te kijken als hij de zeilen laat zakken en het anker uitgooit, en hij beweegt zich zo handig over het dek dat ik hem voor de voeten zou lopen als ik probeerde te helpen. Ik besluit me bezig te houden met iets waar ik goed in ben: de fles wijn ontkurken en onze picknick uitpakken. Tegen de tijd dat hij de zeilen heeft geborgen en de touwen heeft opgerold, ben ik zover dat ik hem een glas wijn kan aanreiken. Terwijl *Callista* rustig voor anker heen en weer deint, zitten we in de cockpit en nippen we van een perfect gekoelde rosé.

'Ik denk dat ik dit leuk kan gaan vinden,' beken ik.

Hij gebaart naar de wolkeloze hemel. 'Een zomerdag, een sterk bootje. Wat is er mooier?' Hij kijkt me aan. 'Zou ik je kunnen overhalen om na oktober te blijven?'

'Misschien. Ik vind het fijn in Tucker Cove.'

'Je zult niet meer mijn patiënt kunnen zijn.'

'Hoezo niet?'

'Omdat ik hoop dat ik je iets anders kan noemen.'

We weten allebei waar dit op uitloopt. Waar hij wil dat dit op uitloopt. Ik heb nog niet besloten. De wijn ontspant me en mijn gezicht gloeit van de zon. Ben Gordon heeft prachtige blauwe ogen, ogen die te veel lijken te zien. Ik wend me niet af als hij zich naar me toe buigt. Als onze lippen elkaar raken.

Hij smaakt naar wijn en zout en zon. Dit is de man tot wie ik me aangetrokken zou moeten voelen, de man die alles is wat een vrouw zich kan wensen. Het gaat gebeuren als ik het laat gaan, maar wil ik dat wel? Wil ik hém? Hij trekt me tegen zich aan, maar ik voel een vreemde afstandelijkheid, alsof ik naast mijn lichaam sta en twee onbekenden zie kussen. Ben is echt, maar zijn kus wakkert geen vlam in me aan. In plaats daarvan verlang ik des te heviger naar de minnaar die ik mis. Een minnaar die misschien wel niet echt is.

Ik ben bijna opgelucht als zijn mobiele telefoon gaat.

Hij zucht en laat me los. 'Sorry, maar die beltoon moet ik opnemen.'

'Tuurlijk.'

Hij pakt zijn telefoon uit zijn boottas. 'Met dokter Gordon.'

Ik pak de fles wijn en schenk mezelf nog eens in als ik opeens zijn stem hoor veranderen.

'Is dat het definitieve autopsierapport? Weet hij het zeker?'

Ik draai me naar hem om, maar hij ziet niet dat ik naar hem kijk. Er staat een sombere uitdrukking op zijn gezicht en zijn lippen vormen een grimmige streep. Hij hangt op en zegt niets, maar staart naar zijn telefoon alsof die hem verraden heeft.

'Wat is er gebeurd?'

'Dat was het kantoor van de lijkschouwer. Over het lichaam dat ze uit de baai hebben gehaald.'

'Weten ze wie ze is?'

'Ze hebben haar nog niet geïdentificeerd. Maar ze hebben de

uitslag van het toxicologisch onderzoek en er zaten geen drugs of alcohol in haar lichaam.'
 'Ze was dus niet dronken toen ze verdronk.'
 'Ze is niet verdronken.' Hij kijkt me aan. 'Ze is vermoord.'

Zeventien

Somber gestemd varen we op de motor terug naar de haven, terwijl we het nieuws allebei zwijgend tot ons laten doordringen. Het nieuws dat tegen de avond in heel Tucker Cove bekend zal zijn. Een van toerisme afhankelijk kustplaatsje in een staat die 'The Way Life Should Be' als motto heeft, zal niet blij zijn met dit nieuws. We ruimen het dek op en als ik van boord stap, zie ik het dorp Tucker Cove met heel andere ogen. Op het eerste gezicht is het met al die witte houten gebouwen en die keienstraatjes een charmant dorp aan de kust van New England, maar ik zie nu overal schaduwen. En geheimen. Er is een vrouw vermoord, haar lichaam is in zee gegooid, maar niemand weet hoe ze heet. Of wil niemand het zeggen?

Thuis troost ik mezelf die avond op de mij gebruikelijke manier: ik ga koken. Ik zet een kip in de oven en snij een paar boterhammen in dobbelsteentjes om er croutons van te maken, een maaltijd die ik slapend kan bereiden. Ik hak peterselie en knoflook en vermeng die met een scheut olijfolie en de broodblokjes, maar in gedachten ben ik bij de vermoorde vrouw. Ik denk terug aan de dag waarop haar lichaam werd gevonden. Ik herinner me het blauwe, van zeewater glimmende zeildoek en het afgrijzen op Bens gezicht toen hij het optilde en zag wat eronder lag.

Ik haal de kip uit de oven en schenk mezelf een tweede glas sauvignon blanc in. Het is al negen uur en dit is pas mijn tweede glas. Na wat ik vandaag heb meegemaakt is dit tweede glas welverdiend en ik neem een flinke slok. De alcohol brandt als een kerosinevlam zijn weg door mijn bloed, maar ook als de spanning uit me wegebt, blijft de dode vrouw door mijn hoofd spoken. Was ze jong of oud? Mooi of lelijk?

Waarom heeft niemand haar als vermist opgegeven?

Als ik vanavond van de trap val en mijn nek breek, hoelang zou het dan duren voordat iemand mij mist? Uiteindelijk zou Donna Branca er wel achter komen, maar alleen omdat ik mijn maandelijkse huur niet heb overgemaakt. Mensen komen altijd in actie als je je rekeningen niet betaalt, maar dat kan weken duren. Tegen die tijd zal mijn lichaam al in staat van ontbinding zijn.

Of door mijn kat opgevreten, denk ik als Hannibal op de eettafel springt en naar de plakken kip op mijn bord loert.

Derde glas wijn. Ik heb geprobeerd te minderen, maar vanavond kan het me niet schelen. Niemand die me hier ziet, niemand die me hier de les leest. Alleen Lucy was zo moedig om me recht in mijn gezicht iets over mijn drankgebruik te zeggen, maar zij is hier niet om me tegen mezelf te beschermen, zoals ze altijd deed.

Ik ga aan tafel zitten en kijk naar mijn perfect opgediende maaltijd: plakken kip overgoten met de jus die ik van braadvet en witte wijn heb gemaakt. Nieuwe aardappeltjes uit de oven. Een salade met versgebakken croutons en Spaanse olijfolie.

Lucy's lievelingsgerecht. Dezelfde maaltijd die ik op haar verjaardag maakte.

Ik zie ze weer voor me, beiden naar me glimlachend tegenover me aan tafel. Lucy en Nick, hun wijnglazen geheven om een toost aan de kok uit te brengen. 'Als ik ooit een laatste maaltijd moet kiezen, wil ik dat Ava die maakt,' zei Lucy. En om beurten vertelden we wat we als laatste maaltijd zouden kiezen. Die van Lucy zou 'Ava's kip uit de oven' zijn. Die van mij zou een eenvoudige *cacio e pepe* zijn met een glas tintelende, gekoelde frascati. Nick koos biefstuk, natuurlijk. 'Een lendebiefstuk, medium. O nee, doe toch maar beef Wellington! Als het mijn laatste maaltijd is, mag het best chic zijn,' zei hij en we moesten allemaal lachen omdat Nick nog nooit beef Wellington had gegeten, maar het gewoon verrukkelijk vond klinken.

Kon ik maar terug naar dat verjaardagsetentje, een avond waarop we samen en gelukkig waren. Nu zit ik eenzaam en alleen in dit enorme huis. Als ik hier doodga, heb ik dat aan mezelf te danken.

Ik laat mijn nauwelijks aangeraakte eten op tafel staan, pak de fles en neem die mee naar boven. De wijn is niet koud meer, maar het gaat me niet meer om de smaak. Het gaat me om de roes. Boven in mijn slaapkamer drink ik de fles leeg en laat me op bed vallen. Dode vrouw in het water, dronken vrouw in de slaapkamer.

Ik knip het licht uit en staar naar het duister. De zee is onrustig vanavond, ik hoor de golven tegen de rotsen slaan. Een storm ver weg op zee heeft die golven veroorzaakt. Ze komen hier aanrollen en beuken met razende kracht tegen de rotsen. Het geluid is zo verontrustend dat ik opsta om het raam te sluiten, maar daarna hoor ik de golven nog steeds. Ik ruik ze ook, de geur is zo sterk dat ik het gevoel heb dat ik verdrink. Op dat moment besef ik plotseling: hij is er.

Ik wend me af van het raam. Jeremiah Brodie staat voor me.

'Je was bij een man vandaag,' zegt hij.

'Hoe weet jij...'

'Je draagt zijn geur.'

'Hij is gewoon een vriend. Ik ging met hem zeilen.'

Hij komt dichterbij, en ik huiver als hij een haarlok van me pakt en door zijn vingers laat glijden. 'Je hebt hem aangeraakt.'

'Ja, maar–'

'Je liet je verleiden.'

'Het was alleen maar een kus. Het betekende niets.'

'Toch weet ik dat je je schuldig voelt.' Hij staat nu heel dichtbij, ik voel de warmte van zijn adem in mijn haar. 'En dat je je schaamt.'

'Niet daarover. Niet over vandaag.'

'Je hebt alle reden om je te schamen.'

Ik kijk in zijn ogen die de kille, harde glans van het licht van de sterren weerspiegelen. Zijn woorden slaan niet op Ben Gordon en onze onschuldige kus, maar op wat er is gebeurd voordat ik naar Maine ging. Zijn woorden slaan op oudjaarsavond en de zonde die ik mezelf nooit zal vergeven. Wat hij op mijn huid ruikt, is de blijvende geur van schuld.

'Je vond het goed dat hij aan je zat.'

'Ja.'

'Je bezoedelde jezelf.'

Ik dring mijn tranen terug. 'Ja.'

'Je verlangde ernaar. Je verlangde naar hem.'

'Het is nooit mijn bedoeling geweest om het zover te laten komen. Als ik de tijd kon terugdraaien, als ik die avond mocht overdoen—'

'Maar dat kan je niet. Daarom ben ik hier.'

Ik staar naar die staalharde ogen. Ik hoor afkeuring in zijn stem en de belofte van wat komen gaat. Mijn hart bonst en mijn handen trillen. Dagenlang heb ik naar zijn terugkeer verlangd, gehunkerd naar zijn aanrakingen. Maar nu hij voor me staat, ben ik bang voor wat me te wachten staat.

'Naar de toren,' beveelt hij.

Met knikkende knieën loop ik de slaapkamer uit. Heb ik te veel wijn gedronken of is het angst waardoor ik struikel in de gang? De vloer voelt ijskoud onder mijn blote voeten en de vochtige lucht trekt in mijn nachtpon. Ik open de deur naar de trap, blijf staan en kijk omhoog naar het flakkerende kaarslicht.

Ik sta op de drempel van zijn wereld. Bij elke traptrede laat ik mijn eigen wereld steeds verder achter me.

Ik ga de trap op, het kaarslicht wordt al helderder. Hij loopt pal achter me, zijn laarzen klinken zwaar en onverbiddelijk op de treden, beletten mijn terugkeer. Er is maar één richting die ik op kan gaan, en ik ga naar boven, naar de kamer waar me zowel genot als straf te wachten staat.

Boven aangekomen zwaai ik de deur open en stap de torenkamer binnen. Ik word overspoeld door gouden kaarslicht en ik zie hoe de rok van koperkleurige zijde om mijn enkels zwiert. De kou van de nacht voel ik niet meer, want er brandt een haardvuur, de vlammen likken aan blokken berkenhout. De kaarsen flakkeren in de muurkandelaars en in de op zee uitkijkende ramen vang ik een glimp op van mijn eigen spiegelbeeld. De jurk is rond mijn heupen geplooid en mijn blanke borsten bollen boven het laag uitgesneden lijfje uit.

Ik ben in zijn wereld. In zijn tijd.

Hij loopt naar de achter gordijnen verborgen alkoof. Ik weet wat zich achter die gordijnen bevindt. Ik heb met mijn armen en benen gespreid op dat bed gelegen, het genot van zijn brute kracht gevoeld. Maar als hij het gordijn opentrekt, onthult hij dit keer meer dan alleen een bed. Ik krimp ineen.

Hij steekt zijn hand uit. 'Kom, Ava.'

'Wat ga je met me doen?'

'Wat wil je dat ik doe?'

'Je gaat me pijn doen.'

'Is dat niet wat je verdient?'

Ik hoef hem niet te antwoorden, hij weet dat ik mezelf nooit genoeg kan straffen voor wat er is gebeurd. Hij weet dat schuld en schaamte me naar dit huis hebben gebracht, en naar hem. Dat ik de straf verdien die hij verkiest te geven.

'Ik ben bang,' fluister ik.

'Maar je verlangt er ook naar, toch?' Ik deins achteruit als hij zijn hand uitsteekt om mijn wang met de rug van zijn hand te strelen. 'Heb ik je niet geleerd dat pijn alleen maar de keerzijde van genot is? Dat de schreeuw van pijn niet anders klinkt dan de schreeuw van extase? Vanavond zul je beide sensaties ervaren, zonder schuldgevoel en zonder schaamte, want ik ben degene die de leiding heeft. Voel je niet dat je ernaar hunkert, ernaar smacht? Ben je al nat, bereidt je lichaam zich al voor op wat er komen gaat?'

Terwijl hij tegen me praat voel ik de spanning tussen mijn benen toenemen, een schreeuwend verlangen gepenetreerd te worden.

Hij steekt zijn hand naar me uit. Gewillig pak ik hem aan.

We lopen naar de andere kant van de kamer. Ik stap de alkoof in en zie aan de plafondbalk handboeien hangen. Maar het zijn niet de boeien die me angst aanjagen. Wat me angst aanjaagt zijn de dingen die ik tegen de muur zie staan. Leren zwepen. Een rijzweepje. Een rij houten knuppels.

Hij trekt me naar de boeien en maakt er een om mijn linkerpols vast.

Er is geen weg terug meer. Ik ben aan zijn genade overgeleverd.

Hij grijpt mijn rechterhand en maakt geroutineerd de tweede boei vast. Ik sta met mijn beide handen geboeid boven mijn hoofd, en hij bekijkt me als zijn gevangene, genietend van mijn hulpeloosheid. Langzaam komt hij achter me staan, tilt zonder enige waarschuwing de achterkant van mijn jurk op en ontbloot mijn billen. Hij strijkt zachtjes over mijn huid, er trekt een rilling door me heen.

Ik zie niet dat hij de zweep pakt.

Ik schrik zo van de eerste zwiep van het leer tegen mijn billen dat ik aan de boeien ruk. Mijn huid brandt van het venijn van het leer.

'Is dit niet wat je verdient?'

'Stop. Alsjeblieft!'

'Vertel de waarheid. Biecht je zonde op.' Opnieuw knalt de

zweep. Weer gil ik het uit en kronkel ik van de pijn.

'Biecht op.'

Bij de derde zweepslag begin ik te snikken. 'Ik beken,' roep ik. 'Ik ben schuldig, maar het is nooit mijn bedoeling geweest. Ik wilde niet–'

De volgende zweepslag maakt dat mijn knieën knikken. Ik zak door mijn benen, mijn lichaam hangt aan de genadeloze boeien.

Hij buigt zich naar me toe en fluistert in mijn oor. 'Maar je wilde het toch, Ava? Je wilde het toch?'

Ik kijk naar hem op en zijn glimlach bezorgt me kippenvel. Langzaam loopt hij om me heen en blijft dan achter me staan. Ik weet niet wat hij gaat doen. Ik weet niet of hij zijn zweep heeft opgeheven en zet me schrap voor de volgende slag. In plaats daarvan maakt hij de beide boeien los. Ik val op mijn knieën en wacht trillend op de volgende marteling.

Ik zie niet wat hij pakt, maar ik hoor dat hij iets tegen zijn hand slaat. Ik kijk op en zie dat hij een knuppel vasthoudt, het hout gepolijst en glanzend. Hij ziet mijn gealarmeerde blik. 'Nee, ik zal je niet slaan. Ik laat nooit littekens achter. Dit instrument is voor iets heel anders.' Hij strijkt ermee langs zijn handpalm, bewondert de glans in het kaarslicht. 'Dit is als inleiding bedoeld. Als trainingsmiddel, klein genoeg voor de krapste maagd.' Hij kijkt naar me. 'Maar jij bent geen maagd meer.'

'Nee,' mompel ik.

Hij draait zich om naar de muur en pakt een andere knuppel. Hij houdt hem voor me en ik kan mijn blik niet afwenden, ik kan nergens anders naar kijken dan naar het monstrueuze voorwerp dat me wordt voorgehouden.

'Deze is voor een hoer die goed is ingereden. Een hoer die gewend is zich aan alle soorten mannen aan te passen.'

Ik slik. 'Dat kan echt niet.'

'O nee?'

'Geen vrouw kan dat... dat ding hebben.'

Hij laat de knuppel langs mijn wang glijden, het hout is glad en beangstigend. 'Niet als je je goed voorbereidt. Hoeren doen dat, Ava. Je leert te behagen. Omdat je nooit weet wie er binnen komt lopen en wat hij zal vragen. Sommige mannen willen alleen maar naaien. Anderen kijken liever. En je hebt ook mannen die willen zien hoeveel je kunt verdragen.'

'Dat wil ik niet!'

'Ik ben de spiegel van je schaamte. Ik geef je precies wat je verlangt. Wat je verwacht. Ook als je het niet weet.' Hij gooit die monsterlijke knuppel opzij. Ik krimp ineen als hij met een klap op de grond neerkomt. 'Je bent je eigen wrede rechter, Ava, je bepaalt je eigen straf. Ik hanteer alleen het instrument. Ik maak me ondergeschikt aan jouw wil, net zoals jij je aan mijn wil ondergeschikt maakt. Vanavond is dit is wat jij wilt. Dus is dit wat ik je geef.' Hij rukt de achterkant van het bovenstukje van mijn jurk open. Ik verzet me niet als hij mijn heupen grijpt en me gebruikt als de hoer die ik ben. De hoer die ik heb bewezen te zijn. Ik ben niet meer dan een stuk vlees. Ik word gekocht en er wordt voor me betaald.

Ik slaak een gil als ik klaarkom en als hij zich op me laat zakken. Samen vallen we voorover.

Zo blijven we een tijdje zonder te bewegen liggen. Hij heeft zijn armen om me heen geslagen en ik voel het bonken van zijn hart tegen mijn naakte rug. Hoe kan een dode zo levend lijken? Zijn huid is net zo warm als die van mij, zijn armen voelen sterk en gespierd. Geen echte man kan aan hem tippen.

Geen echte man zou mijn verlangens zo goed begrijpen.

Hij rolt van me af. Als we naast elkaar op de grond liggen, trekt hij zachtjes een cirkel over mijn naakte zij. 'Heb ik je bang gemaakt?' vraagt hij.

'Ja. Heel bang.'

'Je hoeft nooit bang te zijn.'

'Maar angst hoort toch bij je spel?' Ik kijk hem aan. 'De

angst dat je me pijn kúnt doen. Dat je dat ding bij me kúnt gebruiken.' Ik sla een blik op de houten knuppel die even verder op de grond ligt, en huiver.

'Wond het je niet een heel klein beetje op?' Hij glimlacht en ik zie een wrede fonkeling in zijn donkere ogen.

'Je zou hem toch niet echt bij me gebruiken?'

'Dat is het spannende, toch? Hoe ver zal ik gaan? Zal ik de zweep zo ruw gebruiken dat ik je mooie rug openhaal? Je weet het niet. Je kunt niet voorspellen wat ik ga doen.' Hij laat zijn vingers over mijn wang glijden. 'Gevaar is bedwelmend, Ava. Net als pijn. Ik geef je zoveel als je wilt. Zoveel als jij kunt verdragen.'

'Ik weet niet wat ik kan verdragen.'

'Daar komen we wel achter.'

'Waarom?'

'Omdat het ons allebei bevredigt. Ik werd door sommige mensen een monster genoemd omdat ik geniet van het geluid van de zweep en de kreet van de onderworpene. Omdat het geschreeuw en de worsteling me opwinden.

'Geniet je daar echt van?'

'Ja, net als jij. Jij geeft het alleen niet toe.'

'Dat is niet waar. Ik wil dat niet.'

'Waarom vind je het dan goed?'

Ik kijk in die staalharde ogen en kijk de waarheid in het gezicht. Ik denk aan de redenen waarom ik elke straf die hij me gaf heb verdiend. Voor de zonden die ik heb begaan, het verdriet dat ik heb veroorzaakt, verdien ik zijn zwepen, zijn knuppels, zijn ruwe overmeestering.

'Ik ken je beter dan dat jij jezelf kent, lieve Ava,' zegt hij. 'Om die reden heb ik jou uitgekozen. Omdat ik weet dat je terugkomt, omdat je meer en ergere straffen wilt.'

Hij streelt mijn gezicht. Zijn aanraking is verontrustend teder, er gaat een huivering door me heen. 'Hoeveel erger?' fluister ik.

Hij glimlacht. 'Dat gaan we samen ontdekken.'

Achttien

Ik schrik wakker in de toren en knipper tegen het scherpe zonlicht dat door de ramen naar binnen schijnt. Mijn linkerheup is beurs van het liggen op het kale hout. Mijn mond is gortdroog en mijn hoofd bonkt van de kater die ik volledig verdien na de fles wijn die ik gisteravond soldaat heb gemaakt. Kreunend bedek ik mijn gezicht met mijn armen om mijn pijnlijke ogen te beschermen tegen het licht. Hoe ben ik hier op de grond beland? Waarom ben ik niet teruggegaan naar mijn bed?

Stukje bij beetje herinner ik het me weer. Het bestijgen van de trap. De brandende kaarsen in de muurkandelaars.

En kapitein Brodie.

Met een schok open ik opnieuw mijn ogen en krimp ineen als het zonlicht in mijn kassen prikt. De haard is schoongeveegd, er is geen as te bekennen. De alkoof is leeg, de muren en de vloer zijn kaal. Geen bed, geen gordijn, geen boeien aan het plafond. Ik ben terug in mijn tijd, in mijn wereld.

Ik kijk wat ik aanheb. Geen jurk van koperkleurige zijde, gewoon dezelfde dunne nachtpon die ik in bed droeg. Ik kijk naar mijn polsen en zie geen krassen of schaafwonden van de boeien.

Ik krabbel overeind en hou me stevig aan de leuning vast als ik langzaam de torentrap afdaal. In mijn slaapkamer trek ik mijn nachtpon uit en ga met mijn rug naar de spiegel staan. Gisteravond was ik overgeleverd aan de gesel van zijn zweep, gilde ik het uit toen het leer mijn huid ranselde, maar in het felle ochtendlicht zie ik dat mijn rug niet is ontsierd door blauwe plekken of striemen. Ik draai me om voor de spiegel en speur mijn naakte lichaam af naar tekenen van het geweld dat ik van zijn handen heb ondergaan, maar ik ontdek geen veelzeggende sporen van de straf die hij me gisteravond heeft gegeven.

O, er is wel iets.

Ik ga met mijn hand tussen mijn benen en voel het vochtige bewijs van mijn opwinding, zo overvloedig dat wat nu langs de binnenzijde van mijn dij druipt van hem zou kunnen zijn. Ik staar naar mijn glanzende vingertoppen en vraag me af of dit de verdorven cocktail is van onze lust, het fysieke bewijs dat ik ben gebruikt door een man die al tijden dood is. Bij de herinnering gloeien mijn wangen van schaamte, maar mijn schaamte brengt weer een nieuwe golf van opwinding teweeg.

Mijn mobiel telefoon op het nachtkastje gaat.

Als ik hem pak, gaat mijn hart nog tekeer en zijn mijn handen onvast. 'Hallo?'

'Zo, eindelijk neem je op. Ik heb drie voicemails ingesproken.'

'Hallo Simon.' Ik zucht en ga op bed zitten.

'Je ontloopt me.'

'Ik wilde niet afgeleid worden. Ik was in andere sferen.'

'In hogere sferen?'

'Onderzoek. Schrijven.'

'Ik heb de hoofdstukken gelezen die je me gestuurd had.'

'Wat vind je ervan?'

'Ze zijn goed.'

'Alleen maar goed?'

'Oké. Ze zijn geweldig. Van het hoofdstuk over schaaldieren kreeg ik zo'n trek dat ik de deur uit ben gegaan en twee dozijn oesters en een martini achterover heb geslagen.'

'Dan heb ik het goed gedaan.'

'Wanneer krijg ik de rest te lezen?'

Ik kijk naar de stapel met kleren die nog op de plek liggen

waar ik ze gisteravond heb uitgetrokken. De geest heeft me afgeleid. Hoe kan ik schrijven als ik elk moment stop om de lucht op te snuiven in de hoop zijn geur op te vangen?

'Het boek vordert,' stel ik hem gerust. 'Dit huis inspireert me.'

'O ja, Brodie's Watch. Daarom bel ik eigenlijk. Ik wil het graag zien.'

'Dat kan. Ik stuur je wel wat foto's. Ik ben geen wereldfotograaf, maar–'

'Ik wil het met eigen ogen zien. Ik dacht aan komend weekend.'

'Wat?'

'Het is negenentwintig graden in Boston, ik moet de stad uit voor ik smelt. Luister, Ava, je hebt al in geen maanden productie geleverd, en Theo stond erop dat ik je voortgang controleer. Hij heeft je een voorschot gegeven en wil weten of je weer aan het werk bent. Als ik zaterdag om een uur of twaalf uur vertrek, ben ik rond vijven bij je. Of heb je die avond een date met een stoere houthakker?'

'Ik, eh...' Ik kan zo gauw geen smoes verzinnen. 'Prima,' is het enige wat ik kan uitbrengen.

'Oké. Ik neem je mee uit eten, als je dat leuk vindt.'

'Dat hoeft niet.'

'Dan kook ik. Of jij. Ik ben razend benieuwd naar dat kapiteinshuis. En we moeten ook eens gaan nadenken over marketingstrategieën. De hoofdstukken die je me hebt gestuurd gaan niet alleen over eten, je beschrijft ook de plek, Ava. Ik wil Brodie's Watch wel eens met eigen ogen zien.'

'Het is een lange rit om alleen maar een huis te zien.'

'Ik wil jou ook zien. Iedereen vraagt waar je uithangt. Waarom je zomaar bent verdwenen.'

Kon ik maar verdwijnen. Kon ik maar net als kapitein Brodie oplossen in deze muren. Onzichtbaar worden zodat niemand kan zien wat er van me geworden is. Maar ik ken Simon al jaren, al van voor de tijd dat hij mijn redacteur werd, en ik weet dat als hij eenmaal iets in zijn hoofd heeft, hij er niet van af is te brengen.

'Als je eind van de middag komt, wil je hier waarschijnlijk slapen,' zeg ik.

'Ik hoopte al dat je het zou aanbieden.'

'Komt Scott ook?'

'Nee, hij hangt de plichtsgetrouwde zoon uit en gaat zijn moeder bezoeken. We zijn dus met z'n tweetjes. Net als vroeger.'

'Oké. Tot zaterdag dan.'

'Ik zorg voor de wijn.'

Het is klokslag vijf uur als zaterdagmiddag de bel gaat.

Simon staat op de veranda en ziet er in zijn gestreepte overhemd en rode vlinderdasje zoals gewoonlijk piekfijn uit. In al die jaren dat ik met hem samenwerkt, heb ik hem nog nooit zonder vlinderdasje gezien, ook niet toen we in restaurantkeukens werkten. Zonder dat dasje zou hij naakt lijken.

'Meisje!' Hij trekt me naar zich toe voor een knuffel. Godzijdank zijn de knuffels van Simon niet beladen met een onderstroom van seksuele spanning, maar is het een broederlijke omhelzing van een man die al tien jaar getrouwd is met Scott en absoluut geen belangstelling heeft voor mij als vrouw. Hij loopt het huis in, zet zijn leren weekendtas neer en steekt snuivend zijn neus in de lucht. 'Wat ruik ik? Kreeft?'

'Je lijkt wel een bloedhond, Simon.'

'Ik ben meer een truffelvarken. Ik ruik een goeie bordeau van een kilometer afstand. En wat gaan we eten vanavond? Iets saais of iets bijzonders?'

Ik lach. 'Voor jou iets bijzonders natuurlijk. Ik ben nog maar bij stap één van het recept. Als je je wilt opfrissen: de logeerkamer is boven.'

'Ik wil eerst zien wat er staat te pruttelen.' Hij laat zijn leren tas in de hal staan en stevent op de keuken af. Simon komt uit een lange lijn van koks, die ongetwijfeld teruggaat tot zijn voorouders in dierenvellen die in een pan met mastodontstoofpot roerden. Hij wordt zoals altijd aangetrokken tot het fornuis. 'Hoelang?' Hij hoeft zijn vraag niet uit te leggen, ik begrijp wat hij wil weten.

'Ze zitten er nu een kwartier in. Je timing is fantastisch.' Ik draai het gas uit en til de deksel op. Een geurige wolk stoom komt vrij. Ik was vanochtend aan boord van *The Lazy Girl* met kapitein Andy, de kreeftenvisser en ook Bens vriend, en was er getuige van dat deze vier kreeften groen uit zee getrokken werden. Nu zijn ze verrukkelijk helderrood.

Simon pakt een schort van de haak en knoopt hem in één beweging om zijn middel vast. 'Wat is de volgende stap in het recept?'

'Jij pelt. Ik maak de bechamel.'

'Je bent dichter geworden!'

'Zonder dat ik het weet.'

We gaan aan de slag, bewegen ons door de keuken als ervaren danspartners die elkaars bewegingen door en door kennen. Tenslotte hebben we elkaar zo jaren geleden leren kennen: als twee studenten die in de zomervakantie een baantje hadden in een restaurant op Cape Cod. Ik werd van afwasser tot salademaker bevorderd, hij ging van de salades naar de grill, want Simon was me altijd een stap vooruit. Ook nu is hij me een stap vooruit: hij kraakt de scharen en verwijdert het vlees zo handig dat hij tegen de tijd dat ik sherry en eierdooiers in de bechamelsaus sta te kloppen al een hele berg sappig kreeftenvlees uit de schalen heeft bevrijd.

Ik meng het vlees in de saus en schuif de kreefttaart in de oven.

Simon trekt een gekoelde fles sauvignon blanc open en

schenkt een glas voor ons in. 'Op ons teamwerk,' zegt hij als we proosten. 'Komt dit recept in je boek?'

'Als jij het vanavond goedkeurt wel. Ik heb het uit een hotelkookboek uit 1901. Het werd in het Old Mermaid Hotel als specialiteit beschouwd.'

'Is dat wat je de afgelopen maand hebt gedaan?'

'Ik heb oude recepten uitgeprobeerd. Geschreven. Me ondergedompeld in het verleden.' Ik kijk omhoog naar het antieke tinnen plafond. 'Dit huis brengt me in de juiste sfeer om me in die tijd te verdiepen.'

'Maar moest je nu echt helemaal hierheen om te schrijven? Tussen haakjes: je boek is nu al zeven maanden te laat.'

'Ik weet het.'

'Ik wil je contract niet opzeggen, maar Theo is een irritante boekhouder, hij blijft maar vragen wanneer je inlevert.' Hij kijkt me onderzoekend aan. 'Je hebt de deadline nog nooit zo ver overschreden. Wat is er aan de hand, Ava?'

Om een antwoord op zijn vraag te bedenken, drink ik eerst mijn glas leeg. 'Writer's block,' antwoord ik na een tijdje. 'Maar ik denk dat ik er inmiddels wel overheen ben. Sinds ik in dit huis woon, schrijf ik weer en wat ik schrijf is goed, Simon. De creatieve sappen vloeien weer.'

'Waarom ben je eigenlijk weggegaan?'

Ik zie hem fronsen als ik mijn glas opnieuw vul. Hoeveel heb ik vanavond al gedronken? Ik ben de tel kwijt. Ik zet de fles neer en zeg zachtjes: 'Je weet dat ik een paar moeilijke maanden achter de rug heb. Ik was somber sinds…'

'Oudjaarsavond.'

Ik zwijg.

'Stop met jezelf de schuld te geven, Ava. Je gaf een feestje, hij dronk te veel. Wat had je moeten doen? Hem vastbinden zodat hij niet in zijn auto kon stappen?'

'Ik heb niet genoeg gedaan om hem ervan te weerhouden.'

'Het was niet jouw verantwoordelijkheid. Nick was volwassen.'

'Toch geef ik mezelf de schuld. Ook al doet Lucy dat niet.'

'Ik denk dat je er met iemand over moet praten. Ik ken een heel goede therapeut. Ik kan je haar nummer geven.'

'Nee.' Ik pak mijn glas en sla het in één keer achterover. 'En nu wil ik eten.'

'Na alles wat je hebt gedronken lijkt dat me een goed idee.'

Ik negeer zijn opmerking en schenk nog een glas voor mezelf in. Tegen de tijd dat de salade en de kreefttaart op tafel staan ben ik zo geërgerd door zijn opmerking dat ik al mijn aandacht op het eten richt, niet op hem. Sinds wanneer is Simon zo'n bemoeial?

Hij neemt een hap van de kreefttaart en zucht van genot. 'O ja, dit recept moet zeker in het boek komen.'

'Ik ben blij dat ik iets gedaan heb wat je goedkeuring kan wegdragen.'

'In godsnaam, Ava. Ik heb geen contract met je afgesloten omdat ik ervan uitging dat je je er niet aan zou houden. Dus ik vraag je opnieuw: wanneer lever je je tekst in?'

'Dat is dus de reden van je komst.'

'Ik heb geen vijf uur in de auto gezeten om alleen maar hallo te zeggen. Natuurlijk is dat de reden van mijn komst. En om te kijken hoe het met je gaat. Toen je zus me belde—'

'Heeft Lucy je gebeld?'

'Ze hoopte dat ik misschien wist wat er met je aan de hand is.'

Ik staar naar mijn glas wijn. 'Wat heeft ze tegen je gezegd?'

'Ze zei dat jullie nauwelijks contact hebben. Ze heeft geen idee waarom. Ze is bang dat ze iets verkeerds heeft gezegd of gedaan.'

'Dat is het niet.'

'Wat is het dan? Ik dacht altijd dat jullie onafscheidelijk waren.'

Ik neem opstandig een slok wijn om mijn antwoord uit te stellen. 'Het is dit boek. Het neemt me volledig in beslag,' zeg ik uiteindelijk. 'Ik heb maandenlang geworsteld, maar ik heb de smaak weer te pakken. Sinds ik hier ben heb ik zes hoofdstukken geschreven. Het doet me goed hier te wonen.'

'Hoe kan dat? Het is gewoon een oud huis.'

'Voel je het niet, Simon? Het is een huis met een verleden. Denk aan de maaltijden die ze in die keuken kookten, de etentjes die ze in deze eetkamer gaven. Ik denk dat ik het boek nergens anders zou kunnen schrijven.'

'Is dat de enige reden waarom je uit Boston bent weggegaan? Om inspiratie te zoeken?'

Het lukt me hem strak aan te kijken. 'Ja.'

'Nou, dan ben ik blij dat je het hier gevonden hebt.'

'Ja.' *En ik heb hier nog veel meer gevonden.*

Die nacht lig ik wakker, me er pijnlijk van bewust dat mijn logé verderop in de gang ligt te slapen. Ik heb Simon niets over mijn inwonende geest verteld, omdat ik weet wat hij zou denken. Tijdens het eten zag ik telkens zijn bedenkelijke blik als ik mijn glas vulde met de heerlijke chardonnay die hij uit Boston had meegenomen. Ik weet dat hij denkt dat mijn drankgebruik de reden is waarom ik mijn boek nog niet af heb. Drank en schrijvers, het is een clichébeeld, maar een beeld dat voor mij, net als voor Hemmingway, opgaat.

Geen wonder dat ik geesten zie.

Ik hoor de vloer op de gang kraken en in de gastenbadkamer het geluid van stromend water. Het is vreemd om iemand anders, iemand die echt is, in huis te hebben. Geesten spoelen de wc niet door en laten de kraan niet lopen. Het is geen geest die terugsloft naar de logeerkamer en de deur sluit. Ik ben niet meer gewend aan menselijke geluiden. Mensen zijn mij vreemd en ik heb spijt van deze inbreuk op mijn privacy, ook al is het maar een nachtje. Dat is het voordeel van schrijver zijn: er zijn dagen dat ik niemand zie. De buitenwereld is vol conflicten en teleurstellingen. Waarom zou ik de deur uit gaan als ik alles wat ik wil en nodig heb binnen deze muren kan vinden?

Simon heeft het evenwicht verstoord en ik heb het gevoel dat de atmosfeer is veranderd, alsof de lucht door zijn aanwezigheid in beroering is gebracht en nu onrustig door het huis stroomt.

Ik ben niet de enige die het voelt.

Als ik de volgende ochtend beneden kom, tref ik Simon koffiedrinkend aan tafel aan. Hij heeft zich niet geschoren, zijn ogen zijn bloeddoorlopen en voor het eerst sinds ik hem ken heeft hij geen vlinderdasje om.

'Wat ben je idioot vroeg op,' zeg ik als ik naar de koffiekan loop en voor mezelf een kopje inschenk. 'Ik wilde de eerste zijn en als ontbijt een lekkere frittata maken.'

Hij wrijft zijn ogen uit en gaapt. 'Ik heb slecht geslapen. Ik dacht: ik ga eruit, dan kan ik vroeg de weg op.'

'Nu al? Het is zeven uur!'

'Ik ben al vanaf drie uur op.'

'Waarom?'

'Nare dromen.' Hij haalt zijn schouders op. 'Misschien is het in dit huis té rustig. Ik heb nog nooit zulke vreselijke nachtmerries gehad.'

Ik ga langzaam aan tafel zitten en bekijk hem eens goed. 'Wat voor nachtmerries?'

'Niets is zo oninteressant als de dromen van een ander.'

'Ik wil het weten. Voor de draad ermee.'

Hij haalt diep adem, alsof hij alleen al voor het vertellen van zijn nachtmerrie moed moet verzamelen. 'Het was alsof hij op mijn borst zat. De lucht uit mijn longen probeerde te persen. Ik had misschien een hartaanval. Ik voelde zijn handen om mijn nek.'

Hij. Zijn.

'Ik probeerde hem van me af te werpen, maar ik kon me niet bewegen. Ik was verlamd, zoals dat in dromen gebeurt. En hij kneep mijn keel dicht tot ik dacht dat ik...' Hij haalt opnieuw diep adem. 'In elk geval kon ik daarna niet meer slapen. Ik lag klaarwakker, mijn oren gespitst. Ik dacht dat hij misschien terug zou komen.'

'Waarom heb je het over een híj?'

'Weet ik niet. Ik zou ook hét kunnen zeggen. Ik weet alleen dat het me bij de keel greep. En nog iets, Ava. Toen ik wakker werd, was dat gevoel dat ik gewurgd werd zo levensecht, dat ik snakte naar een glas water. Ik ging naar de badkamer en zag mezelf in de spiegel, en echt, ik kon op dat moment zweren dat er vlekken in mijn nek zaten.' Hij lacht schaapachtig. 'Ik knipperde met mijn ogen en er was natuurlijk niets te zien. Maar zo overstuur was ik.'

Ik kijk naar de huid boven de kraag van zijn overhemd, maar zie niets ongewoons. Geen blauwe plekken, geen sporen die door fantoomhanden zijn achtergelaten.

Hij drinkt zijn koffie op. 'Hoe dan ook, ik kan maar beter gelijk gaan, dan ben ik de drukte terug naar Boston voor. Ik heb mijn tas al gepakt.'

Ik loop met hem mee naar zijn auto en sta te rillen in de koude zeewind als hij zijn tas in de achterbak zet. Vogels cirkelen in de lucht en een kleurige monarchvlinder fladdert zigzaggend door een bosje wolfsmelk. Het wordt een prachtige dag, maar Simon lijkt er zo snel mogelijk vandoor te willen gaan.

Hij draait zich naar me toe om me een vluchtige zoen op mijn wang te geven, en ik zie dat hij snel een angstige blik op het huis slaat, alsof hij het niet de rug durft toe te keren. 'Maak alsjeblieft snel dat verdomde boek af, Ava.'

'Komt goed.'

'En kom terug naar Boston, daar hoor je thuis.'

Ik kan het niet helpen, maar ik voel opluchting als ik hem zie wegrijden. Het huis is weer van mij, het is een mooie zomerochtend en de hele dag ligt voor me. Ik hoor een luid miauwen en als ik naar beneden kijk, zit Hannibal aan mijn voeten, zijn staart heen en weer zwiepend. Hij vindt het natuurlijk tijd voor zijn ontbijt.

Ook ik vind het tijd voor mijn ontbijt.

Ik loop terug naar het huis. Pas als ik het trappetje van de veranda op loop zie ik het FedEx-pakje op de schommelstoel liggen. De bezorger moet het gistermiddag bezorgd hebben toen ik binnen Simons komst voorbereidde. Ik pak het op en herken mijn eigen handschrift op het etiket. Het is het FedEx-pakketje dat ik vorige week naar Charlotte Nielson heb gestuurd. Ik staar naar de reden waarom het is geretourneerd.

Drie bezorgpogingen.

Ik sta op de veranda en negeer Hannibals gemiauw terwijl ik over dit teruggezonden pakketje nadenk. Ik herinner me de woorden van Donna Branca: 'Charlotte heeft mijn mails niet beantwoord en ze neemt haar telefoon niet op.' Ik ben meer dan verbaasd. Ik ben gealarmeerd.

Ik heb zoveel vragen voor Charlotte, er is zoveel wat ik wil weten over haar verblijf in dit huis. Over de reden waarom ze op stel en sprong is vertrokken. Heeft de geest haar weggejaagd?

Ze woont op Commonwealth Avenue, niet ver van mijn appartement in Boston. Er is vast wel iemand in het appartementencomplex die me kan vertellen waar ze naartoe is gegaan en hoe ik haar kan bereiken.

Ik kijk naar de keukenklok: 7.45 uur. Als ik nu vertrek, kan ik om één uur in Boston zijn.

Negentien

Het is mooie dag voor een autorit, maar ik besteed nauwelijks aandacht aan het uitzicht op het glinsterende water en de kleurige huisjes aan zee. Mijn gedachten zijn bij de spullen die ik in de weken sinds mijn komst in Tucker Cove heb aangetroffen. Ik denk aan het kookboek, de flessen whiskey in de keukenkast, de slipper onder het bed, en de zijden sjaal onder in de slaapkamerkast. Toen Charlotte Nielson er plotseling vandoor ging had ze recht op nog twee maanden huur, een feit dat nu een verontrustende betekenis krijgt. Wat deed haar zo abrupt vertrekken?

Ik denk dat ik het antwoord wel weet: ze is vertrokken vanwege hém. *Wat heeft kapitein Brodie gedaan, Charlotte? Wat zorgde ervoor dat je het huis uit vluchtte? Waar moet ik bang voor zijn?*

Nog geen maand geleden reed ik, toen ik Boston ontvluchtte, over deze zelfde weg naar het noorden. Nu rij ik terug naar Ground Zero, waar alles misging. Ik ga er niet heen om de schade te herstellen, die kan immers nooit worden hersteld en ik kan nooit worden vergeven. Nee, dit is een heel andere missie. Ik ga erheen om de vrouw te ontmoeten die in mijn huis heeft gewoond. Als zij hem ook heeft gezien, weet ik dat hij echt is. Weet ik dat ik niet gek word.

Maar als zij hem niet heeft gezien...

Stap voor stap, Ava. Eerst Charlotte zoeken.

Tegen de tijd dat ik de grens met New Hampshire passeer is er meer verkeer op de weg en voeg ik me in de gebruikelijke stroom toeristen die na een weekend varen, wandelen en kreeft eten huiswaarts keren. Achter de autoraampjes vang ik een glimp op van zonverbrande gezichten en met koffers en koelboxen volgestapelde achterbanken. Ik ben alleen in mijn auto en heb geen bagage behalve de emotionele bagage die ik de rest van mijn leven met me zal moeten meetorsen.

Ik draai mijn raampje open en schrik van de warmte die naar binnen waait. Na een maand in Tucker Cove ben ik vergeten hoe ongelooflijk warm het in augustus in de stad kan zijn, een betonnen oven waarin emoties makkelijk een kookpunt bereiken. Bij een stoplicht, waar ik als het op groen is gesprongen een milliseconde te lang blijf staan, drukt de chauffeur achter me op zijn claxon. In Maine wordt er nauwelijks geclaxonneerd, dus ik schrik me een ongeluk van het lawaai. Bedankt voor de vriendelijke ontvangst in Boston, eikel!

Als ik over Commonwealth Avenue rijd, voel ik een knoop in mijn maag. Dit is de straat naar Lucy's appartement, de weg naar etentjes met kerst, Thanksgivingkalkoen en brunches op zondag. De weg naar de persoon van wie ik het meeste houd, de persoon die ik nooit pijn had willen doen. De knoop in mijn maag gaat over in misselijkheid als ik langs het gebouw rijd waar ze woont, langs het appartement waarnaar ik haar heb helpen verhuizen, langs de olijfgroene gordijnen die ik heb helpen uitzoeken. Wat zou ze zeggen als ik nu bij haar aanbelde en vertelde wat er oudjaarsavond werkelijk is gebeurd? Maar daar heb ik de moed niet voor. In plaats daarvan ben bang dat ze uit het raam kijkt, ziet dat ik langsrijd en zich afvraagt waarom ik niet zoals gewoonlijk even langskom. Zoals ze zich ook afvraagt waarom ik de zomer in Boston ben ontvlucht, waarom ik niet opneem als ze belt, waarom ik haar praktisch uit mijn leven geschrapt heb.

Omdat ik te laf ben om haar de waarheid te vertellen, rijd ik door naar het westen, naar het huizenblok waar Charlotte Nielson woont.

Als ik voor het gebouw stop, trillen mijn handen, bonkt mijn hart. Ik schakel de motor uit en blijf even zitten, haal een paar keer diep adem om tot rust te komen. Ik zie twee tienerjongens op de trap voor het gebouw zitten. Ze kijken naar me en vragen zich ongetwijfeld af waarom ik zo lang in mijn auto blijf zitten. Ik denk dat ze niet gevaarlijk zijn, maar de enorme lengte van tienerjongens met hun enorme schoenen en brede schouders is intimiderend. Ik twijfel nog even voor ik uiteindelijk uitstap en langs hen heen naar de ingang van het gebouw loop. Ik druk op de zoemer van Charlottes appartement. Eén, twee, drie keer. Er komt geen reactie, en de voordeur is dicht.

De jongens zitten nog steeds naar me te kijken.

'Wonen jullie hier?' vraag ik.

Ze halen tegelijkertijd hun schouders op, wat wil zeggen... uh? Weten ze niet waar ze wonen?

'Ik woon hier soms,' zegt de grootste van de twee. Zijn haar is door de zon gebleekt en als hij in Californië woonde zou hij een surfboard bij zich hebben. 'Voornamelijk 's zomers, als ik bij mijn vader ben.'

O, zo'n gezin.

'Ken je mensen die hier wonen? Ken je Charlotte Nielson?'

'Die vrouw van 2A? Ja.' De jongens grijnzen veelbetekenend naar elkaar. 'Ik zou haar graag beter leren kennen,' vervolgt hij en ze schieten allebei in de lach.

'Ik heb haar nodig. Wil je haar dit briefje geven? Het zou fijn zijn als ze me belt.' Ik pak een blocnoteje uit mijn tas en schrijf mijn telefoonnummer op.

'Ze is er niet. Ze is in Maine.'

'Nee, daar is ze niet,' zeg ik.

'Ja, daar is ze wel.'

'Ze was in Maine, maar ze is een maand geleden vertrokken. Is ze niet naar huis gegaan?'

De jongen schudt zijn hoofd. 'Ik heb haar sinds juni niet

meer gezien. Net voordat ze voor de zomer wegging.'

Ik denk hier even over na, probeer het te rijmen met wat Donna Branca me heeft verteld: dat Charlotte uit Brodie's Watch is vertrokken vanwege een crisis in de familie. Als ze niet naar Boston is gegaan, waar is ze dan naartoe gegaan? Waarom reageerde ze niet op e-mails en telefoontjes?

'Wat is er met Charlotte aan de hand?' vraagt de tiener.

'Ik weet het niet.' Ik staar naar het gebouw. 'Is je vader thuis?'

'Hij is een rondje rennen.'

'Wil je hem mijn telefoonnummer geven en vragen of hij me belt? Ik moet Charlotte echt spreken.'

'Ja hoor.' De jongen stopt het papiertje met mijn telefoonnummer in de achterzak van zijn spijkerbroek, een plek die je, vrees ik, makkelijk vergeet, maar meer kan ik niet doen. Mijn jacht op Charlotte hangt nu af van een tiener die die spijkerbroek waarschijnlijk in de wasmachine gooit zonder zich te herinneren wat er in zijn achterzak zit.

Ik stap weer in mijn auto en twijfel of ik niet beter de nacht in Boston kan doorbrengen in plaats van vierenhalf uur terug naar Tucker Cove te rijden. Mijn appartement heeft wekenlang leeggestaan, dus ik moet sowieso gaan kijken of alles in orde is.

Deze keer vermijd ik Commonwealth Avenue en neem een alternatieve route zodat ik niet nog eens langs Lucy's appartement hoef te rijden. Mijn no-goarea breidt zich uit. In de dagen na Nicks overlijden dwong ik mezelf om bij Lucy langs te gaan omdat ze mijn troost heel hard nodig had. Daarna kon ik het niet meer opbrengen. Omdat ik het niet aankon dat ze me omhelsde, haar niet in de ogen kon kijken, ging ik niet meer bij haar op bezoek. Ik belde haar niet meer, reageerde niet meer op haar voicemails.

Nu kan ik zelfs niet meer langs haar huis rijden.

Mijn no-goareas breiden zich uit als inktvlekken op de stadskaart. De omgeving van het ziekenhuis waar Lucy werkt.

Haar favoriete koffiebar en supermarkt. Op al die plekken loop ik de kans dat ik haar tegenkom en dat ze me dwingt uit te leggen waarom ik me uit haar leven heb teruggetrokken. Bij de gedachte dat ik haar tegen het lijf kan lopen, slaat mijn hart al op hol en beginnen mijn handen te zweten. Ik stel me voor dat die zwarte vlekken zich verder uitspreiden en dat de hele stad Boston een no-goarea wordt. Misschien moet ik naar Tucker Cove verhuizen en me in Brodie's Watch van de wereld afsluiten. Daar oud worden en sterven, ver van deze stad waar ik mijn schuld overal weerspiegeld zie, vooral in de straat naar mijn eigen appartement.

In deze straat is het gebeurd. Daar is de kruising waar de pendelbus op Nicks Prius knalde en deze op de beijzelde straat liet rondtollen. En tegen die lantaarn is de verkreukelde Prius tot stilstand gekomen.

Nog een zwarte vlek op de stadskaart. Nog een plek die ik moet vermijden. De hele weg naar mijn appartement heb ik het gevoel dat ik over een hindernisbaan rijd waarvan elke straathoek, elke straat een slechte herinnering is die elk moment als een bom kan ontploffen.

Maar de verschrikkelijkste herinnering komt in mijn eigen appartement bij me boven.

Eerst is er nog niets aan de hand. Als ik binnenkom valt me alleen de bedompte geur op van een huis waarvan wekenlang geen raam heeft opengestaan. Alles is nog precies zoals ik het heb achtergelaten: mijn reservesleutels in een schaaltje naast de deur, de laatste nummers van *Bon Appetit* op een stapeltje op de salontafel. Oost west thuis best, zou ik moeten denken, maar ik ben nog opgewonden van de rit, twijfel of ik hier wel de nacht wil doorbrengen. Ik zet mijn tas neer, laat de sleutels in het schaaltje vallen. Omdat ik sinds vanochtend niets meer heb gegeten of gedronken, loop ik naar de keuken voor een glas water.

Daar komt alles weer bij me boven. Oudjaarsavond.

De herinnering is zo levendig dat ik het knallen van de kurken hoor, de rozemarijn en het sissende vet van de gebakken porchetta ruik. Ik denk terug aan de gelukzalige smaak van champagne op mijn tong. Ik dronk te veel champagne die avond, maar het was míjn feest, ik had de hele dag in de keuken gestaan om oesters open te breken, artisjokken schoon te maken en paddenstoelentaarten te maken, dus toen er in mijn appartement zesendertig gasten stonden was ik klaar om te feesten.

En dronk ik.

Iedereen dronk. Iedereen behalve Lucy, die de pech had dat ze die avond opgeroepen kon worden door het ziekenhuis. Zij en Nick waren ieder met een eigen auto gekomen ingeval Lucy het feest voor een noodgeval zou moeten verlaten. Ze dronk die avond alleen bruiswater.

En natuurlijk werd ze opgeroepen, het was immers oudjaarsavond en de wegen waren glad. Ik weet nog dat ik van de andere kant van de kamer naar haar keek toen ze haar jas aantrok om te vertrekken en dat ik dacht: Daar gaat mijn broodnuchtere zus om een leven te redden terwijl ik hier mijn zesde glas champagne achteroversla.

Of was het mijn zevende?

Tegen de eind van de avond was ik de tel kwijt, maar wat maakte het uit? Ik hoefde niet met de auto weg. En dat gold ook voor Nick, die had toegestemd om in mijn logeerkamer te slapen omdat hij te veel ophad om achter het stuur te kruipen.

Ik staar naar de keukenvloer en denk aan de koude, harde tegels tegen mijn rug. Ik herinner me dat ik misselijk was van de champagne die in mijn maag klotste. Plotseling is de misselijkheid terug. Ik hou het geen moment langer uit in dat appartement.

Ik vlucht de deur uit en stap in mijn auto.

Tegen de avond zal ik weer thuis zijn, in Brodie's Watch. Het is voor het eerst dat ik het echt als mijn thuis beschouw. Het lijkt de enige plek in de wereld waar ik me kan verbergen voor de herinneringen aan die nacht. Ik draai het contactsleuteltje om.

Mijn mobiele telefoon gaat. Het is het netnummer van Boston, maar ik herken het nummer niet. Toch neem ik op.

'Mijn zoon vroeg me u te bellen.' Het is een mannenstem. 'Hij zegt dat u net bij mijn appartement was en naar Charlotte vroeg.'

'Dat klopt. Ik probeer haar te bereiken, maar ze beantwoordt mijn e-mails niet en ze neemt ook haar telefoon niet op.'

'Wie bent u eigenlijk?'

'Ik ben Ava Collette. Ik woon in het huis in Tucker Cove dat Charlotte heeft gehuurd. Ze heeft wat spullen laten liggen die ik haar wil opsturen.'

'Wacht even. Woont ze daar dan niet meer?'

'Nee. Ze is een maand geleden vertrokken en ik ging ervan uit dat ze weer in haar appartement in Boston zat. Ik heb het pakketje met haar spullen naar haar appartement opgestuurd, maar kreeg het weer terug.'

'Ze is hier helemaal niet geweest. Ik heb haar sinds juni niet meer gezien. Sinds ze naar Maine ging.'

We zijn beiden even stil, vragen ons af waar Charlotte Nielson kan zijn.

'Heeft u enig idee waar ze is?' vraag ik.

'Toen ze vertrok heeft ze me een adres voor haar post gegeven. Het is een postbus.'

'Waar?'

'In Tucker Cove.'

Twintig

Donna Branca is totaal niet gealarmeerd door mijn verhaal.
'De man die je hebt gesproken is gewoon een buurman, hij weet misschien helemaal niet waar ze naartoe is gegaan. Misschien is ze de staat uit om familie te bezoeken. Of naar het buitenland. Er zijn genoeg redenen te bedenken waarom ze niet naar haar appartement in Boston is gegaan.' Haar telefoon gaat en ze draait rond in haar stoel om op te nemen. 'Branca Property Management.'

Ik staar haar aan en wacht tot ze het telefoontje heeft afgehandeld en ons gesprek voortzet, maar ik zie dat ze al geen aandacht meer voor me heeft en zich volledig concentreert op de inschrijving van een nieuwe huurwoning: vier slaapkamers, uitzicht op zee, op slechts een kilometer afstand van het dorp. Ik ben gewoon een lastige huurder die de detective uithangt. Dit is Tucker Cove, niet Cabot Cove, en alleen in *Murder She Wrote* onderzoekt een toerist de verdwijning van een vrouw.

Als Donna uiteindelijk ophangt, draait ze zich naar me toe met een uitdrukking op haar gezicht van 'Ben je er nu nog?'
'Waarom maak je je zo druk om Charlotte? Je hebt haar nog nooit ontmoet.'
'Ze neemt haar telefoon niet op. Ze reageert al wekenlang niet op haar e-mails.'
'In de brief die ze me stuurde, zei ze dat ze een tijdje niet te bereiken zou zijn.'
'Heb je die brief nog?'

Zuchtend draait Donna zich in haar stoel om naar een dossierkast en trekt er de map *Brodie's Watch* uit.

'Dit schreef ze me vanuit Boston, na haar vertrek.' Ze geeft me een getypte brief die inderdaad zakelijk is.

Donna, ik moest Tucker Cove op stel en sprong verlaten vanwege een familiecrisis. Ik kom niet meer terug in Maine. Ik weet dat ik contractueel nog een paar maanden zou moeten huren, maar ik weet zeker dat het geen probleem zal zijn om een nieuwe huurder te vinden. Ik hoop dat mijn aanbetaling mijn voortijdige vertrek compenseert. Ik heb het huis netjes achtergelaten.
Het mobiele bereik is slecht op de plek waar ik naartoe ga, dus als je me wilt bereiken, kun je het beste mailen.
Charlotte

Ik lees de brief twee keer. Mijn verwarring neemt toe, en ik kijk naar Donna. 'Vind jij het niet vreemd?'

'Haar aanbetaling dekte de schade. En ze heeft het huis in goede staat achtergelaten.'

'Waarom heeft ze niet gezegd waar ze naartoe ging?'

'Ergens naar een plek waar geen mobiel bereik is.'

'Het land uit? De wildernis in? Waarheen?'

Donna haalt haar schouders op. 'Ik weet alleen dat ze betaald heeft.'

'En nu, weken later, is ze nog steeds niet te bereiken. Haar buurman in Boston heeft geen idee waar ze is. Hij heeft me het nummer van haar postbus in Tucker Cove gegeven, één, drie, zeven. Als het goed is moet haar post daar nog liggen. Dat het jou allemaal koud laat!'

Ze trommelt met haar vingers op haar bureau. Dan pakt ze de telefoon en tikt een nummer in. 'Hallo, Stuart? Met Donna Branca. Wil je me een plezier doen en een postbus voor me checken? Het nummer is: één, drie, zeven. Hij was van een van mijn huurders, Charlotte Nielson. Nee, Stuart, ik vraag je niet iets te doen wat niet mag. Charlotte is een paar weken geleden vertrokken en ik wil weten of haar post is doorgestuurd. Ja, ik blijf aan de lijn.' Ze kijkt me even snel aan. 'Het is niet helemaal volgens de regels, maar dit is een klein dorp en we kennen elkaar allemaal.'

'Kan hij ons haar doorzendadres geven?' vraag ik.

'Dat ga ik niet vragen. Het is al heel aardig van hem hij dit voor ons doet.' Ze richt haar aandacht weer op haar telefoon. 'Ja, Stuart, ik ben er. Wat?' Ze fronst haar voorhoofd. 'Ligt het er allemaal nog? Heeft ze geen doorzendadres gegeven?'

Ik buig me voorover, mijn blik is op haar gezicht gericht. Hoewel ik maar de helft van het gesprek kan verstaan, weet ik dat het foute boel is en dat zelfs Donna zich nu zorgen maakt. Ze hangt langzaam op en kijkt me aan.

'Ze heeft haar post al wekenlang niet opgehaald. Haar postbus puilt uit en ze heeft hem geen nieuw adres gegeven.' Donna schudt haar hoofd. 'Heel vreemd.'

'Meer dan vreemd.'

'Misschien is ze gewoon vergeten een adreswijziging te schrijven.'

'Of kon ze het niet.'

We kijken elkaar aan en plotseling komt dezelfde mogelijkheid bij ons op. Charlotte Nielson is van de aardbodem verdwenen. Ze neemt haar telefoon niet op, reageert niet op e-mails en ze heeft al in geen weken haar post opgehaald.

'Dat lichaam dat ze in het water gevonden hebben,' zeg ik, 'was van een vrouw. Ze is nog steeds niet geïdentificeerd.'

'Denk jij dat...?'

'Ik denk dat we de politie moeten bellen.'

Opnieuw is er politie in mijn huis, en deze keer niet vanwege een onbenullig inbraakje door een inbreker die een spoor van aarde op mijn keukenvloer heeft achtergelaten. Deze keer zijn het rechercheurs van Maine State Police die een moord onderzoeken. Gebitsgegevens bevestigen dat het lichaam dat drijvend in de baai is aangetroffen inderdaad van Charlotte Nielson is, de vrouw die meer dan een maand lang haar post niet uit haar postbus heeft gehaald. Wier laatste contact met de buitenwereld, voor zover bekend, een getypte brief aan Donna Branca was.

De vrouw die twee maanden geleden in Brodie's Watch woonde en in mijn bed sliep.

Ik zit in de keuken terwijl de rechercheurs boven door de slaapkamers stampen. Ik weet niet wat ze denken te vinden. Ik heb haar laatste fles whiskey al een hele tijd terug opgedronken. De enige sporen van Charlotte die hier nog te vinden zijn, zitten op haar Hermès-sjaal, in haar exemplaar van *Koken met plezier* en op de slipper die ik onder het bed heb gevonden. Er is ook nog een handgeschreven lijstje met telefoonnummers dat op het prikbord in de keuken hangt. Nummers van de loodgieter, de elektricien, de dokter, de tuinman. Ze had het precieze handschrift dat je van een onderwijzeres van groep acht verwacht, en als het klopt dat je de persoonlijkheid van iemand uit zijn handschrift kunt opmaken, dan was Charlotte een nette, zorgvuldige vrouw die normaal gesproken geen dure sjaal of een beduimeld kookboek vergeet mee te nemen. Dat ze dat wel heeft gedaan is een teken dat ze snel haar spullen heeft gepakt en dit huis zo graag wilde ontvluchten dat ze geen tijd meer had om onder het bed of achter in de kast te kijken. Ik denk aan mijn eerste nacht hier, toen ik die fles vond en een glas voor mezelf inschonk. De whiskey van een dode vrouw.

Die lege fles heb ik al weggegooid, maar ik zal het de politie toch vertellen.

Het weer is ondertussen flink verslechterd. De storm die een paar dagen geleden North en South Carolina teisterde, heeft zich naar het noorden verplaatst en de regen slaat tegen het keukenraam. Plotseling herinner ik me dat ik de ramen op het oosten heb laten openstaan. Ik loop van de keuken naar de kamer met uitzicht op zee om ze te sluiten. Door het beregende glas zie ik huizenhoge golven, grijs en woest, en hoor ik de takken van de sering tegen het huis zwiepen.

'Mevrouw?'

Ik draai me om en zie de twee rechercheurs, Vaughan en Perry, wat klinkt als de naam van een advocatenkantoor. In tegenstelling tot de plaatselijke politie die de inbraak onderzocht, behandelen deze zakelijke, humorloze mannen ernstige misdaden, en dat is te zien aan hun gedrag. Ik heb hen al door de kamers boven geleid en laten zien waar ik Charlottes sjaal en slipper heb gevonden, maar ze willen het huis per se in hun eentje doorzoeken. Ik vraag me af waar ze naar op zoek zijn. Sinds Charlottes vertrek zijn alle vloeren gestofzuigd, en zijn alle sporen die ze heeft achtergelaten door mij verpest.

'Zijn jullie klaar boven?' vraag ik.

'Ja. Maar we hebben nog wat vragen,' zegt rechercheur Vaughn. Door de manier waarop hij bevelen uitdeelt denk ik dat hij in militaire dienst is geweest, en als hij naar de bank wijst, ga ik gehoorzaam zitten. Hij neemt plaats in de met brokaat gestoffeerde fauteuil, die er veel te damesachtig uitziet voor een man met brede schouders en bebophaar. Zijn collega, rechercheur Perry, staat met zijn armen over elkaar geslagen in een poging nonchalant over te komen, wat hem niet echt lukt. Beide mannen zijn groot en imponerend. Ik zou niet graag de verdachte zijn in een onderzoek dat door hen werd geleid.

'Ik wist dat er iets mis was,' mompel ik. 'Maar zij vond me een bemoeial.'

'Mevrouw Branca, bedoelt u?'

'Ja. Charlotte nam haar telefoon niet op en ze beantwoordde

haar e-mails niet, maar Donna vond dat helemaal niet vreemd. Alsof ze niet wilde geloven dat er iets mis was.'

'Maar u voelde dat er iets aan de hand was?'

'Ik vond het raar dat Charlotte niet op mijn e-mails reageerde.'

'Waarom wilde u haar bereiken?'

'Ik had een paar vragen.'

'Over?' Zijn blauwe ogen zijn vorsend, doordringend.

Ik wend mijn blik af. 'Over dit huis. Over een paar onbelangrijke, eh, dingen.'

'Kon mevrouw Branca die vragen niet beantwoorden?'

'U zou hier moeten wonen om het te kunnen begrijpen.' Hij zwijgt en ik voel me gedwongen te blijven praten. 'Er waren hier 's nachts vreemde geluiden. Geluiden die ik niet kan verklaren. Ik vroeg me af of Charlotte die ook had gehoord.'

'U zei dat hier een paar weken geleden is ingebroken. Denkt u dat er een verband is met die geluiden die u hoorde?'

'Nee, dat denk ik niet.'

'Omdat mevrouw Nielson ook een inbraak had gemeld.'

'Ja, dat hoorde ik van de plaatselijke politie. Ze dachten dat het waarschijnlijk een tiener was die niet wist dat er iemand in het huis woonde. Dat zeiden ze ook over mijn inbraak.'

Hij buigt zich naar me toe, zijn blik messcherp. 'Kunt u iemand bedenken die dat gedaan zou kunnen hebben? Behalve een of andere tiener?'

'Nee. Maar als Charlotte het ook heeft meegemaakt, kan het misschien dezelfde persoon zijn.'

'We moeten alle mogelijkheden openhouden.'

Alle mogelijkheden. Ik kijk de twee mannen beurtelings aan, hun stilzwijgen ergert me in toenemende mate. 'Wat is er met Charlotte gebeurd?' vraag ik. 'Ik weet dat ze drijvend in de baai gevonden is, maar hoe is ze doodgegaan?'

'Het enige wat we u kunnen vertellen is dat het een moordonderzoek is.'

Mijn mobiele telefoon gaat, maar het interesseert me niet wie er belt. Ik laat hem overgaan naar voicemail en blijf gefocust op de rechercheurs.

'Waar zitten de blauwe plekken?' vraag ik.' Heeft de moordenaar sporen achtergelaten?'

'Waarom vraagt u dat?' vraagt Vaughn.

'Ik probeer erachter te komen waarom jullie er zo zeker van zijn dat het om een moord gaat. Hoe weten jullie dat ze niet gewoon van een boot is gevallen en is verdronken?'

'Er zat geen zeewater in haar longen. Ze was al dood voordat haar lichaam in het water terechtkwam.'

'Maar dan kan het nog steeds een ongeluk zijn. Misschien is ze van de rotsen gevallen Heeft ze haar hoofd gestoten en—'

'Het was geen ongeluk. Ze is gewurgd.' Hij kijkt hoe ik reageer en vraagt zich ongetwijfeld af of ik deze informatie wel aankan, of hij met een hysterica te maken heeft. Maar ik vertrek geen spier als ik nadenk over wat hij net heeft gezegd. Ik wil nog veel meer weten. Waren haar botten gebroken? Waren de blauwe plekken door levende handen van levend vlees aangebracht? Kan louter ectoplasma een vrouw om het leven brengen?

Zou kapitein Brodie...?

Ik kijk naar mijn linkerpols en denk aan de blauwe plek die nu is verdwenen. Een blauwe plek die ik op de ochtend na mijn eerste ontmoeting met de geest ontdekte. Had ik die blauwe plek weer zelf veroorzaakt toen ik in beschonken toestand rond strompelde? Of was die blauwe plek het bewijs dat hij de levenden werkelijk kwaad kan doen?

'Zijn er nog meer inbraken geweest sinds de avond waarop u de politie van Tucker Cove heeft gebeld?' vraag rechercheur Perry.

Ik schud mijn hoofd. 'Nee.'

'Bent u lastiggevallen?'

'Nee.'

'We hebben van mevrouw Branca begrepen dat er in dit huis onlangs timmerwerkzaamheden zijn uitgevoerd.'

'Ja, in de toren en op de uitkijkpost. Ze zijn klaar.'

'Hoe goed kent u de timmermannen?'

'Ik heb Billy en Ned wekenlang bijna dagelijks gezien, dus tamelijk goed zou ik zeggen.'

'Heeft u veel met hen gepraat?'

'Ik gebruikte ze als proefkonijn.' Als Vaughn zijn wenkbrauw optrekt, schiet ik in de lach. 'Ik schrijf kookboeken. Ik ben bezig met een boek over traditionele New Englandse gerechten en ik probeerde recepten uit. Billy en Ned wilden altijd graag het resultaat proeven.'

'Heeft een van hen het u ooit ongemakkelijk gemaakt?'

'Nee. Ik vertrouwde ze zo goed dat ze konden komen en gaan, ook als ik niet thuis was.'

'Hadden ze een sleutel?'

'Ze wisten waar ze die konden vinden. Ik liet de reservesleutel voor hen achter op de bovenstijl van de deur.'

'Dus een van hen kon een kopie van die sleutel laten maken.'

Ik schud verbijsterd mijn hoofd. 'Vanwaar al die vragen over Billy en Ned?'

'Ze hebben ook in dit huis gewerkt toen mevrouw Nielson er woonde.'

'Kénnen jullie Billy en Ned?'

'Kent u ze, mevrouw?'

Ik denk even na over deze vraag. In hoeverre ken je iemand? 'Er is nooit een aanleiding geweest om hen niet te vertrouwen,' antwoord ik. 'En Billy, hij is nog een kind.'

'Hij is twintig,' zegt Perry.

Vreemd dat ze Billy's leeftijd weten. Die weet ik nu ook. Ze hoeven me niet uit te leggen dat twintigjarige mannen tot geweld in staat zijn. Ik denk aan de muffins, de stoofpotjes en de taarten die ik voor hen gemaakt heb, en hoe Billy's ogen begonnen te twinkelen als ik met nieuwe traktaties aankwam. Heb ik een monster gevoed?

'En de andere timmerman? Wat weet u van meneer Haskell?' De uitdrukking op zijn gezicht verraadt niet wat hij denkt, maar zijn vragen nemen een zorgwekkende wending. Plotseling hebben we het niet meer over anonieme indringers, maar over mensen die ik ken en aardig vind.

'Ik weet dat hij een vakman is. Kijk om u heen, kijk wat hij allemaal gedaan heeft in dit huis. Ned vertelde dat hij hier jaren geleden is begonnen voor de familie Sherbrooke. Als klusjesman voor een tante van de eigenaar.'

'Bedoelt u wijlen Aurora Sherbrooke?'

'Ja. Waarom zou hij nog steeds voor de Sherbrookes werken als er problemen zijn geweest? Hij is trouwens niet alleen timmerman. Hij is daarnaast een gewaardeerd kunstenaar. De galerie in het dorp verkoopt zijn houtsnijwerken van vogels.'

'Dat hebben we gehoord, ja,' zegt Perry. Zo te horen is hij niet erg onder de indruk.

'Jullie zouden zijn werk moeten zien. Het wordt zelfs in galerieën in Boston verkocht.' Ik kijk van de ene naar de andere rechercheur. 'Ned is een kúnstenaar,' herhaal ik, alsof hij om die reden geen verdachte kan zijn. Kunstenaars scheppen, ze vernielen niet. Moorden niet.

'Heeft meneer Haskell ooit iets gezegd of gedaan wat u onprettig vond? Wat u ongepast vond of wat u een ongemakkelijk gevoel gaf?'

Er is iets veranderd. Beide mannen buigen zich licht voorover en kijken me doordringend aan. 'Vanwaar die vragen over Ned?'

'Het zijn routinevragen.'

'Zo klinken ze anders niet.'

'Wilt u de vraag alstublieft beantwoorden?'

'Oké, dan. Ned Haskell heeft me nooit een ongemakkelijk gevoel bezorgd. Hij heeft me nooit bang gemaakt. Ik vind hem sympathiek, en ik vertrouwde hem genoeg om hem de sleutel van mijn huis te geven. Maar waarom focussen jullie op hem?'

'We volgen elk spoor. Dat is ons werk.'

'Heeft Ned iets misdaan?'

'Daar kunnen we niet op ingaan,' zegt Vaughn, een antwoord dat genoeg zegt. Hij slaat zijn notitieboekje dicht. 'We nemen contact met u op als we nog meer vragen hebben. Ligt uw huissleutel nog steeds op de deurstijl?'

'Ja, daar ligt hij nu. Ik moet hem daar nog weghalen.'

'Ik adviseer u het nu meteen te doen. En doe de deur op het nachtslot als u thuis bent. Ik zag dat u er een heeft.'

De mannen lopen naar de voordeur. Ik volg hen, maar mijn vragen zijn nog lang niet allemaal beantwoord. 'En de auto van Charlotte?' vraag ik. 'Ze had toch een auto? Is die al gevonden?'

'Nee.'

'De moordenaar heeft hem dus gestolen.'

'We weten niet waar de auto is. Misschien is hij inmiddels de staat uit. Of hij ligt op de bodem van een meer.'

'Dan zou het ook gewoon carjacking geweest kunnen zijn. Iemand steelt haar auto en gooit haar lichaam in de baai.' Ik hoor de wanhoop in mijn stem. 'Het kan gebeurd zijn toen ze de stad uit reed. Het hoeft niet hier in dit huis gebeurd te zijn.'

Rechercheur Vaughn blijft op de veranda staan en kijkt me met zijn kille, onpeilbare ogen aan. 'Sluit uw deur af, mevrouw Collette,' is het enige wat hij zegt.

En het is het eerste wat ik doe als ze wegrijden. Ik doe de deur op het nachtslot en loop het huis door om te controleren of alle ramen dicht zijn. Plotseling worden de donkere stormwolken die al de hele middag in de lucht hangen met een donderslag opengereten. Ik sta in de kamer met uitzicht op zee voor het raam en zie de regen langs het venster stromen. De lucht voelt elektrisch geladen en gevaarlijk, en als ik naar mijn armen kijk zie ik dat de haartjes rechtop staan. Bliksemschichten schieten langs de hemel en het hele huis trilt bij de daaropvolgende donderslag.

De elektriciteit kan elk moment uitvallen.

Ik pak mijn mobiele telefoon om te kijken hoeveel batterij ik nog heb en of hij het zonder opladen redt tot morgenochtend. Pas dan zie ik dat er een voicemail is, en ik herinner me het telefoontje dat ik tijdens het gesprek met de rechercheurs heb genegeerd.

Ik speel het bericht af en hoor tot mijn schrik de stem van Ned Haskell.

Ava, je hoort waarschijnlijk allerlei verhalen over me, verhalen die niet waar zijn. Absoluut niet waar. Ik wil je zeggen dat ik niets heb misdaan. Het is nog niet voorbij, nog lang niet. Ik kan er niets aan doen.

Ik staar naar mijn telefoon, vraag me af of ik de politie moet vertellen dat hij me gebeld heeft. Ik vraag me ook af of ik daarmee zijn vertrouwen schend. Waarom belt hij uitgerekend mij?

Een bliksemflits schiet in zee. Ik loop weg van het raam en voel de donderslag tot diep in mijn botten, alsof mijn borst een dreunende trommel is. Ik ben van streek door Neds bericht, en terwijl buiten de storm raast maak ik opnieuw een rondje door het huis om de ramen en deuren te checken.

Die nacht doe ik geen oog dicht.

Terwijl de bliksem de donkere nacht doorklieft en de donder rommelt, lig ik wakker in het bed waarin een vermoorde vrouw heeft gelegen. Herinneringen aan Ned Haskell dringen zich aan me op, en de beelden worden als een diashow in mijn hoofd afgespeeld. Ned op de uitkijktoren, zijn armspieren opzwellend bij elke hamerslag. Ned die me toelacht boven een bord rundvleesstoofpot die ik voor hem heb opgeschept. Ik denk aan de spullen die in een gereedschapskist van een timmerman zitten, zagen, klemmen en schroevendraaiers, en hoe gereedschap bedoeld om hout te bewerken ook voor andere doeleinden gebruikt kan worden.

Dan denk ik aan de receptie van de galerie, hoe verlegen Ned lachte toen hij naast zijn grappige houtsnijwerken stond. Hoe kan iemand die zulke leuke kunst maakt een vrouw bij de strot grijpen en het leven uit haar knijpen?

'Wees maar niet bang.'

Geschrokken door de stem in het donker kijk ik op. Een verre bliksemschicht verlicht de kamer, en elk detail van zijn gezicht wordt ogenblikkelijk in mijn geheugen vastgelegd. Zwarte krullen, wild als golven in een storm. Een gezicht hard als graniet. Maar vanavond zie ik iets nieuws, iets wat ik niet heb gezien op het portret van kapitein Brodie dat bij het Historisch Genootschap hangt. Ik zie vermoeidheid in zijn ogen, de verweerde vermoeidheid van een man die te veel zeeën heeft bevaren en nu een rustige haven zoekt. Ik strek me uit en raak de dagenoude stoppels op zijn wang aan. Zo zag je eruit toen de dood je vond, denk ik. Uitgeput van al die uren aan het roer, je schip aan stukken geslagen door de zee, je bemanning meegesleept door de golven. Wat verlang ik ernaar de veilige haven te zijn die hij zoekt, maar ik ben anderhalve eeuw te laat.

'Slaap lekker, lieve Ava. Ik hou vannacht de wacht.'

'Ik heb je gemist.'

Hij drukt een kus op mijn hoofd, zijn adem voelt warm in mijn haar. De adem van een levende. 'Als je me nodig hebt, ben ik er. Ik blijf hier.' Hij gaat naast me op bed liggen, het matras zakt in onder zijn gewicht. Hoe kan deze man niet echt zijn terwijl ik zijn armen om me heen voel, zijn jas tegen mijn wang?

'Je bent anders vanavond,' fluister ik. 'Zacht. Teder.'

'Ik ben hoe jij wilt dat ik ben.'

'Maar wie ben je? Wie is de echte kapitein Brodie?'

'Net als alle mannen ben ik zowel goed als slecht. Zowel wreed als zacht.' Hij omvat mijn gezicht met zijn eeltige hand die vanavond alleen maar troost biedt, maar het is dezelfde hand die me sloeg met een zweep en mijn polsen boeide.

'Hoe weet ik welke man ik kan verwachten?'

'Dat wil je toch juist, het onverwachte?'

'Soms ben ik bang voor je.'

'Omdat ik je meeneem naar gevaarlijk terrein. Ik laat je een glimp van de duisternis zien. Ik daag je uit de eerste stap te zetten, en de volgende.' Hij streelt mijn gezicht zo zacht dat het lijkt alsof hij een kind streelt. 'Maar niet vannacht.'

'Wat gaat er vannacht gebeuren?'

'Vannacht slaap je. Je hoeft niet bang te zijn,' fluistert hij. 'Ik zorg dat je niets gebeurt.'

Die nacht slaap ik diep en veilig in zijn armen.

Eenentwintig

Het is de volgende middag het gesprek van de dag. De eerste keer dat ik erover hoor, is als ik boodschappen doe in de Village Food Mart, een winkel die zo klein is dat je met een mandje je spullen moet verzamelen omdat een winkelwagentje niet tussen de smalle gangpaden past. Ik sta bij de groente-afdeling en bestudeer het treurige aanbod aan sla (ijsberg- of bindsla), tomaten (vlees- of cherrytomaten) en peterselie (alleen gekrulde). Tucker Cove mag dan een zomerparadijs zijn, maar het dorp zit aan het einde van de aanvoerlijn van groenten, en omdat ik gisteren de wekelijkse boerenmarkt heb gemist, ben ik op de Food Mart aangewezen. Als ik me vooroverbuig om een paar zoete aardappelen uit de bak te pakken, hoor ik twee vrouwen in het volgende gangpad kletsen.

'... en de politie stond gisteren bij hem op de stoep met een huiszoekingsbevel, dat geloof je toch niet? Nancy zag drie politieauto's voor zijn huis staan.'

'Mijn god! Denk jij echt dat hij haar vermoord heeft?'

'Ze hebben hem nog niet gearresteerd, maar het is een kwestie van tijd. Er was natuurlijk ook al dat andere meisje. Iedereen dacht toen dat hij het geweest moest zijn.'

Ik steek mijn hoofd om het schap en zie twee grijze vrouwen, hun winkelmandjes nog leeg. Ze roddelen blijkbaar liever dan dat ze boodschappen doen.

'Er is nooit iets bewezen.'

'Maar het wordt nu steeds duidelijker, toch? De politie is niet voor niets in hem geïnteresseerd. En dan die oude dame voor wie hij jaren geleden in dat huis boven op de heuvel werkte. Ik heb me altijd afgevraagd hoe ze aan haar einde gekomen is…'

Terwijl ze naar de papierwaren lopen, ga ik achter hen aan om het vervolg van het gesprek op te vangen. Ik blijf voor het toiletpapier staan, doe net alsof ik niet kan kiezen welk merk ik zal nemen. Er zijn in totaal twee opties: hoe moet ik kiezen?

'We zullen het nooit weten,' zegt een van de vrouwen. 'Hij leek altijd zo aardig. En dan te bedenken dat de dominee hem vorig jaar opdracht gaf om nieuwe kerkbanken te plaatsen. Al dat scherpe gereedschap waar hij mee werkt.'

Ze hebben het natuurlijk over Ned Haskell.

Ik reken mijn boodschappen af en loop naar mijn auto, van slag door wat ik zojuist heb gehoord. De politie zal ongetwijfeld haar redenen hebben om op Ned te focussen. De vrouwen in de winkel hadden het over een ander meisje. Was zij ook het slachtoffer van een moord?

Verderop in de straat zit Branca Property Sales and Management. Als iemand weet wat er in een dorp gaande is, is het wel een makelaar. Donna zal me meer kunnen vertellen.

Zoals gewoonlijk zit ze aan haar bureau, de telefoon tegen haar oor gedrukt. Ze kijkt op en draait haar hoofd snel weg, mijn blik ontwijkend.

'Nee, natuurlijk had ik geen idee,' mompelt ze in de telefoon. 'Hij was altijd volstrekt betrouwbaar. Ik heb nooit klachten gehad. Kan ik je terugbellen? Er komt iemand binnen.' Ze hangt op en draait zich met duidelijke tegenzin naar me toe.

'Is het waar?' vraag ik. 'Van Ned?'

'Wie heeft jou dat verteld?'

'Ik hoorde in de supermarkt twee vrouwen over hem praten. Ze zeiden dat de politie vanochtend zijn huis heeft doorzocht.'

Donna zucht. 'Er wordt veel te veel geroddeld in dit dorp.'

'Het is dus waar.'

'Hij is niet gearresteerd. Het is niet fair om aan te nemen dat hij ergens schuldig aan is.'

'Dat neem ik helemaal niet aan, Donna. Ik mag Ned heel graag. Maar ik hoorde ze zeggen dat er nog een meisje was. Voor Charlotte.'

'Dat was een gerucht.'

'Wie was dat meisje?'

'Er is nooit iets bewezen.'

Ik buig me zo ver voorover dat onze gezichten elkaar bijna raken. 'Jij verhuurt me het huis. Wekenlang is hij pal boven mijn slaapkamer aan het werk geweest. Ik heb het recht te weten of hij gevaarlijk is. Wíé was dat meisje?'

Donna perst haar lippen samen. Haar vriendelijke makelaarsmasker heeft plaatsgemaakt voor het bezorgde gezicht van een vrouw die heeft verzwegen dat er misschien een moordenaar in mijn huis heeft gewerkt.

'Gewoon een toerist,' antwoordt Donna. Alsof dat gegeven het slachtoffer minder betreurenswaardig maakt. 'Het is bovendien al zes, zeven jaar geleden. Ze huurde een cottage aan Cinnamon Beach toen ze verdween.'

'Op dezelfde manier waarop Charlotte verdween.'

'Ja, maar het lichaam van Laurel is nooit gevonden. De meeste dorpelingen namen aan dat ze tijdens het zwemmen is verdronken, maar die zaak is nooit opgehelderd. Er zijn alleen maar geruchten.'

'Over Ned?'

Ze knikt. 'Hij was aan het werk in de cottage naast haar, hij installeerde een nieuwe wc.'

'Dat is toch geen reden om als verdachte beschouwd te worden?'

'Hij had haar huissleutels.'

Ik kijk haar aan. 'Wat?'

'Ned beweerde dat hij ze op Cinnamon Beach had gevonden.

Hij zoekt daar altijd drijfhout voor zijn sculpturen. De makelaar van Laurel zag de sleutels op het dashboard van Neds pick-uptruck liggen en herkende de sleutelring, die van het makelaarskantoor was. Het enige wat de politie tegen hem kon aanvoeren, is dat hij de sleutels van de vermiste vrouw in bezit had en dat hij in de cottage naast haar aan het werk was. Ze hebben haar lichaam nooit gevonden. In haar cottage zijn geen sporen van geweld aangetroffen. Ze wisten niet eens zeker of er sprake was van een misdaad.'

'Maar nu is er een moord gepleegd. Charlotte is vermoord. En Ned werkte in haar huis. In míjn huis.'

'Ik heb hem niet ingehuurd. Arthur Sherbrooke heeft hem die opdracht gegeven. Hij stond erop dat Ned de renovaties zou uitvoeren.'

'Waarom Ned?'

'Omdat hij het huis beter kent dan wie dan ook. Ned heeft altijd voor een tante van meneer Sherbrooke gewerkt, toen ze daar woonde.'

'Dat is de volgende roddel die ik vandaag hoorde. Is de doodsoorzaak van die tante verdacht?'

'Van Aurora Sherbrooke? Helemaal niet. Ze was gewoon oud.'

'Die vrouwen dachten dat Ned iets met haar dood te maken had.'

'Jezus, houdt dat verdomde geroddel dan nooit eens op!' Plotseling laat Donna haar vormelijkheid varen, ze ploft neer in haar stoel. 'Ava, ik ken Ned Haskell mijn hele leven. Ja, ik weet wat er over hem wordt gezegd. Ik weet dat er mensen zijn die hem niet willen inhuren. Maar ik heb nooit gedacht dat hij gevaarlijk is. En dat denk ik nog steeds.'

Dat denk ik ook niet, maar als ik Donna's kantoor uit loop, vraag ik me af of ik de kans liep een volgende Charlotte of Laurel te worden. Ik zie hem voor me, timmerend in mijn toren, zijn kleren onder het zaagsel. Hij is sterk genoeg om een vrouw te kunnen wurgen, maar zou een moordenaar zulke mooie, grappige vogels kunnen maken? Misschien heb ik iets duisters in hem over het hoofd gezien, iets wat erop duidt dat er een monster in hem schuilt. Maar schuilt er niet in ieder van ons een monster? Mijn eigen monster ken ik maar al te goed.

Ik stap in mijn auto en net als ik mijn veiligheidsriem heb vastgegespt gaat mijn telefoon.

Het is Maeve. 'Ik moet je spreken,' zegt ze.

'Kunnen we volgende week afspreken?'

'Nee, vanmiddag. Ik ben al op weg.'

'Wat is er aan de hand?'

'Het gaat om Brodie's Watch. Je moet daar weg, Ava. Zo snel mogelijk.'

Maeve blijft op mijn veranda staan, alsof ze de moed niet heeft om het huis binnen te gaan. Ze laat haar blik zenuwachtig over de hal achter me gaan en stapt uiteindelijk naar binnen, maar als we in de kamer met uitzicht op zee staan blijft ze als een bang hert om zich heen kijken, op haar hoede voor een aanval van tanden en klauwen. Ook nadat ze in een leunstoel is gaan zitten, lijkt ze nog steeds niet op haar gemak, alsof ze zich op vijandig gebied bevindt.

Ze pakt een dikke map uit haar schoudertas en legt die op de salontafel. 'Dit is wat ik tot nu toe heb ontdekt. Maar er komt waarschijnlijk nog meer.'

'Over kapitein Brodie?'

'Over de vrouwen die hier voor jou gewoond hebben.'

Ik sla de map open. Bovenop ligt een overlijdensbericht, een fotokopie uit een krant van 3 januari 1901. *Mejuffrouw Eugenia Hollander, 58 jaar, thuis overleden na een val van de trap.*

'Ze is hier overleden. Hier in dit huis,' zegt Maeve.

'Er staat in het artikel dat het een ongeluk was.'

'Dat zou de logische conclusie zijn. Het gebeurde op een

winteravond. Het was koud. Donker. En die torentrap was waarschijnlijk nauwelijks verlicht.'

Bij de laatste opmerking kijk ik op. 'Is het op de torentrap gebeurd?'

'Lees het politierapport maar.'

Ik sla de bladzijde om en zie een handgeschreven rapport van agent Edward K. Billings van de politie van Tucker Cove. Zijn handschrift is netjes, met dank aan de tijd waarin scholen nog aan schoonschrijven deden. Ondanks de belabberde kwaliteit van de fotokopie is het rapport leesbaar.

> De overledene is een ongehuwde, alleenwonende dame van achtenvijftig. Voor dit ongeluk verkeerde ze volgens haar nicht mevrouw Helen Colcord in uitstekende gezondheid. Mevrouw Colcord heeft haar tante gisteravond voor het laatst in leven gezien. Mejuffrouw Hollander was opgewekt en had een stevige maaltijd gegeten.
> De volgende ochtend omstreeks kwart over zeven arriveerde mejuffrouw Jane Steuben, het dienstmeisje. Het verbaasde haar dat mejuffrouw Hollander niet zoals gewoonlijk beneden was. Nadat mejuffrouw Steuben de trap naar de eerste verdieping had beklommen, trof ze de deur naar de torentrap open aan en vond het lichaam van mejuffrouw Hollander onder aan de trap.

Ik stop even, denk terug aan de avonden waarop kapitein Brodie me bij flakkerend kaarslicht diezelfde trap op leidde. Die steile, smalle trap. Als je daarvanaf valt, breek je zeker je nek.

Had iets – iemand – haar naar de toren gelokt, zoals ik er ook heen ben gelokt?

Ik richt mijn aandacht weer op het precieze handschrift van agent Billings. Het is niet zo gek dat hij concludeerde dat haar dood een ongeluk was. Wat kon het anders zijn? De overleden dame woonde alleen, er was niets gestolen en er waren geen sporen van braak.

Ik kijk naar Maeve. 'Deze dood is in geen enkel opzicht verdacht. Dat is de conclusie van de politie. Waarom laat je me dit zien?'

'Toen ik informatie zocht over de overleden vrouw vond ik een foto van haar.'

Ik ga na de volgende bladzijde in de map. Het is een zwart-witfoto van een knappe jonge vrouw met gewelfde wenkbrauwen en lang golvend donker haar.

'Die foto is genomen toen ze negentien was. Mooi meisje, vind je niet?' zegt Maeve.

'Ja.'

'Haar naam wordt in verschillende societyrubrieken van toen in verband gebracht met een aantal begerenswaardige jongemannen. Toen ze tweeëntwintig was, verloofde ze zich met een zoon van een rijke zakenman. Als huwelijkscadeau gaf haar vader haar Brodie's Watch, waar het jonge stel na hun trouwen zou gaan wonen. Maar dat huwelijk heeft nooit plaatsgevonden. De dag voor de bruiloft maakte Eugenia het uit. Ze koos ervoor ongehuwd te blijven en heeft de rest van haar leven in haar eentje in dit huis gewoond.'

Maeve wacht op een reactie, maar ik weet niet wat ik moet zeggen. Ik staar naar de foto van de negentienjarige Eugenia, een schoonheid die ervoor koos nooit te trouwen. Die haar leven eenzaam heeft doorgebracht in het huis waar ik nu woon.

'Vreemd, vind je niet?' vraag Maeve. 'Dat ze al die jaren hier in haar eentje heeft gewoond.'

'Niet iedere vrouw wil trouwen. Sommige vrouwen hebben er geen behoefte aan.'

Ze neemt me onderzoekend op, maar ze is geestenjager, geen gedachtelezer. Ze kan onmogelijk weten wat er in dit huis gebeurt als de duisternis valt. In die toren.

Ze knikt naar de map. 'Kijk nu eens naar de volgende vrouw die hier heeft gewoond.'

'Was er nog een?'

'Na het overlijden van mejuffrouw Hollander ging Brodie's Watch over naar haar broer. Hij probeerde het huis te verkopen, maar kon geen koper vinden. In het dorp ging het praatje rond dat er een geest in het huis rondwaarde, bovendien was het toen al behoorlijk vervallen. Hij had een nicht, Violet Theriault, die op jonge leeftijd weduwe werd. Omdat ze het financieel moeilijk had, liet hij haar hier gratis wonen. Dit is zevenendertig jaar lang haar huis geweest, tot haar dood.'

'Je gaat me toch niet vertellen dat zij ook van de trap is gevallen.'

'Nee. Ze is op negenenzestigjarige leeftijd in bed gestorven. Het was waarschijnlijk een natuurlijke dood.'

'Waarom vertel je me over die vrouwen?'

'Er zit een patroon in, Ava. Na de dood van Violet, huurde Margaret Gordon, een vrouw uit New York, Brodie's Watch voor de zomermaanden. Ze is nooit naar New York teruggegaan. Ze bleef hier tot ze tweeëntwintig jaar later overleed aan een beroerte.'

Met elke nieuwe naam die ze noemt, blader ik door de foto's in de map en zie ik gezichten van hen die me voorgingen. Eugenia en Violet, Margaret en Aurora. Het patroon wordt me langzamerhand duidelijk. Ik ben sprakeloos. Alle vrouwen die hier hebben gewoond en hier zijn overleden hadden donker haar en waren knap. Alle vrouwen leken opvallend veel op...

'Jou,' zegt Maeve. 'Ze lijken allemaal op jou.'

Ik staar naar de laatste foto. Aurora Sherbrooke had een dikke bos zwart haar, een zwanenhals en gewelfde wenkbrauwen, en hoewel ik niet zo knap ben als zij, is de gelijkenis onmiskenbaar. Alsof ik een jongere, minder aantrekkelijke zus van Aurora Sherbrooke ben.

Mijn handen zijn ijskoud als ik de pagina omsla en het overlijdensbericht zie van Aurora in de *Tucker Cove Weekly* van 20 augustus 1983.

Aurora Sherbrooke, leeftijd 66 jaar
Mevrouw Aurora Sherbrook is vorige week in haar huis in Tucker Cove overleden. Ze werd door haar neef, Arthur Sherbrooke, gevonden. Hij had al een paar dagen niets van haar gehoord en is vanuit zijn woonplaats Cape Elizabeth naar haar toe gereden om te kijken wat er met haar was. Haar dood wordt niet als verdacht aangemerkt. Volgens een huishoudster had mevrouw Sherbrooke kort voor haar overlijden griep gehad.
Mevrouw Sherbrooke bezocht Tucker Cover eenendertig jaar geleden voor het eerst. 'Ze werd op slag verliefd op het plaatsje, en al helemaal op het huis dat ze huurde,' vertelt haar neef, Arthur Sherbrooke uit Cape Elizabeth, Maine. Mevrouw Sherbrooke kocht het huis, Brodie's Watch, en heeft er tot haar dood gewoond.

'Er zijn vier vrouwen in dit huis overleden,' zegt Maeve.
'Ze zijn geen van allen onder verdachte omstandigheden overleden.'
'Maar vind je het niet vreemd? Waarom waren het allemaal vrouwen, waarom woonden en stierven ze hier eenzaam en alleen? Ik heb de overlijdensberichten van Tucker Cove vanaf 1875 doorgenomen en al die tijd is er niet één man doodgegaan in dit huis.' Ze kijkt om zich heen, alsof het antwoord op de muren of de schoorsteenmantel geschreven staat. Haar blik blijft hangen bij het raam, waar het uitzicht op zee nu belemmerd wordt door een gordijn van mist. 'Het lijkt wel of dit huis een soort val is,' zegt ze zachtjes. 'Vrouwen trekken erin, maar komen er niet meer uit. Op de een of andere manier trekt

het huis hen aan, worden ze erdoor verleid. Maar uiteindelijk houdt het hen gevangen.'

Mijn lach klinkt weinig overtuigd. 'Is dat de reden waarom jij vindt dat ik moet vertrekken? Omdat ik als gevangene zal eindigen?'

'Laat de geschiedenis van dit huis tot je doordringen, Ava. Laat tot je doordringen waar je mee te maken hebt.'

'Suggereer je nu dat al die vrouwen door een geest zijn vermoord?'

'Als het gewoon een geest was, zou ik niet zo bezorgd zijn.'

'Wat kan het anders zijn?'

Ze zwijgt om over haar antwoord na te denken. Die aarzeling versterkt mijn voorgevoel. 'Vorige week vertelde ik dat behalve geesten zich ook andere dingen aan een huis kunnen hechten. Entiteiten die niet vriendelijk zijn. Geesten zijn gewoon zielen die nog niet zijn overgegaan omdat ze nog onafgemaakte zaken in deze wereld moeten afhandelen, of zielen die zo plotseling zijn overleden dat ze niet beseffen dat ze dood zijn. Ze hangen tussen onze wereld en het hiernamaals in. Ook al zijn ze overleden, ze waren ooit mens, net als wij, en ze doen de levenden bijna nooit kwaad. Maar zo heel af en toe kom ik in een huis waar iets anders schuilt. Geen geest, maar...' Haar stem hapert en ze kijkt de kamer rond. 'Vind je het erg om naar buiten te gaan?'

'Nu?'

'Ja, heel graag.'

Ik kijk naar buiten, naar de steeds dichter wordende mist. Ik heb absoluut geen zin om in die vochtige zeedamp te gaan staan, maar ik knik en sta op. Bij de voordeur trek ik een regenjas aan en samen lopen we naar buiten de veranda op. Maar ook daar is Maeve niet op haar gemak, ze neemt me mee het trappetje af naar het verharde pad dat naar de rotspunt leidt. Daar staan we omhuld door nevel. Achter ons tekent het huis zich in de mist af. Even is alleen het geluid van de beukende golven diep onder ons te horen.

'Als hij geen geest is, wat is hij dan?'

'Interessant dat je het woord "hij" gebruikt.'

'Hoezo? Kapitein Brodie was een man.'

'Hoe vaak verschijnt hij aan je, Ava? Zie je hem elke dag?'

'Het is niet te voorspellen. Soms zie ik hem dagen niet.'

'En hoe laat zie je hem?'

''s Nachts.'

'Alleen 's nachts?'

Ik denk aan de donkere figuur die ik op de uitkijkpost zag staan toen ik die eerste ochtend terugkwam van het strand. 'Ik heb hem ook een paar keer overdag gezien.'

'En je denkt altijd dat het kapitein Brodie is?'

'Dit was zijn huis. Wie zou het anders zijn?'

'Het is geen persoon, Ava. Het is een ding.' Ze kijkt over haar schouder naar het huis, nu niet meer dan een vaag silhouet in de mist, en slaat haar armen om zich heen om het trillen van haar lichaam tegen te gaan. Niet meer dan een paar meter van waar we staan is de rotspunt en ver beneden ons, verborgen in de mist, slaan de golven tegen de rotsen. We zitten gevangen tussen de zee en Brodie's Watch, en de mist lijkt dicht genoeg om ons te verstikken.

'Er zijn ook andere entiteiten, Ava,' zegt ze. 'Ze kunnen op geesten lijken, maar ze zijn het niet.'

'Wat voor entiteiten?'

'Gevaarlijke. Dingen die kwaad kunnen doen.'

Ik denk aan de vrouwen die voor mij in Brodie's Watch hebben gewoond, aan de vrouwen die hier dood zijn gegaan. Maar heeft niet elk oud huis zijn geschiedenis? Iedereen gaat dood, en we gaan allemaal ergens dood. Waarom niet in je eigen huis waar je jaren hebt gewoond?

'Deze entiteiten zijn geen geesten van overledenen,' zegt

Maeve. 'Ze nemen het uiterlijk aan van mensen die ooit in een huis hebben gewoond, zodat we minder bang voor hen zijn. We denken allemaal dat geesten ons niet kunnen kwetsen, dat het ongelukkige zielen zijn, gevangen tussen spirituele werelden.'

'Wat zou ik dan gezien hebben?'

'Niet de geest van kapitein Brodie, maar iets wat zijn gedaante aanneemt. Iets wat zich van jou bewust is en je gadeslaat vanaf het moment dat je hier een voet over de drempel zette. Het heeft je zwakheden leren kennen, je behoeften, je verlangens. Het weet wat je wilt en waar je bang voor bent. Het zal die kennis gebruiken om je te manipuleren, je op te sluiten. Je kwaad te doen.'

'Bedoel je fysíék?' Ik kan er niets aan doen, maar ik schiet in de lach.

'Ik weet dat het moeilijk te geloven is, maar jij hebt niet de dingen gezien die ik heb gezien. Je hebt niet oog in oog gestaan met…' Ze zwijgt. Ze haalt diep adem en gaat verder. 'Jaren geleden werd ik gebeld over een huis een stukje buiten Bucksport. Het was een prachtige villa, een rijke koopman had hem in 1910 laten bouwen. Een jaar nadat ze dat huis betrokken knoopte zijn vrouw een touw om haar nek en verhing zich in het trapgat. Na haar zelfmoord werd er gezegd dat er een geest in het huis rondwaarde, maar het was zo'n prachtige villa, hoog op een heuvel met uitzicht op de zee, dat het nooit moeilijk was iemand te vinden die het wilde kopen. Het kwam voortdurend in andere handen. Mensen werden verliefd op het huis, trokken erin, en waren er binnen de kortste keren weer uit. Eén gezin vertrok al na drie weken.'

'Wat was er aan de hand?'

'De mensen in die buurt dachten dat het de geest van Abigail was, de vrouw van de zakenman, die hen wegjoeg. Ze hadden het over verschijningen van een vrouw met lang rood haar en een touw om haar nek. Mensen kunnen leren met een geest te leven, ze kunnen zelfs genegenheid voor ze opvatten en ze als lid van hun familie beschouwen. Maar deze geest was beangstigend. Het was niet alleen dat er 's nachts geklopt werd, met deuren werd geslagen en dat stoelen verplaatst waren. Nee, het was iets wat maakte dat het gezin zich in wanhoop tot mij wendde. Ze zijn midden in de nacht het huis uit gevlucht en verbleven in een motel toen ze mij belden. Het gezin bestond uit vader, moeder en twee schattige kleine meisjes, een van vier en een van acht. Ze kwamen uit Chicago en gingen naar Maine om op het platteland te wonen, waar hij romans zou gaan schrijven en zij een groentetuin zou aanleggen en op het erf kippen zou houden. Toen ze het huis zagen, waren ze op slag verliefd en ze deden een bod. In juni trokken ze erin en de eerste week was fantastisch.'

'Eén week maar?'

'In het begin zei niemand er iets over. Over het gevoel bekeken te worden. Het gevoel dat er nog iemand in de kamer was, ook als ze er alleen waren. Toen vertelde de oudste dochter haar moeder dat er 's nachts een ding aan haar bed zat dat haar aanstaarde. Daarna kwamen ook de anderen van het gezin met hun ervaringen voor de draad. En ze beseften allemaal dat ze een aanwezigheid gezien en gevoeld hadden, maar in verschillende gedaanten. De vader zag een roodharige vrouw. De moeder een schaduw zonder gezicht. Alleen het meisje van vier zag wat het werkelijk was. Jonge kinderen worden niet misleid, ze zien de waarheid voordat wij die zien. Ze zag een ding met rode ogen en klauwen. Niet de geest van Abigail, maar iets wat veel ouder is. Iets uit een ver verleden wat zich aan dat huis had verbonden. Aan die heuveltop.'

Rode ogen? Klauwen? Ongelovig schud ik mijn hoofd nu het gesprek deze wending neemt. 'Het lijkt wel of je het over een demon hebt.'

'Daar heb ik het ook over,' zegt ze rustig.

Ik staar haar aan, hoop een sprankje humor in haar ogen te

ontdekken, een teken dat er een clou komt, maar haar blik blijft serieus. 'Ik geloof niet in demonen.'

'Geloofde jij in geesten voordat je in Brodie's Watch kwam wonen?'

Daar heb ik geen weerwoord op. Hoewel ik de aanwezigheid van het huis achter me voel als ik naar de zee kijk, alsof het me in de gaten houdt. Ik ben bang voor het antwoord dat ze zal geven, maar ik vraag het toch. 'En, wat is er met het gezin gebeurd?'

'Ze geloofden niet in geesten, maar wisten dat er íéts in hun huis was. Iets wat ze allemaal hadden gezien en gevoeld. De vader ging op zoek in krantenarchieven en vond een artikel over de zelfmoord van Abigail. Hij nam aan dat het haar geest was die in het huis rondwaarde, en geesten doen nu eenmaal geen kwaad. Het was bovendien een leuk onderwerp voor aan tafel. "We hebben een geest in ons huis? Cool, hè?" Maar langzaam maar zeker drong het tot het gezin door dat wat er in hun huis rondwaarde iets heel anders was.

Na een week werd het meisje van vier elke nacht gillend van angst wakker. Ze zei dat iets haar wurgde, en de moeder zag inderdaad plekken in haar hals.'

Mijn hart begint te bonzen. 'Wat voor plekken?'

'Het leken afdrukken van vingers. Vingers die het kind zelf niet gemaakt kon hebben omdat ze te lang waren. Vervolgens kreeg het meisje van acht 's nachts bloedneuzen. Ze gingen met haar naar de dokter, maar die kon niets afwijkends vinden. Ondanks dat bleven ze dat in het huis, omdat ze er al hun spaargeld in hadden gestoken. Tot er op een nacht iets gebeurde waardoor alles anders werd. De man hoorde buiten een klap en ging kijken wat er aan de hand was. Op het moment dat hij over de drempel stapte, sloeg de voordeur achter hem dicht en kon hij het huis niet meer in. Hij bonsde op de deur, maar ze hoorden hem niet. Maar hij hoorde wat zich ín het huis afspeelde. Zijn dochters gilden. Zijn vrouw viel van de trap. Hij sloeg een raam in om binnen te komen en trof haar onder aan de trap in shock aan. Ze zei dat íéts haar geduwd had. Dat íéts haar dood wilde. Het gezin is nog dezelfde nacht vertrokken. En de volgende ochtend belden ze mij.'

'Heb je het huis gezien?'

'Ja, ik ben er meteen heen gegaan. Het was een schitterend landhuis met rondom een veranda en heel hoge plafonds. Zo'n huis dat een rijke zakenman voor zijn gezin laat bouwen. Toen ik aankwam stond de man van het echtpaar in de voortuin op me te wachten, maar hij wilde niet naar binnen. Hij gaf me de sleutel en zei dat ik zelf maar moest gaan kijken. Ik ben alleen naar binnen gegaan.'

'En, wat trof je aan?'

'Niets. Aanvankelijk niets.' Ze kijkt weer om naar Brodie's Watch, alsof ze het niet vertrouwt om met haar rug naar het huis toe te staan. 'Ik liep door de keuken naar de woonkamer. Het zag er allemaal heel normaal uit. Ik ging de trap op naar de slaapkamers en ook daar viel me niets bijzonders op. Maar toen ik weer naar beneden ging en in de keuken de deur naar de kelder opentrok, rook ik het.'

'Wat?'

'De stank van verrotting. De geur van de dood. Ik wilde de keldertrap niet af, maar ik dwong mezelf een paar treden te nemen. Daarna richtte ik mijn zaklantaarn omhoog en zag de afdrukken op het plafond. Afdrukken van klauwen, Ava. Alsof een beest zich klauwend vanuit de kelder een weg omhoog had gewerkt. Verder ben ik niet gegaan. Ik ben de kelder uit gevlucht en via de voordeur naar buiten gegaan en heb nooit meer een stap in dat huis gezet. Omdat ik al wist dat het gezin er niet meer kon wonen. Ik wist waar ze mee te maken hadden. Het was geen geest. Het was iets sterkers, iets wat er waarschijnlijk al tijden was. Er zijn meerdere woorden voor dat soort demonen. *Strigo. Bantal.* Maar één ding hebben ze gemeen: ze zijn slecht. En gevaarlijk.'

'Denk je dat kapitein Brodie dat is?'

'Ik weet niet wát hij is, Ava. Dit kan gewoon een geest zijn, een spirituele echo van de man die hier ooit heeft gewoond. Daar ben ik in eerste instantie van uitgegaan omdat jij geen enge dingen hebt meegemaakt. Maar als ik naar de geschiedenis van Brodie's Watch kijk en tot me laat doordringen dat hier vier vrouwen zijn doodgegaan...'

'Ze zijn een natuurlijke dood gestorven. Ze zijn door een ongeluk om het leven gekomen.'

'Klopt, maar wat hield die vrouwen hier? Waarom sloegen ze huwelijksaanzoeken af, keerden ze zich van hun familie af en woonden ze de rest van hun leven helemaal alleen in dit huis?'

Vanwege hem. Vanwege het genot in de toren.

Ik kijk omhoog naar het huis, en bij de herinnering aan wat er in de toren gebeurde beginnen mijn wangen te gloeien.

'Waarom bleven ze hier? Waarom wilden ze hier oud worden en sterven?' vraagt Maeve terwijl ze me onderzoekend aankijkt. 'Weet jij het?'

'Hij... de kapitein...'

'Wat is er met hem?'

'Hij begrijpt me. Hij geeft me het gevoel dat ik hier thuishoor.'

'En wat voor gevoel geeft hij je nog meer?'

Ik wend me van haar af, mijn gezicht vuurrood. Ze dringt niet verder aan en er valt een pijnlijke stilte die zo lang duurt dat zij wel snapt dat mijn geheim te gênant is om aan iemand te vertellen.

'Wat hij je ook geeft, je betaalt er een prijs voor,' waarschuwt ze.

'Ik ben niet bang voor hem. En de vrouwen die hier voor mij hebben gewoond, waren vast ook niet bang. Anders waren ze wel vertrokken.'

'Ze vonden hun einde in dit huis.'

'Nadat ze er jaren hadden gewoond.'

'Stel jij je je toekomst zo voor? Als een gevangene van Brodie's

Watch? Wil je hier oud worden en sterven?'

'We moeten toch ergens doodgaan.'

Ze pakt me bij de schouders en dwingt me haar in de ogen te kijken. 'Ava, hoor je wat je zegt?'

Ik schrik zo van haar aanraking dat ik even geen woord kan uitbrengen. Het dringt nu pas tot me door wat ik net heb gezegd. We moeten toch ergens doodgaan. Is dat wat ik wil, de wereld van de levenden de rug toekeren?

'Ik weet niet hoeveel macht deze entiteit over je heeft,' zegt Maeve, 'maar je zou wat afstand moeten nemen en tot je moeten laten doordringen wat er met de vrouwen is gebeurd die hier voor jou woonden. Vier hebben hier hun einde gevonden.'

'Vijf,' zeg ik zachtjes.

'Ik tel de vrouw die in de baai is gevonden niet mee.'

'Ik tel Charlotte ook niet mee. Er was nog een meisje van vijftien. Ik heb je over haar verteld. Een groepje tieners is op de avond van Halloween het huis binnengedrongen. Een van de meisjes is naar de uitkijkpost gegaan en naar beneden gevallen.'

Maeve schudt haar hoofd. 'Ik ben het nergens in de krantenarchieven tegengekomen.'

'Ik heb het van mijn timmerman. Hij is hier opgegroeid, hij wist het nog.'

'Dan moeten we met hem gaan praten.'

'Ik weet niet of dat een goed idee is.'

'Waarom niet?'

'Hij wordt verdacht van de moord op Charlotte Nielson.'

Maeve slaakt een kreet van schrik. Ze draait zich om en kijkt naar het huis, de haard van alle onrust. Maar ik ben niet bang, want ik hoor in gedachten de woorden die hij in het donker tegen me fluisterde. *Onder mijn dak zal je niets gebeuren.*

'Als je timmerman het zich herinnert,' zegt Maeve, 'zullen andere mensen in het dorp het zich ook herinneren.'

Ik knik. 'Ik weet bij wie we moeten zijn.'

Tweeëntwintig

Het is even na vijven als Maeve en ik voor het pand van het Historisch Genootschap van Tucker Cove staan. Het bordje 'GESLOTEN' hangt er al, maar ik bel toch aan in de hoop dat mevrouw Dickens nog aan het opruimen is. Door de matglazen deur zie ik iets bewegen en ik hoor het bonken van orthopedische schoeisel. Lichtblauwe ogen, vervormd door dikke brillenglazen, staren me vanuit de deuropening aan.
'Sorry, maar we zijn gesloten. Morgenochtend om negen uur gaan we weer open.'
'Mevrouw Dickens, ik ben het. We hebben elkaar een paar weken geleden gesproken, over Brodie's Watch, weet u nog?'
'O, hallo. Ava, was het toch? Leuk om je weer te zien, maar het museum is al dicht.'
'We komen niet voor het museum. We willen u graag spreken. Voor mijn boek doen mijn vriendin Maeve en ik onderzoek naar Brodie's Watch. We hebben wat vragen die u misschien kunt beantwoorden. U bent immers expert in de geschiedenis van Tucker Cove.'
Mevrouw Dickens gaat nu wat meer rechtop staan. Tijdens mijn laatste bezoek aan het museum waren er bijna geen andere bezoekers. Het moet behoorlijk frustrerend voor haar zijn om zoveel kennis te hebben over een onderwerp dat bijna niemand interesseert.
Ze glimlacht en trekt de deur wijd open. 'Ik zou mezelf niet echt een expert willen noemen, maar ik vertel jullie graag wat ik weet.'

Het huis is nog somberder dan ik me herinner en in de hal ruikt het naar ouderdom en stof. De vloer kraakt als we mevrouw Dickens volgen naar de voorkamer waar het logboek van *The Raven*, het schip dat onder bevel stond van kapitein Brodie, onder glas ligt uitgestald.

'Hier bewaren we veel historische documenten.' Ze diept een sleutelbos uit haar zak op en maakt de glazen deur van een boekenkast open. Op de planken staan in leer gebonden boeken, sommige zo oud dat ze uit elkaar lijken te vallen. 'We hopen al deze documenten ooit te digitaliseren, maar u weet hoe moeilijk het is om tegenwoordig fondsen te vinden. Niemand vindt het verleden belangrijk. Iedereen is op de toekomst en hippe nieuwe dingen gericht.' Haar blik glijdt over de boeken. 'Ah, hier is het. De dorpsverslagen van 1861. Het jaar dat Brodie's Watch werd gebouwd.'

'Onze vraag, mevrouw Dickens, gaat eigenlijk over iets wat recenter is gebeurd.'

'Hoeveel recenter?'

'Ongeveer twintig jaar geleden, volgens Ned Haskell.'

'Ned?' Gealarmeerd draait ze zich naar me om en kijkt me fronsend aan. 'O jee!'

'U heeft het nieuws over hem zeker wel gehoord?'

'Ik heb gehoord wat de mensen zeggen. Maar ik ben hier opgegroeid en weet dus dat ik de helft van wat ik hoor kan negeren.'

'U gelooft dus niet dat hij–'

'Ik hou niet van speculaties.' Ze zet het oude boek terug op de plank en slaat het stof van haar handen. 'Als je vraag over iets van twintig jaar geleden gaat, hebben we die gegevens hier niet. Je kunt het bij de *Tucker Cove Weekly* proberen. Hun archieven gaan zo'n vijftig jaar terug, en volgens mij is bijna alles gedigitaliseerd.'

'Ik heb in hun archieven gezocht naar artikelen waarin

Brodie's Watch wordt genoemd,' zegt Maeve, 'maar ik heb niets over het ongeluk kunnen vinden.'

'Ongeluk?' Mevrouw Dickens kijkt ons beurtelings aan. 'Zoiets haalt het nieuws ook niet.'

'Maar dat had wel gemoeten. Omdat er een meisje is omgekomen,' zeg ik.

Mevrouw Dickens slaat haar hand voor haar mond. Zonder iets te zeggen staart ze me aan.

'Ned vertelde me dat het op de avond van Halloween is gebeurd,' vervolg ik. 'Hij zei dat een stel tieners het leegstaande huis was binnengedrongen en dat er waarschijnlijk flink was gedronken. Een van de meisjes is naar de uitkijkpost gegaan, waar ze op de een of andere manier is gevallen. Ik weet niet hoe ze heet, maar als u zich het incident kunt herinneren en weet in welk jaar het is gebeurd kunnen we misschien meer te weten komen.'

'Jessie,' fluistert mevrouw Dickens.

'U weet haar naam nog?'

Ze knikt. 'Jessie Inman. Ze zat bij mijn nichtje op school. Een knap meisje, maar ze was een beetje wild.' Ze haalt diep adem. 'Ik denk dat ik even moet gaan zitten.'

Ze ziet zo wit als een doek en als Maeve haar bij de arm neemt, haast ik me naar de andere kant van de kamer om een van de antieke stoelen te pakken. Maar hoe wankel mevrouw Dickens nu ook op haar benen staat, ze is haar verantwoordelijkheid als gids niet vergeten. Ze kijkt ontsteld naar de versleten fluwelen zitting. 'O nee, het is verboden om op deze stoel te zitten.'

'Er is nu niemand die er bezwaar tegen kan maken, mevrouw Dickens,' zeg ik vriendelijk. 'En we vertellen het niet verder.'

Ze glimlacht flauwtjes als ze in de stoel gaat zitten. 'Ik probeer me aan de regels te houden.'

'Daar ben ik van overtuigd.'

'Dat gold ook voor Jessies moeder. Daarom schrok die zo toen ze hoorde wat Jessie die avond had gedaan. Ze waren niet alleen op verboden terrein, maar hadden ook een raam ingeslagen om het huis in te komen. Ze hebben waarschijnlijk alles gedaan wat tieners met gierende hormonen doen.'

'U zei net dat ze knap was. Hoe zag ze eruit?' vraagt Maeve.

Mevrouw Dickens schudt haar hoofd, overrompeld door de vraag. 'Doet dat ertoe?'

'Wat voor kleur haar had ze?'

Ik verwacht dat ze zegt dat het meisje donker haar had, maar haar antwoord verbaast me.

'Ze was blond,' zegt mevrouw Dickens. 'Net als Michelle, haar moeder.'

Anders dan mijn haar. En anders dan de andere vrouwen die in Brodie's Watch hun dood tegemoet gingen.

'Kende u Jessies moeder goed?' vraag ik.

Michelle kwam in de kerk waar ik ook kom. Ze deed vrijwilligerswerk op school. Ze deed alles wat een goede moeder doet, maar heeft niet kunnen voorkomen dat haar dochter iets stoms deed. Ze is een paar jaar na Jessies dood overleden. Ze zeggen dat ze kanker had, maar ik denk dat het verdriet over het verlies van haar kind haar uiteindelijk fataal is geworden.'

Maeve kijkt naar me. 'Het verbaast me dat zo'n ernstig ongeluk de plaatselijke krant niet heeft gehaald. Ik heb niets gevonden over een meisje dat in Brodie's Watch om het leven is gekomen.'

'Er is niet over geschreven,' zegt mevrouw Dickens.

'Waarom niet?'

'Vanwege de status van de andere kinderen. Zes tieners van de meest vooraanstaande families van het dorp. Je denkt toch niet dat ze wilden dat bekend werd dat hun voorbeeldige kinderen een raam ingegooid hadden om een huis binnen te dringen? En daar God weet wat uitgespookt hadden? Jessies dood was een tragedie, maar waarom zou je die verweven met schaamte? Ik denk dat de redacteur er om die reden mee akkoord is gegaan de namen en de details niet te publiceren. Ik weet zeker de families met de eigenaar, meneer Sherbrooke, zijn overeengekomen de schade aan het huis te herstellen. In de krant heeft alleen het overlijdensbericht van Jessie gestaan, en daar stond in dat ze op de avond van Halloween ten gevolge van een val om het leven is gekomen. Slechts een paar mensen wisten hoe het werkelijk zat.'

'Dat is dus de reden dat ik het niet in de archieven kon vinden,' zegt Maeve. 'Ik vraag me af hoeveel vrouwen er nog meer in dat huis aan hun eind zijn gekomen.'

Mevrouw Dickens kijk haar verwonderd aan. 'Waren er nog meer vrouwen?'

'Ik heb de namen van vier andere vrouwen gevonden. En u vertelt nu over Jessie.'

'Dus vijf,' mompelt mevrouw Dickens.

'Ja, vijf. Vijf vrouwen.'

'Waarom stellen jullie eigenlijk al die vragen? Waarom willen jullie dit allemaal weten?'

'Voor het boek dat ik schrijf,' leg ik uit. 'Brodie's Watch speelt er een grote rol in en ik wil iets over de geschiedenis van het huis vertellen.'

'Is dat de enige reden?' vraagt mevrouw Dickens rustig.

Ik wacht even voor ik antwoord. Ze dringt niet verder aan, maar door de manier waarop ze naar me kijkt, weet ik dat ze de werkelijke reden van mijn vragen wel vermoedt.

'Er zijn dingen in het huis gebeurd,' antwoord ik uiteindelijk.

'Wat voor dingen?'

'Dingen waardoor ik me afvraag of er misschien...' Ik lach wat schaapachtig. 'Een geest in het huis rondwaart.'

'Kapitein Brodie,' mompelt mevrouw Dickens. 'Heeft u hem gezien?'

Maeve en ik kijken elkaar aan. 'Heeft u over de geest gehoord?' vraagt Maeve.

'Iedereen die hier in dit dorp is opgegroeid kent de verhalen. Hoe de geest van Jeremiah Brodie nog in dat huis hangt. Mensen zeggen dat ze hem op de uitkijkpost hebben zien staan. En dat ze hem uit het torenraam hebben zien turen. Als kind vond ik die verhalen prachtig, maar ik heb ze nooit geloofd. Ik dacht dat onze ouders het vertelden om ons uit de buurt van die bouwval te houden.' Ze kijkt me verontschuldigend aan. 'Dat was voordat u erin trok natuurlijk, toen het echt een vreselijke bouwval was. Gebroken ramen, een verrotte veranda. Het huis zat vol vleermuizen, muizen en ander ongedierte.'

'De muizen zijn er nog,' beken ik.

Er speelt een flauw lachje om haar lippen. 'En die zullen er altijd blijven.'

'Omdat u hier in dit dorp bent opgegroeid, zult u zich Aurora Sherbrooke wel kunnen herinneren. Ze woonde in Brodie's Watch.'

'Ik weet wie ze was, maar ik heb haar niet goed gekend. Ik denk dat maar weinig mensen haar kenden. Ze kwam alleen af en toe naar het dorp om boodschappen te doen, alleen op die momenten zag je haar. Ze was altijd op die heuvel, helemaal alleen.'

Met hem. Ze had hem, meer had ze niet nodig. Hij gaf haar wat ze nodig had, net zoals hij mij geeft wat ik nodig heb, of dat nu de warmte van een omhelzing of de duistere genoegens van de toren is. Aurora Sherbrooke zou dat nooit aan iemand vertellen.

Ik ook niet.

'Ik herinner me niet dat er na haar dood nog vragen waren over de manier waarop ze is overleden,' zegt mevrouw Dickens. 'Ik herinner me alleen dat ze al een paar dagen dood was toen haar neef haar vond.' Ze grimast. 'Dat moet een afschuwelijk gezicht zijn geweest.'

'Die neef is Arthur Sherbrooke,' zeg ik tegen Maeve. 'Brodie's Watch is nog steeds van hem.'

'Hij raakt het maar niet kwijt,' zegt mevrouw Dickens. 'Het is een prachtig stuk land, maar het huis heeft altijd een slechte reputatie gehad. Het feit dat het lichaam van zijn tante daar dagenlang heeft geleden, dat het daar tot ontbinding is overgegaan. Daarna Jessies ongeluk. Toen zijn tante overleed was het huis al een treurige bouwval. Hij hoopt natuurlijk dat hij na alle renovaties een koper zal vinden.'

'Misschien moet hij gewoon de fik erin steken,' zegt Maeve.

'Sommige mensen uit het dorp hebben dat ook al geopperd, maar Brodie's Watch heeft historische waarde. Het zou jammer zijn als een huis met zo'n geschiedenis in vlammen zou opgaan.'

Ik stel me voor dat al die statige kamers door vuur worden verteerd, de toren als een toorts vlam vat en er honderdvijftig jaar geschiedenis tot as wordt gereduceerd. Als een huis afbrandt, wat gebeurt er dan met de geesten die er wonen? Wat zou er met de kapitein gebeuren?

'Brodie's Watch verdient liefde,' zeg ik. 'Het verdient een goede verzorging. Als ik het me kon permitteren, zou ik het zelf kopen.'

Maeve schudt haar hoofd. 'Ik zou het je niet aanraden, Ava. Je weet niet genoeg van de geschiedenis van het huis.'

'Dan wil ik degene spreken die daar waarschijnlijk meer van weet. De eigenaar, Arthur Sherbrooke.'

Brodie's Watch staat donker en stil in de invallende schemering. Ik stap uit mijn auto en blijf op de oprit staan, kijk omhoog naar de ramen die me als glazige zwarte ogen aanstaren. Ik denk terug aan de eerste keer dat ik Brodie's Watch zag en de kilte die ik toen voelde, alsof het huis me wegjoeg. Die kilte voel ik nu niet. In plaats daarvan zie ik mijn huis, een huis dat me verwelkomt. Ik weet dat ik geschokt zou moeten zijn door wat er met de mensen is gebeurd die er voor mij hebben gewoond. Het huis van de dode vrouwen, noemt Maeve het, en ze adviseert me mijn spullen te pakken en te vertrekken. Dat is wat Charlotte Nielson heeft gedaan, maar toch vond zij de dood in de handen van een springlevende moordenaar die het leven uit haar kneep en haar lichaam in zee gooide.

Misschien zou ze nog leven als ze in Brodie's Watch was gebleven.

Ik ga naar binnen en snuif de vertrouwde geuren van het huis op. 'Kapitein Brodie?' roep ik. Ik verwacht geen antwoord, hoor alleen stilte, maar ik voel zijn aanwezigheid om me heen, in de schaduwen, in de lucht die ik inadem. Ik denk aan de woorden die hij me ooit toefluisterde: *Onder mijn dak zal je niets gebeuren.* Fluisterde hij Aurora Sherbrooke, Margaret Gordon, Violet Theriault en Eugenia Hollander die woorden ook toe?

In de keuken geef ik Hannibal te eten en haal ik een aardewerk kom met een restje vissoep uit de koelkast. Terwijl de vissoep in de oven staat, ga ik zitten om mijn mail te checken. Behalve een berichtje van Simon, die de laatste drie hoofdstukken van *Aan tafel met de kapitein* fantastisch vond (Hhoera!) zijn er mailtjes van Amazon ('Nieuwe titels die voor u interessant zijn') en Williams-Sonoma ('Koken met ons nieuwste keukengerei'). Ik scrol naar beneden en stop bij een e-mail die me doet verstijven.

Hij is van Lucy. Ik open het bericht niet, maar het onderwerp is: *Ik mis je. Bel me.* Onschuldige woorden, maar er klinkt verwijt in door. Ik hoef mijn ogen maar dicht te doen om de champagnekurken weer te horen knallen. De mensen 'Gelukkig nieuwjaar!' te horen roepen. Nicks auto van de stoep te horen wegscheuren.

En ik herinner me de nasleep. De lange dagen dat ik met Lucy in Nicks kamer in het ziekenhuis zat, zag hoe zijn comateuze lichaam samentrok en zich in foetushouding vouwde. Ik herinner me de ontstellende opluchting die ik voelde op de dag dat hij overleed. Ik ben nu de enige levende met het geheim, een geheim dat ik verborgen houd, maar dat altijd aanwezig is en als een kankergezwel aan me vreet.

Ik klap mijn laptop dicht en schuif hem weg. Zoals ik ook Lucy heb weggeschoven, omdat ik haar niet onder ogen kan komen.

Dus zit ik alleen in dit huis op de heuvel. Als ik vanavond bezwijk, zoals het geval was met Aurora Sherbrooke, wie zou me dan vinden? Ik kijk naar Hannibal, die zijn bord al leeg heeft en nu zijn poten aflikt, en ik vraag me af hoelang het zou duren voor hij zich aan mijn vlees tegoed zou doen. Niet dat ik hem dat kwalijk zou nemen. Een kat doet wat hij moet doen, en Hannibal blinkt uit in eten.

De vissoep staat te pruttelen in de oven, maar mijn eetlust is verdwenen. Ik zet de oven uit en pak een fles zinfandel. Vanavond heb ik vloeibare troost nodig. De fles is al ontkurkt en ik hunker naar de smaak van tannines en alcohol op mijn tong. Ik schenk een flink glas in en als ik het naar mijn lippen breng, valt mijn oog op de afvalbak in de hoek.

Die puilt uit van de lege wijnflessen.

Ik zet mijn glas neer. Mijn craving is nog net zo sterk, maar de flessen vertellen het treurige verhaal van een vrouw die helemaal alleen met haar kat woont, die grote voorraden wijn koopt en zich elke avond laveloos drinkt om in slaap te kunnen vallen. Ik heb geprobeerd om mijn schuldgevoel te verdrinken, maar drank is maar een tijdelijke oplossing die je lever naar de vernieling helpt en je hersenen vergiftigt. Door de drank weet ik niet meer wat werkelijkheid en fantasie is. Bestaat mijn perfecte minnaar echt of is hij niet meer dan de waanvoorstelling van een zuiplap?

Het is hoog tijd dat ik de waarheid te weten kom.

Ik leeg mijn wijnglas in de gootsteen, loop broodnuchter de trap op en ga naar bed.

Drieëntwintig

De volgende dag rijd ik rond het middaguur zuidwaarts naar Cape Elizabeth, waar Arthur Sherbrooke woont. Hij is het enige nog levende familielid van wijlen Aurora Sherbrooke en de enige die haar waarschijnlijk het best heeft gekend, voor zover je in haar geval van kennen kunt spreken. Maar hoeveel mensen kennen mij echt? Zelfs mijn eigen zus, de persoon van wie ik het meeste houd, de persoon die het dichtst bij me staat, weet niet wie ik ben en waartoe ik in staat ben. We houden onze donkerste geheimen voor onszelf. We verbergen ze, vooral voor de mensen die ons dierbaar zijn.

Ik pak het stuur stevig vast en kijk voor me op de weg. Ik wil me op iets anders richten, het maakt niet uit wat, als het Lucy maar niet is. De geschiedenis van Brodie's Watch was een welkome afleiding, een duik in een konijnenhol waarin ik steeds dieper kan graven in de levens en levenseinden van mensen die ik nooit heb gekend. Is hun lot een voorbode van mijn lot? Zal ik net als Eugenia, Violet, Margaret en Aurora mijn einde vinden onder het dak van kapitein Brodie?

Ik ben ooit eerder in Cape Elizabeth geweest toen ik een weekend doorbracht bij een medestudent, en ik herinner me de mooie huizen, de verzorgde, naar zee aflopende grasperken, een omgeving waar ik me, als ik de loterij won, zou terugtrekken. Een straat met aan weerszijden bomen leidt naar twee stenen pilaren waar Arthur Sherbrookes adres op een bronzen plaat prijkt. Er is geen hek, dus ik rijd door over een weggetje dat naar een zoutmoeras slingert waar een zakelijk, modern huis van beton en glas staat met uitzicht op het riet. Het huis lijkt met zijn stenen trappen die door een Japanse tuin naar de voordeur leiden eerder op een museum dan op een woning. Een houten beeld van een woeste Indonesische demon houdt de wacht, niet de vriendelijkste manier om een gast welkom te heten.

Ik bel aan.

Door het raam zie ik beweging en het dikke glas maakt dat de figuur die nadert er als een spichtige alien uitziet. De deur gaat open en de man die in de deuropening staat is inderdaad lang en slungelachtig en heeft koude grijze ogen. Hoewel Arthur Sherbrooke begin zeventig is, ziet hij er zo fit als een langeafstandsloper uit. Zijn blik is messscherp.

'Meneer Sherbrooke?'

'Professor Sherbrooke.'

'O, sorry. Proféssor Sherbrooke. Ik ben Ava Collette. Fijn dat u me wilt ontvangen.'

'U schrijft dus een boek over Brodie's Watch,' zegt hij als ik de hal binnenstap.

'Ja. Ik heb heel veel vragen over het huis.'

'Wilt u het kopen?'

'Ik denk niet dat ik het me kan veroorloven.'

'Mocht u iemand weten die dat wel kan, dan hou ik me aanbevolen, ik wil ervanaf.' Hij wacht even en voegt er dan aan toe: 'Maar niet met verlies.'

Ik volg hem door een zwartbetegelde gang naar de woonkamer, waar de kamerhoge ramen over het zoutmoeras uitkijken. Er staat een telescoop opgesteld en op de salontafel ligt een Leica-verrekijker. Door het raam zie ik een zeearend langszweven die door drie kraaien wordt achtervolgd.

'Brutale vlegels, die kraaien,' zegt hij. 'Ze jagen alles wat hun luchtruim binnendringt weg. Ik heb die speciale kraaienfamilie tien generaties lang bestudeerd en ze lijken elk jaar slimmer te worden.'

'Bent u ornitholoog?'

'Nee, ik ben gewoon mijn hele leven al vogelaar.' Hij gebaart hooghartig naar de bank, ten teken dat ik kan plaatsnemen. Net als alles in de kamer is de bank ijselijk minimalistisch en bekleed met stug grijs leer dat er bepaald niet uitnodigend uitziet. Ik ga tegenover een glazen salontafel zitten waar niets op ligt, zelfs geen tijdschrift. De hele kamer is gericht op het raam en het uitzicht op het zoutmoeras erachter.

Hij biedt geen koffie of thee aan, maar gaat in een leunstoel zitten en slaat zijn ooievaarachtige benen over elkaar. 'Ik gaf economie op het Bowdoin College,' zegt hij. 'Drie jaar geleden ben ik met pensioen gegaan, en ik heb het drukker dan ooit. Reizen, artikelen schrijven.'

'Over economie?'

'Over kraaiachtigen. Kraaien en raven. Mijn hobby is een tweede carrière geworden.' Hij kantelt zijn hoofd, een beweging die verontrustend vogelachtig is. 'Heeft u een vraag over het huis?'

'Over de geschiedenis van het huis, en over de mensen die er in de loop van de tijd hebben gewoond.'

'Ik heb er wat onderzoek naar gedaan, maar ik ben absoluut geen expert,' zegt hij terwijl hij zijn schouders bescheiden optrekt. 'Ik kan u vertellen dat kapitein Jeremiah T. Brodie het huis in 1861 heeft laten bouwen. Tien jaar later raakte hij vermist op zee. Daarna is het huis is in handen gekomen van verschillende families tot ik het zo'n dertig jaar geleden kreeg.'

'Ik heb begrepen dat u het huis van uw tante Aurora heeft geërfd.'

'Klopt. Vertelt u me nog even waarom deze vragen relevant zijn voor dat boek dat u schrijft.'

'Mijn boek heeft de titel *Aan tafel met de kapitein*. Het gaat over de traditionele keuken van New England, over de maaltijden die in de huizen van zeevarende families zijn opgediend. Mijn redacteur denkt dat Brodie's Watch en kapitein Brodie het middelpunt van het project kunnen vormen. Het zou het boek een authentiek sausje geven.'

Tevreden met mijn antwoord gaat hij wat gemakkelijker zitten. 'Oké. Is er iets speciaals wat u wilt weten?'

'Ik zou graag meer over uw tante willen weten. Over haar ervaringen in Brodie's Watch.'

Hij zucht, alsof dit nu net het onderwerp is dat hij had willen vermijden. 'Tante Aurora heeft er bijna haar hele leven gewoond. Ze is in dat huis gestorven, waarschijnlijk een reden waarom ik het niet kwijtraak. Niets is zo funest voor de verkoopwaarde van een huis als een sterfgeval. Mensen met hun achterlijke bijgeloof.'

'Probeert u het huis al die tijd al te verkopen?'

'Ik was haar enige erfgenaam, dus ik werd ermee opgescheept. Na haar dood heb ik het een paar jaar te koop gezet, maar de biedingen waren ronduit beledigend. Iedereen had iets op de plek aan te merken. Te oud, te koud, een slecht karma. Ik had het eigenlijk willen slopen. Met dat uitzicht op de oceaan is het een fantastische plek om te bouwen.'

'Waarom heeft u het niet gesloopt?'

'Ze had als voorwaarde in haar testament dat het huis behouden moest blijven, anders zou het trustfonds naar...' Hij zwijgt en kijkt de andere kant op.

Er is dus een trustfonds. Natuurlijk was er familiekapitaal. Hoe zou een universiteitshoogleraar zich anders deze miljoenenwoning in Cape Elizabeth kunnen permitteren? Aurora Sherbrooke heeft haar neef een vermogen nagelaten, maar met Brodie's Watch heeft ze hem met een last opgezadeld.

'Ze had zoveel geld dat ze overal kon gaan wonen,' zegt hij. 'In Parijs, Londen, New York. Maar nee, ze koos ervoor haar leven in dat huis te slijten. Vanaf mijn zeventiende reed ik elke zomer plichtsgetrouw naar Tucker Cove om haar te bezoeken en om haar eraan te herinneren dat ze een bloedverwant had, maar ze leek mijn bezoeken nooit erg op prijs te stellen. Het was bijna alsof ik inbreuk maakte op haar privacy. Alsof ik een indringer was die haar leven verstoorde.'

Hun levens. Haar leven en dat van de kapitein.

'En ik heb het nooit een fijn huis gevonden.'

'Waarom niet?' vraag ik.

'Het was er altijd koud. Voelt u dat niet? Zelfs als in augustus de mussen van het dak vielen, kreeg ik het daar niet warm. Volgens mij had ik daarbinnen altijd een trui aan. Ik kon de hele dag op het strand liggen bakken, maar als ik weer in dat huis kwam, was het alsof ik een vrieskast in liep.'

Omdat hij je daar niet wilde. Ik denk aan de eerste keer dat ik Brodie's Watch binnenstapte, aan de kilte die ik toen voelde, alsof ik een winterse mist in liep. En dat die kilte opeens verdween, alsof het huis had besloten dat ik er thuishoorde.

'Op een gegeven moment wilde ik er niet meer heen,' vervolgt hij. 'Ik smeekte mijn moeder me er niet toe te dwingen. Vooral niet na het ongeluk.'

'Welk ongeluk?'

'Dat verdomde huis probeerde me te vermoorden.' Hij lacht wat schaapachtig als hij mijn geschrokken blik ziet. 'Zo voelde het toen. Heb je die kroonluchter in de hal gezien? Die is nieuw. De originele was van kristal, geïmporteerd uit Frankrijk. Als ik een paar centimeter meer naar rechts had gestaan had dat ding mijn schedel verbrijzeld.'

Ik staar hem aan. 'Viel-ie?'

'Net op het moment dat ik binnenkwam, begaf de plafondhaak het. Het was een merkwaardig ongeluk, maar ik weet nog goed wat mijn tante nadat het gebeurde zei: "Misschien kun je maar beter niet meer komen. Gewoon voor de veiligheid."

Wat bedoelde ze daar in godsnaam mee?'

Ik begrijp heel goed wat ze daarmee bedoelde, maar ik zeg niets.

'Na dat voorval waarbij ik bijna aan mijn einde kwam, wilde ik er nooit meer heen, maar mijn moeder drong erop aan dat ik bleef gaan.'

'Waarom?'

'Om de familieband warm te houden. Mijn vader stond op de rand van een faillissement. Tante Aurora's echtgenoot had haar meer geld nagelaten dan ze ooit in haar leven zou kunnen uitgeven. Mijn moeder hoopte...' Zijn stem sterft weg.

Dit is dus de reden waarom de geest Arthur Sherbrooke niet mocht. Vanaf het moment dat die man daar een voet over de drempel zette, had de kapitein zijn ware motieven door. Het was geen genegenheid die Sherbrooke ertoe bracht elke zomer zijn tante Aurora in Brodie's Watch te bezoeken, het was pure hebzucht.

'Mijn tante had zelf geen kinderen, en na de dood van haar man is ze nooit hertrouwd. Ze had het helemaal niet nodig.'

'Had ze geen liefde nodig?'

'Ik bedoel dat ze de financiële ondersteuning van een man niet nodig had. En altijd lag het gevaar op de loer dat een of andere opportunist misbruik van haar zou maken.'

Zoals jij.

'Ik weet zeker dat ze, ook als ze arm was geweest, heel wat mannen achter zich aan had gehad,' zeg ik. 'Uw tante was een knappe vrouw.'

'Heeft u een foto van haar gezien?'

'Tijdens mijn onderzoek naar de vorige bewoners van Brodie's Watch kwam ik in een societyrubriek een foto van uw tante tegen. Ze was blijkbaar heel populair toen ze jong was.'

'O ja? Ik heb haar nooit mooi gevonden, maar ik heb haar natuurlijk niet gekend toen ze jong was. Ik herinner me haar alleen als mijn excentrieke tante Aurora, die op alle uren van de nacht door dat huis dwaalde.'

'Dwaalde? Waarom deed ze dat?'

'Wie zal het zeggen? Als ik in bed lag hoorde ik haar de torentrap op sluipen. Ik had geen idee wat ze daarboven te zoeken had, want er was daar niets, alleen een lege kamer. De uitkijkpost was toen al aan het rotten en een van de ramen lekte. Ned Haskell was altijd haar klusjesman, hij knapte het huis op, maar op een gegeven moment sloeg ze alle hulp af. Ze tolereerde niemand meer in haar huis.' Hij is even stil. 'Daarom is haar lichaam na haar overlijden pas na dagen gevonden.'

'Ik hoorde dat u haar gevonden heeft.'

Hij knikt. 'Ik ging voor mijn jaarlijkse bezoek naar Tucker Cove. Probeerde haar te bellen voordat ik op weg ging, maar ze nam niet op. Zodra ik het huis binnenstapte, rook ik het. Het was zomer, de vliegen...' Hij maakt zijn zin niet af. 'Sorry. Het is een vreselijke herinnering.'

'Wat denkt u dat er met haar is gebeurd?'

'Ik denk dat ze een beroerte heeft gekregen. Of een hartaanval. Volgens de arts van het dorp was het een natuurlijke dood, dat is alles wat ik weet. Misschien was het beklimmen van die torentrap te veel voor haar.'

'Waarom denkt u dat ze naar de toren bleef gaan?'

'Ik heb geen idee. Het was een lege kamer met een lekkend raam.'

'En een verborgen alkoof.'

'Ja, ik wist niet wat ik hoorde toen Ned vertelde dat hij die alkoof had ontdekt. Ik heb geen idee wanneer die is dichtgemetseld of waarom, maar ik weet zeker dat mijn tante het niet heeft laten doen. Ze onderhield het huis helemaal niet. Toen ik het erfde, verkeerde het al in deplorabele staat. En die kinderen die er hebben ingebroken, hebben flink huisgehouden.'

'Was dat met Halloween? Op avond dat dat meisje is gevallen?'

Hij knikt. 'Maar ook voordat dat meisje om het leven kwam, werd er al gezegd dat er een geest in het huis rondwaarde. Mijn tante joeg me altijd de stuipen op het lijf met verhalen over de geest van kapitein Brodie. Waarschijnlijk met de bedoeling dat ik minder vaak langskwam.'

Ik snap wel waarom zijn tante hem liever uit de buurt wilde houden. Een irritantere logé kan ik me nauwelijks voorstellen.

'Het ergste van alles was,' zegt hij, 'dat iedereen in het dorp wist dat er een geest in haar huis rondwaarde. Ze vertelde de tuinman en de werkster dat de geest de boel in de gaten hield en dat hij het zou zien als ze iets pikten. Nadat dat meisje van de uitkijkpost was gevallen, werd het huis onverkoopbaar. De voorwaarden in het testament van mijn tante maken het mij onmogelijk het tegen de vlakte te gooien. Ik kon het dus laten wegrotten of laten opknappen om het te verhuren.' Hij kijkt me aan. 'Weet u zeker dat u het niet kunt kopen? Ik krijg de indruk dat u er naar uw zin woont. Dat was met die vrouw voor u wel anders.'

Het duurt even voor het goed tot me doordringt wat hij zegt. 'Heeft u het over Charlotte Nielson? Heeft u haar ontmoet?'

'Zij is hier ook geweest. Ik dacht dat ze het huis misschien wilde kopen, maar nee, ze wilde meer van de geschiedenis weten. Wie er gewoond hadden en wat er met die mensen is gebeurd.'

Zijn antwoord bezorgt me kippenvel. Ik stel me voor dat Charlotte, een vrouw die ik nog nooit heb gezien, hier in deze kamer zit, waarschijnlijk op dezelfde bank als waar ik nu op zit, en ditzelfde gesprek met professor Sherbrooke voert. Ik woon in hetzelfde huis als waar Charlotte woonde en volg haar voetsporen zo nauwgezet dat ik haar geest zou kunnen zijn en haar laatste dagen op aarde opnieuw beleef.

'Was ze niet gelukkig daar?' vraag ik.

'Ze zei dat het huis haar onrustig maakte. Ze had het gevoel dat iets haar bekeek, ze wilde gordijnen in de slaapkamer.

Je kunt je niet voorstellen dat zo'n labiele vrouw een bevoegd onderwijzeres is.'

'"Iets" haar bekeek? Gebruikte ze dat woord?'

'Waarschijnlijk omdat ze over die zogenaamde geest had gehoord dacht ze dat elke krakende vloerplank door hem veroorzaakt werd. Het verbaasde me niets toen ik hoorde dat ze plotseling de benen had genomen.'

'Achteraf gezien had ze alle reden om zich onrustig te voelen. Ik neem aan dat u heeft gehoord dat ze vermoord is.'

Hij haalt irritant onverschillig zijn schouders op. 'Ja. Heel naar.'

'En heeft u gehoord wie de hoofdverdachte is? De man die ú inhuurde om reparaties aan het huis te verrichten.'

'Ik ken Ned al eeuwen. Ik zag hem elke zomer als ik bij mijn tante was, en er is nooit reden geweest om hem niet te vertrouwen. Dat heb ik tegen Charlotte gezegd.'

'Had ze problemen met hem?'

'Met alles, niet alleen met Ned. Met de eenzaamheid. Met het feit dat er geen gordijnen waren. Zelfs met het dorp. Ze vond de mensen niet openstaan voor vreemden.'

Ik denk aan mijn eigen ervaringen met Tucker Cove. Ik herinner me de roddelende dames in de supermarkt en de koele, zakelijke Donna Branca. Ik denk aan Jessie Inman en hoe de toedracht van haar dood door de lokale pers in de doofpot werd gestopt. En ik denk aan Charlotte, wier verdwijning nooit vraagtekens opwierp totdat ik vragen begon te stellen. Voor een toevallige bezoeker lijkt Tucker Cove schilderachtig en pittoresk, maar het is een dorp dat zijn geheimen bewaakt en zijn eigen mensen beschermt.

'Ik hoop niet dat dit alles u ontmoedigt te blijven,' zegt hij. 'U blijft toch nog?'

'Ik weet het nog niet.'

'Nou, voor de huur die u betaalt zult u niet zoiets als Brodie's

Watch vinden. Het is een huis met grandeur, in een populair dorp.'

Het is ook een huis met geheimen, in een dorp met geheimen. Maar we hebben allemaal geheimen. En die van mij zijn het diepst verborgen.

Vierentwintig

De wachtkamer is leeg als ik later die middag Bens praktijk binnenloop. Zijn receptioniste Viletta glimlacht me vanachter het glas toe en schuift het raam van de balie open.
 'Hallo, Ava! Hoe gaat het met je arm?' vraagt ze.
 'Helemaal genezen, dankzij dokter Gordon.'
 'Weet je, katten dragen allerlei ziekten bij zich, daarom houd ik het bij kanaries.' Ze kijkt in haar afsprakenboek. 'Verwacht dokter Gordon je vandaag? Ik zie je naam niet staan.'
 'Ik heb geen afspraak. Ik hoopte dat hij een paar minuten voor me heeft.'
 De deur vliegt open en Ben steekt zijn hoofd in de wachtkamer. 'Ik dacht al dat ik je stem hoorde! Kom verder. Ik ben klaar voor vandaag, ik moet alleen nog een paar laboratoriumrapporten ondertekenen.'
 Ik volg Ben door de gang langs de onderzoekkamers naar zijn spreekkamer. Ik ben nog nooit in zijn spreekkamer geweest en terwijl hij zijn witte jas aan de kapstok hangt en achter zijn eikenhouten bureau gaat zitten, bekijk ik de ingelijste diploma's en foto's van zijn vader en grootvader, de vorige generaties dokters Gordon met hun witte jassen en hun stethoscopen. Er hangt ook een olieverfschilderij van Ben aan de muur dat niet is ingelijst, alsof het de muur slechts tijdelijk mag versieren. Ik herken het landschap omdat ik die uitstekende rots ook op andere schilderijen van hem heb gezien.
 'Dat strand heb je al eerder geschilderd, hè?'

Hij knikt. 'Goed gezien. Ja, ik ben dol op dat strand. Het is er rustig en ik word er door niemand lastiggevallen als ik schilder.' Hij legt de stapel laboratoriumrapporten in het bakje uitgaande post en richt zijn aandacht op mij. 'Wat kan ik voor je doen vandaag? Ben je weer door die woeste kat van je aangevallen?'

'Ik kom niet voor mezelf. Ik wil je spreken over iets wat jaren geleden is gebeurd. Je bent hier opgegroeid toch?'

Hij glimlacht. 'Ik ben hier geboren.'

'Dus je kent de geschiedenis van het dorp.'

'Alleen de recente geschiedenis.' Hij lacht. 'Zo oud ben ik nu ook weer niet, Ava.'

'Maar kun je je een vrouw die Aurora Sherbrooke heet herinneren?'

'Heel vaag. Ik was nog een kind toen ze overleed. Het moet inmiddels zo'n...'

'Dertig jaar geleden is het gebeurd. Toen je vader hier dorpsdokter was. Was hij haar huisarts?'

Hij kijkt me met gefronst voorhoofd onderzoekend aan. 'Waarom vraag je naar Aurora Sherbrooke?'

'Voor het boek dat ik schrijf. Brodie's Watch speelt er een hoofdrol in, ik wil meer van de geschiedenis van het huis weten.'

'Maar wat heeft zij daar mee te maken?'

'Ze woonde er. Ze is er gestorven. Ze maakt deel uit van de geschiedenis van het huis.'

'Is dat de werkelijke reden waarom je naar haar vraagt?'

Zijn vraag, die hij me met zachte stem stelt, overrompelt me. Ik richt mijn aandacht op de stapel laboratoriumrapporten en patiëntendossiers op zijn bureau. Hij is een man van de wetenschap, een man die met feiten werkt. Ik weet hoe hij zal reageren als ik hem de achterliggende reden van mijn vraag vertel.

'Laat maar verder. Het is niet belangrijk.' Ik sta op om te vertrekken.

'Wacht, Ava. Ik vind het wel belangrijk, wat het ook is.'

'Ook als het totaal onwetenschappelijk is?' Ik draai me naar hem om. 'Ook als het je als bijgeloof voorkomt?'

'Sorry.' Hij zucht. 'Kunnen we dit gesprek opnieuw beginnen? Je vroeg naar Aurora Sherbrooke en je wilde weten of mijn vader haar huisarts was. Het antwoord is ja, hij was haar huisarts.'

'Is haar medisch dossier bewaard gebleven?'

'Nee, we bewaren geen dossiers van patiënten die al dertig jaar dood zijn.'

'Ik wist dat de kans klein was, maar wilde het toch vragen. Dank je.' Ik draai me nogmaals om om te gaan.

'Dit heeft niet met je boek te maken, hè?'

Ik blijf in de deuropening staan, en het liefst zou ik de waarheid eruit flappen, maar ik ben bang voor zijn reactie. 'Ik heb Arthur Sherbrooke gesproken. Ik ben bij hem geweest om over zijn tante te praten. Hij vertelde dat ze dingen in het huis heeft gezien. Dingen die haar deden geloven dat...'

'Wat?'

'Dat kapitein Brodie daar nog is.'

Bens gezichtsuitdrukking verandert niet. 'Hebben we het over een geest?' vraagt hij op een toon die je tegen een psychiatrisch patiënt aanslaat.

'Ja.'

'De geest van kapitein Brodie.'

'Aurora Sherbrooke geloofde in hem. Dat heeft ze tegen haar neef gezegd.'

'Gelooft hij ook in die geest?'

'Nee. Maar ik wel.'

'Waarom?'

'Omdat ik hem gezien heb, Ben. Ik heb Jeremiah Brodie gezien.'

Uit zijn gezichtsuitdrukking is nog steeds niets op te maken. Zou je tijdens je artsenopleiding leren om een pokerface op te zetten zodat patiënten niet kunnen lezen wat je van hen denkt?

'Mijn vader heeft hem ook gezien,' zegt Ben rustig.
Ik staar hem aan. 'Wanneer?'
'Op de dag dat ze haar vonden. Mijn vader werd gebeld om haar lichaam te onderzoeken. Ik herinner me haar naam vanwege wat hij me vertelde.'
Ik kijk omhoog naar de foto van Bens vader aan de muur, die er in zijn witte jas gedistingeerd uitziet. Niet als een man die zich verliest in fantasieën. 'Wat vertelde hij?'
'Dat ze in de toren op de grond lag, in haar nachtpon. Hij wist dat ze al enige tijd dood was vanwege de stank en de... vliegen.' Hij pauzeert in het besef dat sommige informatie beter verzwegen kan worden. 'Haar neef en de politieagenten waren naar beneden gegaan, dus mijn vader was daar alleen om haar lichaam te onderzoeken. In zijn ooghoek zag hij iets bewegen. Op de uitkijkpost.'
'Waar ik hem voor het eerst zag,' mompel ik.
'Mijn vader draaide zich om en daar stond hij. Een grote man met donker haar in een zwarte schippersjas. Even later was hij weg. Mijn vader wist zeker dat hij hem gezien had, maar hij heeft het behalve aan mijn moeder en mij nooit aan iemand verteld. Hij wilde niet dat de mensen dachten dat hun dorpsdokter waanzinnig was geworden. Maar ik heb het verhaal eerlijk gezegd nooit geloofd. Naar mijn idee was het de speling van het licht of een weerspiegeling in het raam. Misschien was mijn vader wel heel erg moe van al die middernachtelijke visites. Ik was dat verhaal al bijna vergeten.' Ben kijkt me recht aan. 'Maar nu hoor ik dat jij hem ook hebt gezien.'
'Het was geen speling van het licht, Ben. Ik heb de geest meerdere keren gezien. Ik heb met hem gepraat.' Als ik zijn geschrokken blik zie, heb ik spijt dat ik het hem heb verteld. Ik zal hem zeker niet al het andere vertellen wat er tussen mij en Brodie is gebeurd. 'Ik weet dat je het moeilijk kunt geloven. Ik kan het zelf nauwelijks geloven.'

'Maar ik wil het wel, Ava. Wie wil er nu niet geloven in een leven na de dood, in het idee dat er na de dood nog iets is? Maar waar is het bewijs? Niemand kan bewijzen dat er een geest in dat huis is.'

Ik pak mijn mobiele telefoon uit mijn tas. 'Misschien is er iemand die dat wel kan.'

Vijfentwintig

Ben mag dan een scepticus zijn, hij is nieuwsgierig genoeg om die zaterdagmiddag bij mij thuis te zijn als Maeve met haar geestenjagersteam arriveert.

'Todd en Evan, de technici,' zegt ze als ze twee potige jongemannen aan me voorstelt die uit een witte bestelbus filmapparatuur laden. Het zijn broers, ze hebben allebei een rode baard en ze lijken zo op elkaar dat ik ze alleen uit elkaar kan houden omdat ze verschillende T-shirts aanhebben. Op Evans shirt staat 'Star Wars', op het shirt van Todd 'Alien'. Het verbaast me dat ze geen 'Ghostbusters'-shirts dragen.

Er komt een Volkswagen de oprit op die achter het witte bestelbusje wordt geparkeerd. 'Daar zal je Kim hebben, ons sensitieve teamlid,' zegt Maeve. Uit de Volkswagen stapt een broodmagere blondine, haar wangen zo diep ingevallen dat ik me afvraag of ze onlangs een ziekte heeft gehad. Ze komt op ons aflopen, maar blijft opeens stilstaan en kijkt omhoog naar het huis. Ze blijft daar zo lang onbeweeglijk staan dat Ben uiteindelijk vraagt: 'Wat is er met haar aan de hand?'

'Niets,' antwoordt Maeve. 'Ze probeert de energie van deze plek te voelen en vibraties op te vangen.'

'Voor we alles uitladen lopen we even het huis in om een eerste indruk vast te leggen,' zegt Todd. Hij richt zijn camera die al draait langzaam op de veranda en loopt de hal in. Omhoog naar de kroonlijsten kijkend zegt hij: 'Dit huis is behoorlijk oud. De kans is groot dat er nog íéts aanwezig is hier.'

'Vind je het goed als ik wat rondloop?' vraagt Kim.
'Natuurlijk,' antwoord ik. 'Ga je gang.'
Kim loopt de gang door, en de twee broers lopen al filmend achter haar aan. Als ze buiten gehoorsafstand zijn wendt Maeve zich tot Ben en mij. 'Ik heb Kim niets over je huis verteld. Ze is hier helemaal blanco omdat ik haar op geen enkele manier wil beïnvloeden.'

'U noemde haar uw sensitieve teamlid,' zegt Ben. 'Wat betekent dat precies, sensitief? Is dat net zoiets als paranormaal begaafd?'

'Kim beschikt over het vermogen om energieën in een ruimte te voelen en vertelt ons welke plekken speciaal gemonitord moeten worden. Ze is zeer accuraat.'

'Hoe meet je dat, accuratesse?' Er klinkt twijfel door in Bens stem, maar Maeve is totaal niet van haar stuk gebracht en glimlacht.

'Ava vertelde me dat u arts bent, dus dit zal u als een vreemde taal in de oren klinken. Maar ik kan u zeggen dat we heel veel van wat Kim ons vertelt kunnen bevestigen. Vorige maand beschreef ze tot in detail een overleden kind. We lieten haar pas later de foto van het kind zien en stonden ervan versteld hoe elk detail klopte met haar beschrijving. Alles klopte, tot aan het kanten kraagje van het bloesje van de jongen toe.' Voor ze verder gaat neemt ze Bens gezicht onderzoekend op. 'U heeft uw bedenkingen.'

'Ik probeer open-minded te zijn.'

'Wat zou u kunnen overtuigen, dokter Gordon?'

'Misschien als ik zelf een geest zou zien.'

'O, maar sommige mensen zien geen geesten. Daar zijn ze simpelweg niet toe in staat. Dus wat kunnen we doen om u van gedachten te doen veranderen, behalve dat de geest zich voor u materialiseert?'

'Doet het er iets toe wat ik geloof? Ik ben gewoon nieuwsgierig naar het proces, ik wil zien wat er gebeurt.'

Kim komt terug in de hal. 'We willen nu graag naar boven.'

'Heeft u al iets gevoeld?' vraagt Ben.

Kim geeft geen antwoord, maar loopt de trap op met Todd en Evan achter zich aan, hun camera's draaiend.

'Hoeveel van dit soort onderzoeken hebben jullie gedaan?' vraagt Ben aan Maeve.

'We hebben zo'n zestig, zeventig locaties bezocht, voornamelijk in New England. Als mensen verschijnselen signaleren die hen verontrusten, of dat nu krakende vloerplanken of geestverschijningen zijn, weten ze vaak niet wat ze ermee aan moeten en wenden ze zich tot ons.'

'Mag ik even storen?' Evan staat boven op de overloop en roept naar beneden. 'Er is een deur aan het einde van de gang. Mogen we daar naar binnen?'

'Ga je gang,' antwoord ik.

'De deur zit op slot. Heeft u een sleutel?'

'Hij kan niet op slot zitten.' Ik loop de trap op naar de eerste verdieping waar Kim en haar collega's voor de gesloten deur naar de toren staan.

'Wat zit er achter de deur?' vraagt Kim.

'Gewoon een trap. Die deur zit nooit op slot. Ik zou niet weten waar die sleutel is.' Ik draai de knop om en de deur gaat krakend open.

'Hé, ik zweer je dat hij op slot zat,' houdt Todd vol. Hij kijkt zijn broer aan. 'Je hebt het gezien. Ik kreeg hem niet open.'

'Luchtvochtigheid,' zegt Ben, die altijd overal een logische verklaring voor heeft. Hij buigt zich voorover om de deurstijl te onderzoeken. 'Het is zomer, het hout zet uit. Deuren gaan klemmen.'

'Dit is nog nooit eerder gebeurd,' zeg ik.

'Stel dat dit het werk van je geest is, waarom zou hij ons buiten de toren willen houden?'

Iedereen kijkt naar me. Ik geef geen antwoord. Ik wil geen antwoord geven.

Kim stapt als eerste over de drempel. Ze gaat twee treden op, maar blijft dan opeens staan en grijpt zich vast aan de leuning.

'Wat is er aan de hand?' vraagt Maeve.

Kim kijkt naar boven en vraagt fluisterend: 'Wat is daarboven?'

'Alleen de toren,' antwoord ik.

Kim haalt diep adem. En gaat op de volgende tree staan. Het is duidelijk dat ze niet naar boven wil, maar ze zet door. Terwijl ik achter de anderen aan loop, denk ik aan de nachten waarop ik hand in hand met de kapitein deze trap beklom. Ik denk aan de ruisende zijden rok om mijn benen, aan het flakkerende kaarslicht en aan mijn hart dat bonkte bij de gedachte aan wat me achter die fluwelen gordijnen te wachten stond. Ben tikt op mijn arm, en ik schrik op uit mijn gedachten.

'Ze maken er een heel showtje van,' fluistert hij.

'Volgens mij voelt ze echt iets.'

'Of ze weten hoe ze het spannend moeten maken. Wat weet je eigenlijk over deze mensen, Ava? Vertrouw je ze?'

'Ik ben inmiddels zover dat ik me tot iedereen wend die een antwoord voor me heeft.'

'Ook als het oplichters zijn?'

'Ik ben nu eenmaal deze weg ingeslagen. Laten we afwachten wat ze te vertellen hebben.'

We beklimmen de laatste treden naar de toren, waar Kim naar het midden loopt en opeens blijft staan. Ze heft haar hoofd op alsof ze gefluister hoort vanachter het gordijn dat de levenden van de doden scheidt. Todds camera draait nog, ik zie het opnamelichtje knipperen.

Kim ademt diep in en uit. Ze loopt langzaam naar het raam en kijkt naar buiten, naar de uitkijkpost. 'Er is hier ooit iets vreselijks gebeurd. In deze kamer,' zegt ze zacht.

'Wat zie je?' vraagt Maeve.

'Het is niet helemaal duidelijk. Het is een echo uit het verleden. Het zijn de rimpelingen in het water nadat je er een steentje in hebt gegooid. Het spoor van wat zij heeft gevoeld is hier blijven hangen.'

'Zij?' Maeve draait zich naar me toe en ik weet dat we allebei aan Aurora Sherbrooke denken, de vrouw die in deze toren is overleden. Hoelang heeft ze hier gelegen terwijl ze nog leefde? Heeft ze om hulp geroepen, geprobeerd om naar de trap te komen? Als je je vrienden en familie op afstand houdt, je voor de wereld afsluit, is het je straf om eenzaam en alleen te sterven en tot ontbinding over te gaan.

'Ik voel haar angst,' fluistert Kim. 'Ze weet wat haar te wachten staat, maar niemand kan haar helpen. Niemand kan haar redden. Ze is helemaal alleen in deze kamer. Met hem.'

Kapitein Brodie?

Kim draait zich naar ons om, haar gezicht lijkbleek. 'Er hangt hier een kwade energie. Iets krachtigs, iets gevaarlijks. Ik kan geen seconde langer in dit huis blijven. Echt niet.' Ze rent naar de trap en we horen haar voetstappen in paniek de treden af bonken.

Langzaam tilt Todd de camera van zijn schouder. 'Wat gebeurde er, Maeve?'

Maeve schudt verbijsterd haar hoofd. 'Ik heb geen idee.'

Maeve zit aan mijn keukentafel. Haar hand trilt als ze haar theekopje naar haar mond brengt en een slokje neemt.

'Ik werk al jaren samen met Kim. Het is voor het eerst dat ze tijdens het werk wegloopt. Wat er ook ooit in de toren is gebeurd, het heeft krachtige sporen achtergelaten. Ook al is het slechts een residu van energie, de emoties zijn er nog, ze zitten in die ruimte gevangen.'

'Wat bedoelt u met een residu van energie?' vraagt Ben. In tegenstelling tot de anderen lijkt het voorval in de toren van zojuist hem niets te doen. Hij staat een eindje bij ons vandaan tegen het aanrecht geleund. Zoals altijd de afstandelijke observant. 'Is dat hetzelfde als een geest?'

'Nee, het is meer de echo van een tragische gebeurtenis,' legt Maeve uit. 'Emoties die met die gebeurtenis gepaard gingen, worden opgeslagen op de plek waar het gebeuren zich afspeelde. Angst, pijn, verdriet kunnen jaren, zelfs eeuwen in een huis blijven hangen, en soms kan een levende die emoties voelen, zoals Kim net. Wat zich in de toren heeft afgespeeld heeft een indruk achtergelaten, en het incident blijft zich eindeloos herhalen, zoals een oude video-opname. Ik zag trouwens dat het dak van leisteen is.'

'Wat heeft dat ermee te maken?' vraagt Ben.

'Huizen met leisteen, ijzer of steen houden eerder die verre echo's vast.' Ze kijkt omhoog naar het decoratieve tinnen plafond in de keuken. 'Dit huis lijkt bijna wel ontworpen om herinneringen en sterke emoties vast te houden. Ze zijn hier nog steeds, en mensen zoals Kim kunnen ze voelen.'

'En mensen die niet gevoelig zijn, zoals ik?' zegt Ben. 'Ik heb nog nooit iets paranormaals ervaren. Waarom voel ik niets?'

'De meeste mensen brengen net als u hun leven door zonder dat ze zich bewust zijn van de verborgen energieën om zich heen. Mensen die kleurenblind zijn zullen nooit het dieprood van een kardinaalvogel zien. Ze weten niet wat ze missen, zoals u ook niet weet wat u mist.'

'Misschien ben ik wel beter af,' concludeert Ben. 'Nu ik heb gezien hoe Kim reageerde, zie ik liever geen geesten.'

Maeve slaat haar ogen neer en zegt rustig: 'Een geest is nog ongevaarlijk, maar dit...'

De klap waarmee een aluminium kist op de grond wordt gezet doet me overeind schieten in mijn stoel. Ik draai me om en zie dat Evan met de laatste opnamespullen komt binnenlopen.

'Je wilt camera A in de toren opgesteld hebben, hè?' vraagt hij aan Maeve.

'Ja. Daar had Kim het sterkste gevoel.'

Hij haalt diep adem. 'Ik krijg daar ook kippenvel.'

'Daarom moeten we ons op de toren concentreren.'

Ik sta op. 'We helpen wel even de spullen naar boven te brengen.'

'Nee,' zegt Maeve. 'Ik wil dat jullie ons alles laten doen. Ik heb het liefst dat mijn cliënten de nacht elders doorbrengen, zodat wij ons op ons werk kunnen concentreren.' Ze slaat een blik op Hannibal, die in de keuken rondsluipt. 'Je kat moet beslist opgesloten worden, zijn bewegingen verstoren onze apparatuur.'

'Maar ik wil zien wat jullie doen,' zegt Ben. Hij werpt me een vluchtige blik toe. 'Wij allebei.'

'Dan moet ik jullie waarschuwen, het kan namelijk oersaai zijn,' zegt Maeve. 'Je moet de hele nacht opblijven en de meters in de gaten houden.'

'En als we heel stil zijn en niet in de weg lopen?'

'U gelooft toch niet in geesten, dokter Gordon? Waarom wilt u erbij zijn?' vraagt Maeve.

'Misschien verander ik wel van gedachten,' antwoordt Ben, maar ik weet dat dat niet het werkelijke antwoord is. Hij wil erbij zijn omdat hij hun apparatuur, hun methoden, het hele team eigenlijk, niet vertrouwt.

Maeve fronst haar voorhoofd, tikt met haar pen op de papieren. 'Het is niet onze normale manier van werken. Geesten verschijnen minder gauw als er te veel mensen bio-elektrische signalen uitzenden.'

'Dit is Ava's huis,' brengt Ben in het midden. 'Is het niet aan haar om te bepalen wat er gebeurt?'

'Ik wil dat u begrijpt dat de kans bestaat dat door jullie aanwezigheid geen verschijning plaatsvindt. Maar hoe dan ook, ik sta erop dat de kat wordt opgeborgen.'

Ik knik. 'Ik doe hem in zijn draagmand.'

Maeve kijkt op haar horloge en staat op. 'Over een uur is het donker. Ik ga aan de slag.'

Terwijl Maeve naar boven loopt om zich bij haar team te voegen, blijven Ben en ik achter in de keuken. Als ze buiten gehoorsafstand is zegt hij: 'Ik hoop niet dat je ze betaalt.'

'Ze hebben geen cent gevraagd. Ze doen dit voor hun onderzoek.'

'Is dat de enige reden?'

'Wat voor reden zouden ze nog meer kunnen hebben?'

Hij werpt een blik naar boven waar voetstappen over de gang van de eerste verdieping klinken. 'Ik wil dat je voorzichtig bent met die mensen. Ze geloven misschien wel in wat ze doen, maar het kan ook zijn dat ze...'

'Dat ze?'

'Je geeft ze de volledige toegang tot je huis. Waarom wilden ze niet dat we zien wat ze doen?'

'Volgens mij ben je een beetje paranoïde.'

'Ik weet dat je erin wilt geloven, Ava, maar paragnosten storten zich vaak op mensen als ze op hun kwetsbaarst zijn. Je hebt inderdaad dingen gezien en gehoord die je niet kunt verklaren, maar je bent nog maar net hersteld van een bacteriële infectie. Kattenkrabziekte kán de oorzaak zijn van wat jij hebt ervaren.'

'Je bedoelt dat ik het hele onderzoek moet afblazen?'

'Ik vraag je alleen maar voorzichtig te zijn. Je bent al met ze in zee gegaan, dus we laten ze hun ding doen. Maar laat ze niet alleen in je huis. Ik blijf ook.'

'Dank je.' Ik kijk uit het raam naar buiten waar de schemering elk moment kan overgaan in de nacht. 'We zullen zien wat er gebeurt.'

Zesentwintig

Ik lok Hannibal met een bakje eten zijn mand in en hij merkt het niet eens als ik het luikje sluit. Hij zit te diep met zijn kop in het kattenvoer. Terwijl Maeve, Todd en Evan in verschillende kamers van het huis hun apparatuur opstellen, houd ik me bezig met waar ik het beste in ben: mensen voeden. Ik weet dat je van lang opblijven honger krijgt, dus ik maak broodjes met ham, kook twaalf eieren en zet een grote pot koffie om ons gedurende de nacht van brandstof te voorzien. Tegen de tijd dat ik al het eten op een schaal heb gelegd, is de avond gevallen.

Ben steekt zijn hoofd om de hoek van de keukendeur en zegt: 'Ze doen straks alle lichten uit. Ze zeiden dat je nu naar boven moet komen als je wilt zien hoe de apparatuur opgesteld staat.'

Met de schaal broodjes volg ik hem de trap op. 'Waarom moeten alle lichten uit?'

'Wie zal het zeggen? Misschien zie je ectoplasma dan gemakkelijker.'

'Ben, met een negatieve houding komen we geen stap verder. Je kunt er de resultaten mee saboteren.'

'Ik zou niet weten hoe. Als de geest wil verschijnen, zal hij verschijnen, of ik nu in hem geloof of niet.'

Als we in de toren zijn, schrik ik van de hoeveelheid apparatuur die Maeve en haar collega's naar boven hebben gesleept. Ik zie filmcamera's, statieven, een bandrecorder en allerlei andere instrumenten waarvan ik niet weet waar ze voor dienen.

'Er ontbreekt nog een geigerteller,' merkt Ben droog op.

'Nee, we hebben dit apparaat.' Evan wijst naar een meter op de vloer. 'We hebben ook een camera beneden in de hal geplaatst en een in de grote slaapkamer.'

'Waarom daar?' vraagt Ben.

'Omdat de geest daar een paar keer is verschenen. Dat is ons verteld.'

Ben kijkt naar me en het bloed stijgt naar mijn wangen. 'Ik heb hem daar een paar keer gezien,' beken ik.

'Maar deze toren lijkt het middelpunt van paranormale activiteit te zijn,' zegt Maeve. 'Omdat Kim hier het sterkst reageerde, richten we onze aandacht op deze kamer.' Ze kijkt op haar horloge. 'Oké, het is tijd om alle lichten uit te doen. Is iedereen er klaar voor? We hebben een lange nacht voor de boeg.'

Tegen twee uur die nacht hebben we alle broodjes ham en alle gekookte eieren op en heb ik de thermoskannen vier keer met verse koffie gevuld. Geesten jagen, zo heb ik ontdekt, is een oersaaie bezigheid. Urenlang hebben we in het halfduister zitten wachten tot er iets gebeurde. Maeves team kan zich tenminste nog met de apparatuur bezighouden, aantekeningen maken en zo nu en dan een batterij vervangen.

Maar de geest moet nog verschijnen.

Maeve roept voor de zoveelste keer in de duisternis: 'Hallo, we willen met je praten! Wie ben je? Hoe heet je?'

Het brandende rode lichtje op de bandrecorder geeft aan dat er voortdurend wordt opgenomen, maar ik hoor niets. Geen stem van een geest die Maeves vragen beantwoordt, geen ectoplastische nevel die zich materialiseert. Hier zitten we dan met voor duizenden dollars aan elektronische apparatuur te wachten op een reactie van kapitein Brodie, die natuurlijk juist vanavond niet meewerkt.

Er verstrijkt weer een uur en ik word zo slaperig dat ik mijn ogen nauwelijks nog kan openhouden. Als ik wegdoezel tegen Bens schouders, fluistert hij: 'Waarom ga je niet naar bed?'

'Ik wil niks missen.'

'Het enige wat je zult missen is een goede nachtrust. Ik blijf op en houd alles in de gaten.'

Hij helpt me overeind en ik ben zo stijf van het op de grond zitten dat ik bijna niet op mijn benen kan staan. Door een waas zie ik in het halfduister de silhouetten van Maeve, Todd en Evan. Zij hebben het geduld om de hele nacht in het donker te wachten, maar ik ben het meer dan zat.

Ik daal op de tast de torentrap af en loop naar mijn slaapkamer. Ik neem niet eens de moeite om me uit te kleden. Ik schop mijn schoenen uit, plof op bed neer en val in een diepe, droomloze slaap.

Ik word wakker van de klik waarmee statiefpoten worden dichtgeklapt. De zon schijnt door het raam naar binnen en met half toegeknepen ogen zie ik dat Todd in de hoek van de kamer op zijn hurken een cameralens in een aluminium koffer opbergt. Ben staat in de deuropening met een kop koffie in zijn hand.

'Hoe laat is het?' vraag ik.

'Negen uur geweest,' antwoordt Ben. 'Ze gaan vertrekken.' Hij zet een dampende kop koffie op mijn nachtkastje. 'Ik dacht ik breng je nog even koffie voor ik er ook vandoor ga.'

Ik ga geeuwend rechtop zitten en kijk hoe Todd de camera in zijn koffer doet. 'Ik ben helemaal vergeten dat er een camera in mijn kamer stond.'

Todd lacht. 'We hebben waarschijnlijk zes interessante uren van jou slapend in bed vastgelegd.'

'Wat is er vannacht in de toren gebeurd?'

'We moeten de beelden bekijken. Je krijgt een uitgebreid verslag van Maeve.' Todd klapt zijn koffer dicht en staat op om te vertrekken. 'Misschien is er iets op de beelden te zien. We laten het je weten.'

Ben en ik zeggen geen woord als Todd naar beneden gaat. We horen de voordeur dichtvallen.

'Ben je de hele nacht opgebleven?' vraag ik.

'Ja. De hele nacht.'

'En? Is er iets gebeurd?'

Ben schudt zijn hoofd. 'Helemaal niets.'

Als Ben weg is, hijs ik me uit bed en gooi een plens water in mijn gezicht. Ik zou het liefst weer in bed kruipen en de rest van de dag slapen, maar omdat ik Hannibal beneden hoor miauwen ga ik naar de keuken, waar hij me vanachter het luikje van zijn mand boos aankijkt. De berg kattenvoer die ik hem gisteravond heb gegeven is helemaal op. Hoe kan het ook anders? Het is nog geen tijd om hem weer eten te geven, dus til ik de mand naar de voordeur en bevrijd hem buiten. Daar gaat hij, een tijgergestreepte vetzak waggelt de tuin in.

'Wat beweging kan geen kwaad,' zeg ik en ik sluit de deur.

Nu iedereen zijn spullen heeft gepakt en weg is, is het verontrustend stil in huis. Ik schaam me eigenlijk best wel dat ik hun heb gevraagd Brodie's Watch te onderzoeken. Zoals Ben al voorspelde hebben ze geen enkel bewijs voor het bestaan van een geest gevonden. Hij zou zeggen dat een dergelijk bewijs niet bestaat, dat mensen zoals Maeve met hun camera's en ingewikkelde apparatuur aan waanideeën lijden, een patroon denken te horen in toevallige geluiden en de stofdeeltjes voor hun cameralenzen voor bovennatuurlijke wezens aanzien. Hij zou zeggen dat Brodie's Watch gewoon een oud huis is met krakende vloeren, een beruchte reputatie en een huurder die te veel drinkt. Ik vraag me af wat hij na vannacht van me denkt.

Nee, eigenlijk wil ik het niet weten.

In het volle daglicht lijkt mijn obsessie met Jeremiah Brodie volstrekt irrationeel. Hij is al anderhalve eeuw dood, en ik zou hem in vrede moeten laten rusten. Het wordt tijd dat ik terugkeer naar de werkelijke wereld. Weer aan het werk ga.

Ik zet een pot verse koffie, zet de gietijzeren pan op het vuur en bak in dobbelsteentjes gesneden bacon en aardappelschijfjes tot ze krokant zijn, voeg er gesneden uien en groene peper en twee geklutste eieren aan toe. Het is mijn eenpansontbijt op de ochtenden dat ik een lange werkdag voor de boeg heb.

Ik schenk een derde kop koffie in en ga met mijn roerei aan de eettafel zitten. Ik ben inmiddels klaarwakker, voel me bijna weer mens en gier van de honger. Ik schrok mijn ontbijt naar binnen, blij dat ik in mijn eentje ben en dat niemand ziet hoe ongegeneerd ik zit te eten. De rest van de dag zal ik wijden aan *Aan tafel met de kapitein*. Ik laat me niet meer afleiden, geen onzin meer met geesten. De echte Jeremiah Brodie bestaat alleen nog uit op de zeebodem verspreid liggende botten. Ik ben misleid door een legende, door mijn eigen wanhopige eenzaamheid. Als er al demonen in dit huis zijn, dan heb ik die zelf meegebracht. Het zijn de demonen die me sinds oudjaarsavond kwellen. Alles wat ervoor nodig is om ze op te roepen, is een paar glaasjes te veel.

Ik zet de afwas in de gootsteen en open mijn laptop om verder te werken aan *Aan tafel met de kapitein*. Hoofdstuk negen: 'Juwelen uit de zee'. Is er nog iets nieuws te zeggen over schaaldieren? Ik pak mijn handgeschreven aantekeningen erbij die ik afgelopen zaterdagochtend aan boord van kreeftenboot *The Lazy Girl* heb gemaakt. Ik herinner me de geur van diesel en de cirkelende meeuwen boven ons hoofd toen onze boot bij de eerste kreeftenboei kwam. Kapitein Andy hees zijn kooi uit het water en toen deze met een smak op het dek neerkwam, waren ze daar, groen en glinsterend. Met hun glanzende schilden en insectenpoten lijken kreeften onappetijtelijk veel op kakkerlakken. Het zijn kannibalen, vertelde hij, ze eten elkaar in gevangenschap op. Dit gruwelijke feit is de reden waarom kreeftenvangers de scharen van de kreeften dichtbinden.

Levende kreeft is niet lekker, maar in kokend water verandert dat groene beest in zacht, verrukkelijk vlees. Ik denk aan de verschillende manieren waarop ik kreeft heb gegeten: druipend van de boter, met mayonaise op een geroosterde boterham, op de Chinese manier gebakken met knoflook en zwartebonensaus, gekookt in room en sherry.

Ik begin te typen en breng eerst een ode aan de kreeft. Geen kost voor zeekapiteins die het als armeluisvoedsel beschouwden, maar kost voor keukenmeiden en tuinmannen. Ik beschrijf hoe de armen kreeft klaarmaakten, dat ze die met mais en aardappelen lieten sudderen of eenvoudigweg in zout water kookten en in een lunchtrommel deden. Ondank mijn stevige ontbijt krijg ik weer trek, maar ik ga door met schrijven. Als ik uiteindelijk op de klok kijk, zie ik tot mijn verbazing dat het al zes uur is.

Borreltijd.

Ik sla de tekst die ik net heb geschreven op en trek als beloning voor het harde werken een heerlijke fles cabernet open. Eén of hooguit twee glazen, neem ik me voor. De kurk plopt vrolijk, en net als bij de hond van Pavlov loopt het water me in de mond en smacht ik naar de kick van alcohol. Ik neem een slok en slaak een zucht van genot. Ja, het is absoluut heerlijke wijn, vol en vlezig. Wat zal ik erbij klaarmaken als avondeten?

Mijn laptop pingt, het sein dat er een e-mail binnenkomt. Als ik de naam van de afzender zie, denk ik niet meer aan mijn avondeten of aan mijn werk aan *Aan tafel met de kapitein*. Mijn eetlust is op slag verdwenen. Ervoor in de plaats voel ik een knagende leegte in mijn maag.

De e-mail is van Lucy.

Het is de vierde e-mail die ze me deze week stuurt, en mijn antwoorden – als ik dat al deed – waren kort: *Gaat prima met me, heb het druk*. Of: *Ik schrijf later meer*. Dit nieuwe bericht van haar heeft als onderwerp: *Herinner je je deze dag?*

Ik wil het bericht niet openen omdat ik opzie tegen het schuldgevoel dat er geheid op zal volgen, maar iets dwingt me de muis te pakken. Mijn hand is gevoelloos als ik het bericht openklik. Een foto vult het scherm.

Het is een oude foto van Lucy en mij die genomen is toen ik tien was, zij twaalf. We zijn allebei in badpak en we hebben onze lange, magere armen over elkaars schouder geslagen. We zijn bruin en we lachen. Achter ons het glinstert het meer, helder als zilver. Ja, ik herinner me die dag heel goed. Een warme, broeierige middag in oma's cottage aan het meer. Een picknick met gebraden kip en geroosterde maiskolven. Die ochtend had ik helemaal alleen havermoutkoekjes gebakken, als tienjarige voelde ik me al thuis in de keuken. 'Ava wil iedereen te eten geven, Lucy wil iedereen genezen,' zo typeerde onze moeder haar dochters. Die dag aan het meer bezeerde ik mijn voet aan een rots, en ik weet nog hoe liefdevol Lucy mijn wond waste en verbond. Terwijl de andere kinderen in het water speelden, bleef Lucy bij me om me aan de oever gezelschap te houden. Als ik haar nodig had, als ik ziek was of verdrietig of geen geld meer had, was zij er altijd voor me.

Maar nu niet meer, want ik kan haar niet recht in de ogen kijken en laten zien wie ik werkelijk ben. Ik wil er niet aan herinnerd te worden wat ik haar heb aangedaan.

Ik nip van de cabernet terwijl ik naar die foto staar en denk terug aan wie we ooit waren. Zusjes die elkaar adoreerden. Zusjes die elkaar nooit pijn zouden doen. Mijn vingers hangen boven het toetsenbord, klaar om een antwoord te tikken. Een bekentenis af te leggen. De waarheid is als een rots die me verbrijzelt. Wat zou het een opluchting zijn om me van deze last te bevrijden en haar te vertellen over Nick. Over oudjaarsavond.

Ik schenk mijn glas opnieuw vol. Ik proef de wijn niet meer, maar blijf doordrinken.

Ik stel me voor dat Lucy mijn bekentenis leest, zittend aan

haar bureau waarop foto's staan van Nick die haar toelacht. Nick, die nooit oud zal worden, die voor altijd de man zal zijn die zij aanbad, en die op zijn beurt haar aanbad. Ze zal mijn bekentenis lezen en de waarheid over hem te weten komen, en over mij.

En haar hart zal breken.

Ik klap de laptop dicht. Nee, dat kan ik haar niet aandoen. Het is beter om met het schuldgevoel te leven en het geheim mee mijn graf in te nemen. Soms is zwijgen de enige manier om je liefde te bewijzen.

Als de avond valt, is de fles wijn leeg.

Ik heb geen idee hoe laat het is als ik uiteindelijk naar boven wankel en op mijn bed neerplof. Ik ben dronken, maar kan de slaap niet vatten. Terwijl ik in het donker wakker lig, denk ik aan de vrouwen die eenzaam en alleen hier in Brodie's Watch zijn overleden. Wat waren hun geheimen, welke zonden uit het verleden hebben hen ertoe gebracht zich in dit huis af te zonderen? Maeve zei dat sterke emoties zoals angst en verdriet nog jaren in een huis kunnen blijven hangen. Geldt dat ook voor schuldgevoel? Zal de persoon die over een eeuw in deze kamer slaapt hetzelfde schuldgevoel voelen dat als een kankergezwel aan mij knaagt? Mijn verdriet is bijna fysiek voelbaar, en ik rol me op tot een bal, alsof ik daarmee de pijn uit me kan persen.

De geur van de zee is plotseling zo sterk, zo levensecht, dat ik zout op mijn lippen proef. Mijn hart begint te bonken. De haartjes op mijn arm staan rechtovereind, alsof de duisternis elektrisch geladen is. Nee, dit is mijn fantasie. Kapitein Brodie bestaat niet. Maeve heeft bewezen dat er geen geest in dit huis leeft.

'Hoer.'

Bij het geluid van zijn stem schiet ik overeind. Hij staat naast mijn bed, zijn gezicht gaat schuil in het donker, ik zie alleen zijn silhouet.

'Ik weet wat je hebt gedaan.'
'Je bent niet echt,' fluister ik. 'Je bestaat niet.'
'Ik ben wat je zoekt. Ik ben wat je verdient.' Ik kan zijn gezichtsuitdrukking niet zien, maar ik hoor verwijt in zijn stem en ik weet wat hij vanavond voor me in petto heeft. *Hier in mijn huis zul je vinden wat je zoekt*, heeft hij een keer gezegd. Wat ik zoek is straf om mijn zonden weg te wassen. Om me te reinigen.

Mijn adem stokt als hij me overeind trekt. Bij zijn aanraking draait de kamer om me heen als in een caleidoscoop van vuur en fluweel. In een mum van tijd word ik naar zijn tijd geslingerd. Naar de tijd dat dit huis van hem was, zijn koninkrijk, en ik sta tot zijn beschikking. Ik zie dat ik vanavond geen zijden of fluwelen jurk aanheb, maar een doodgewone katoenen nachtpon die zo dun is dat ik mijn eigen vormen zie, schaamteloos naakt onder de fijne stof. De hoer, haar zonden zijn voor iedereen zichtbaar.

Hij leidt me de slaapkamer uit naar de gang. De houten vloer is warm onder mijn blote voeten. De deur naar de toren geeft bij het openen een waarschuwende kraak en we beklimmen de trap. In de deuropening boven verspreidt het haardvuur een luguber licht, alsof me daar de hel wacht en ik mijn gerechte straf tegemoet ga. Mijn nachtpon is ragdun, maar ik voel de koelte van de nacht niet. Mijn huid is koortsig warm, alsof ik de hitte van zwavel nader. Voor de laatste twee treden blijf ik staan, ik durf niet over de drempel te stappen. In zijn toren heb ik zowel pijn als genot gekend. Welke straf staat mij vannacht te wachten?

'Ik ben bang,' mompel ik.

'Je hebt al toegestemd.' Zijn glimlach bezorgt me koude rillingen. 'Je hebt me toch ontboden?'

'Ik? Jou ontboden?'

Zijn hand omklemt de mijne. Ik kan me niet verzetten, ben weerloos als hij me de laatste twee treden naar de toren op sleept.

En daar in de helse vuurgloed zie ik wat me wacht.

Kapitein Brodie heeft voor publiek gezorgd.

Hij duwt me een kring van mannen in. Ik kan nergens heen, kan me nergens verstoppen. Twaalf mannen staan om me heen, ze staren me van alle kanten aan terwijl ik daar sta, jammerlijk blootgesteld aan hun blikken. Het is warm, maar ik ril. Net als de kapitein zijn hun gezichten bruinverbrand van de zon en zijn hun kleren doortrokken van de geur van de zee. Maar deze mannen zijn ruig en ongeschoren, hun overhemden vuil en versleten.

Zijn bemanning. Een twaalfkoppige jury.

Brodie pakt me bij de schouders en leidt me in de kring rond alsof ik een bekroond kalf ben dat te koop is. 'Heren, hier de verdachte!' roept hij. 'Het is aan u een oordeel te vellen.'

'Nee.' In paniek probeer ik me los te rukken, maar zijn greep is te stevig. 'Nee!'

'Beken, Ava. Vertel wat je hebt misdaan.' Hij leidt me nogmaals de kring rond, dwingt me iedere man afzonderlijk in de ogen te kijken. 'Laat ze diep in je ziel kijken, laat ze zien waar je schuldig aan bent.' Hij geeft me een zet en ik kom voor een van de zeemannen te staan, een man die me met zwarte, wezenloze ogen aanstaart.

'Je zei dat me niets zou gebeuren!'

'Is dit niet wat je zoekt? Straf?' Hij sleurt me verder vooruit en ik val op mijn knieën. Terwijl ik daar in die kring van mannen lig, loopt hij om me heen. 'Hier ziet u de verdachte zoals ze in werkelijkheid is. U hoeft geen medelijden met haar te hebben.' Hij draait zich om en wijst naar me als een rechter die een gevangene schuldig verklaart. 'Beken, Ava.'

'Beken!' roept een van de mannen. De anderen vallen in, een koor dat aanzwelt tot een oorverdovende kakofonie. 'Beken! Beken!'

Brodie trekt me overeind. 'Vertel hun wat je hebt gedaan,' beveelt hij.

'Stop! Alsjeblieft!'
'Vertel het.'
'Laat ze ophouden!'
'Vertel met wie je hebt geneukt!'
Ik val weer op mijn knieën. 'Met de man van mijn zus,' fluister ik.

Plotseling komt alles bij me terug. Het klinken van de champagneglazen. Het kraken van de oesterschelpen. Oudjaarsavond. De laatste gasten zijn weg, Lucy is voor een patiënt naar het ziekenhuis.
Nick en ik, samen in mijn appartement.
Ik herinner me hoe wankel we op onze benen stonden toen we de vuile schalen naar de gootsteen brachten. Ik herinner me dat we samen in de keuken stonden en giechelend de laatste champagne in onze glazen schonken. Buiten dwarrelden sneeuwvlokken neer, we zaten in de vensterbank en proostten. Ik herinner me dat ik zijn ogen zo blauw vond, zo van zijn lach hield en dat ik me afvroeg waarom ik niet net zo gelukkig kon zijn als mijn zus, die slimmer en aardiger is dan ik en die veel, veel gelukkiger in de liefde is dan ik ooit zal zijn. Waarom kon ik niet hebben wat zij had?
Het was geen vooropgezet plan. We wisten niet dat het zou gebeuren.
Ik stond onvast op mijn benen, en toen ik naar de gootsteen liep struikelde ik. Nog geen tel later stond hij naast me. Typisch Nick, altijd bereid te helpen, altijd eropuit me aan het lachen te maken. Hij trok me overeind, en in die wankele, benevelde toestand viel ik tegen hem aan. Hij pakte me vast en het onvermijdelijke gebeurde. Ik voelde zijn opwinding, en plotseling was het er, zo explosief als benzine die vlam vat. Ik was net zo buiten zinnen, net zo schuldig als hij. Ik rukte aan zijn overhemd, hij sjorde mijn jurk omhoog. Daarna lag ik onder hem op de koude

tegels, hijgend bij elke stoot. Ik genoot ervan, had het nodig. Ik wilde neuken en hij was er, en door die verraderlijke champagne hadden we onszelf niet in de hand. We waren twee bronstige beesten, grommend en geil, ons niet bewust van de consequenties.

Maar toen we na afloop allebei halfnaakt op de keukenvloer lagen en het tot me doordrong wat we hadden gedaan, werd ik zo misselijk dat ik naar de badkamer strompelde en hoestend en proestend zure wijn en spijt uitbraakte. Daar, hangend boven de wc, begon ik te snikken. *Gedane zaken nemen geen keer.* De woorden van lady Macbeth drongen zich aan me op, een waarheid die ik wilde uitwissen, maar de woorden bleven in mijn hoofd echoën.

Ik hoorde Nick in de kamer kreunen. 'O, mijn god. O, mijn god.'

Toen ik uiteindelijk de badkamer uit kwam trof ik hem ineengedoken op de grond aan, zich heen en weer bewegend en zijn hoofd in zijn handen. Deze gebroken Nick was een vreemde die ik niet kende, hij joeg me angst aan.

'Jezus, wat bezielde ons?' snikte hij.

'Ze mag het niet te weten komen.'

'Dat dit is gebeurd! Wat moet ik in godsnaam doen?'

'Dat zal ik je vertellen. We vergeten dit, Nick.' Ik knielde naast hem neer, pakte hem bij de schouders en schudde hem zachtjes door elkaar. 'Beloof dat je het haar nooit vertelt. Belóóf het me.'

'Ik moet naar huis.' Hij duwde me opzij en kwam wankelend overeind. Hij was zo dronken dat hij nauwelijks zijn overhemd kon dichtknopen en zijn riem kon vastmaken.

'Je hebt te veel gedronken. Je mag niet rijden.'

'Ik kan hier niet blijven.' Hij strompelde de keuken uit en ik liep achter hem aan, probeerde hem tot rede te brengen toen hij zijn jas aantrok en de trap af liep. Hij was te geagiteerd om te luisteren.

'Nick, niet weggaan!' smeekte ik.

Het lukte me niet hem tegen te houden. Hij was dronken en de wegen waren spekglad, maar ik kon hem niet op andere gedachten brengen. Vanuit de deuropening zag ik hem de nacht in strompelen. Sneeuwvlokken dwarrelden neer, dikke, vette vlokken vertroebelden de laatste glimp die ik van hem opving. Ik hoorde het portier van zijn auto dichtslaan, en het schijnsel van zijn achterlichten verdween in de duisternis.

De volgende keer dat ik Nick zie, ligt hij in coma in een ziekenhuisbed. Lucy zit op een stoel naast hem. Haar ogen zijn hol van uitputting, hoofdschuddend mompelt ze steeds maar weer: 'Ik begrijp het niet. Hij is altijd zo voorzichtig. Waarom had hij zijn veiligheidsgordel niet om? Waarom is hij dronken in de auto gestapt?'

Ik ben de enige die het antwoord weet, maar zeg niets. Ik zal het haar nooit vertellen. Ik begraaf de waarheid, bewaak die als een explosief dat kan ontploffen en ons beiden kan vernietigen. Wekenlang weet ik me te beheersen om Lucy te sparen. Ik zit naast haar in het ziekenhuis. Ik haal donuts en koffie, soep en broodjes voor haar. Ik speel de liefhebbende jongere zus, maar het schuldgevoel vreet aan me als een gevaarlijk knaagdier. Ik ben bang dat Nick bijkomt en haar vertelt wat er tussen ons is gebeurd. Lucy bidt voor Nicks herstel, maar ik hoop dat hij nooit meer bijkomt.

Vijf weken na het ongeluk ging mijn wens in vervulling. Ik herinner me het overweldigende gevoel van opluchting toen ik het signaal van een rechte lijn op de monitor hoorde. Ik herinner me dat ik Lucy vasthield toen de verpleegkundige de beademing stopzette en Nicks borst geen beweging meer vertoonde. Terwijl Lucy in mijn armen snikte, dacht ik: Godzijdank is het voorbij. Godzijdank zal hij haar de waarheid nooit vertellen.

Wat me tot een nog groter monster maakt dan ik al ben. Ik wilde dat hij doodging. Ik wilde iets wat het hart van mijn zus brak.

'De man van je eigen zus,' zegt Brodie. 'Door jou is hij dood.'
 Ik buig mijn hoofd, zwijg. De waarheid is te pijnlijk om te erkennen.
 'Zeg het, Ava. Zeg de waarheid. Je wilde dat hij doodging.'
 'Ja,' snik ik. 'Ik wilde dat hij doodging.' Mijn stem gaat over in gefluister. 'En dat gebeurde.'
 Kapitein Brodie wendt zich tot zijn bemanning. 'Heren, welke straf verdient ze voor het verraden van mensen die ze liefhad?'
 'Geen genade!' roept een van de mannen.
 Een andere man valt hem bij, de een na de ander volgt, ze zijn niet te stuiten.
 'Geen genade!'
 'Geen genade!'
 Ik druk mijn handen tegen mijn oren in een poging het geschreeuw buiten te sluiten, maar twee mannen trekken mijn polsen van mijn hoofd zodat ik word gedwongen het te horen. Hun handen zijn ijskoud, ik voel niet het warme vlees van de levenden, maar het vlees van koude, dode mannen. Ik kijk in paniek om me heen naar de gesloten kring en zie plotseling geen mannen maar lijken, macabere, hologige getuigen van een executie van een gevangene.
 Brodie torent boven hen uit, zijn ogen koud, reptielachtig donker. Waarom heb ik dit niet eerder gezien? Dit wezen heeft me in mijn dromen achtervolgd, hij wond me op, hij strafte me. Waarom heb ik hem niet in zijn werkelijke hoedanigheid gezien?
 Een demon. Mijn demon.

Ik word gillend wakker. Ik kijk in paniek om me heen, zie dat ik weer in mijn slaapkamer ben, in mijn bed, de lakens om me heen gedraaid, vochtig van het zweet. Zonlicht stroomt door de ramen naar binnen, het heldere, felle licht steekt in mijn ogen.

Door het bonzen van mijn hart heen hoor ik, ergens ver weg, mijn mobiele telefoon rinkelen. Ik was gisteravond zo dronken dat ik hem in de keuken heb laten liggen en ik voel me nu me te beroerd om uit bed te stappen om op te nemen.

Na een tijdje stopt het gerinkel.

Ik knijp mijn ogen dicht en zie hem weer, hij kijkt op me neer met zijn donkere slangenogen. Ogen die hij niet eerder aan me heeft laten zien. Ik zie de kring van mannen. Ze hebben allemaal dezelfde ogen, ze staan om me heen en kijken toe hoe hun kapitein in actie komt om zijn straf uit te delen.

Ik grijp naar mijn hoofd, probeer wanhopig het beeld weg te drukken, maar het lukt me niet. Het staat in mijn geheugen gegrift. *Is het werkelijk gebeurd?*

Ik kijk naar mijn lichaam, onderzoek mijn polsen op blauwe plekken. Ik zie er geen, maar de herinnering aan die knokige handen om mijn armen is zo levendig dat ik niet kan geloven dat er geen spoor van te bekennen is.

Ik hijs me uit bed en bekijk mijn rug in de spiegel. Geen striemen. Ik staar naar mijn gezicht en zie een vrouw die ik nauwelijks herken, een vrouw met diepliggende ogen en wild, verward haar. Wie ben ik geworden? Wanneer ben ik in deze spookverschijning veranderd?

Beneden gaat opnieuw mijn telefoon, en deze keer hoor ik een zekere urgentie in het geluid. Tegen de tijd dat ik in de keuken ben, is het rinkelen gestopt, maar ik heb twee voicemails. Allebei van Maeve.

'Bel me zo snel mogelijk.'

En: 'Ava, waar ben je? Het is belangrijk. Bel me!'

Ik heb geen zin om haar, of wie dan ook, te woord te staan. Niet voordat ik mijn hoofd kan leegmaken en me weer fit voel. Maar haar bericht maakt me ongerust, en na gisteravond heb ik meer dan ooit duidelijkheid nodig.

Nadat de telefoon twee keer is overgegaan neemt ze op. 'Ava,

ik ben naar je op weg. Ik ben er over een halfuur.'
'Waarom? Wat is er aan de hand?'
'Ik moet je iets laten zien. Het staat op de video die we in je huis hebben opgenomen.'
'Maar ik dacht dat er die avond niets was gebeurd? Dat zei Ben tegen me. Hij zei dat jullie instrumenten niets ongewoons hebben opgenomen.'
'Niet in de toren. Maar ik heb vanochtend de rest van de beelden bekeken. Er is wel degelijk iets te zien, Ava. Het zijn opnamen van een andere camera.'
Mijn hart begint te bonzen. 'Welke?' vraag ik, het bloed suist zo hard in mijn oren dat ik haar antwoord amper hoor.
'De camera die in je slaapkamer stond.'

Zevenentwintig

Ik sta buiten op de veranda als Maeve haar auto voor mijn huis parkeert. Ze stapt uit met een laptop in haar hand en heeft een sombere trek op haar gezicht als ze het trappetje op loopt. 'Gaat het goed met je?' vraagt ze.
'Waarom vraag je dat?'
'Omdat je er moe uitziet.'
'Ik voel me eerlijk gezegd belabberd.'
'Hoe kan dat?'
'Ik heb gisteravond veel te veel gedronken. En ik had een afschuwelijke droom. Over kapitein Brodie.'
'Weet je zeker dat dat alles was? Een droom?'
Ik veeg mijn haar uit mijn gezicht. Ik heb het nog steeds niet gekamd. Ik heb zelfs mijn tanden nog niet gepoetst. Ik heb alleen schone kleren aangetrokken en een kop koffie gedronken, tot meer was ik niet in staat. 'Ik ben nergens meer zeker van.'
'Ik ben bang dat deze video je niet de antwoorden geeft die je nodig hebt,' zegt ze naar haar laptop wijzend. 'Maar hij kan je er misschien wel van overtuigen dat je hier weg moet.' Maeve loopt naar binnen, blijft staan en kijkt om zich heen alsof ze het gevoel heeft dat er iemand in huis is. Iemand die haar daar niet wil.
'Laten we in de keuken gaan zitten,' zeg ik. Het is de enige ruimte waar ik de aanwezigheid van de geest nog nooit heb gevoeld en waar ik de geur die hem aankondigt nog nooit heb geroken. Tijdens het leven van Jeremiah Brodie was de keuken

de plek waar alleen het bedienend personeel kwam. De heer des huizes is er waarschijnlijk maar zelden geweest.

We gaan aan tafel zitten en Maeve opent haar laptop. 'We hebben de beelden van alle camera's bekeken,' zegt ze. 'Bijna al onze apparatuur stond in de toren opgesteld omdat je hem daar hebt gezien en omdat Kim daar het heftigst reageerde. Ook omdat we weten dat Aurora in de toren is overleden, gingen we ervan uit dat daar een paranormale activiteit zou plaatsvinden. In de toren.'

'Maar hebben jullie dan niets ongewoons in de toren opgenomen?'

'Nee. Ik heb de hele dag de opnamen van de toren bestudeerd. Ik was op z'n zachtst gezegd teleurgesteld. En verbaasd, omdat Kim het altijd bij het rechte eind heeft. Ze vóélt het als er in een ruimte iets dramatisch is gebeurd, maar zoals in de toren heb ik haar nog nooit zo zien reageren. Het was pure angst. Zelfs Todd en Evan schrokken van haar reactie.'

'Ik ook,' beken ik.

'Het was een behoorlijke teleurstelling dat onze instrumenten daar helemaal geen activiteit hebben geregistreerd. Ik heb ook de beelden van de camera in de gang bekeken, en ook daar was niets bijzonders op te zien. Toen ik als laatste de video van jouw slaapkamer ging bekijken, verwachtte ik niets ongewoons. Dus toen ik dit zag, schrok ik.' Ze tikt op een paar toetsen en draait het scherm van de laptop naar me toe.

Het is een opname van mijn slaapkamer. Het maanlicht schijnt door het raam, ik zie mezelf in het halfdonker in bed liggen. De video geeft de tijd aan: 3.18 uur. Twintig minuten nadat ik de wake voor gezien hield en in bed was gekropen. De tijdsaanduiding geeft 3.19, 3.20 aan. Behalve het verspringen van de tijd en het zachte gewapper van de gordijnen voor het open raam beweegt er niets.

Dan zie ik iets waardoor ik overeind schiet in mijn stoel. Het is iets zwarts, iets golvends, het glijdt door de kamer naar het bed. Naar mij.

'Wat is dat in godsnaam?' vraag ik.

'Dat zei ik ook toen ik het zag. Het is niet helder, zoals een hemellichaam. Het heeft niet het vage van ectoplasma. Het is iets heel anders. Iets wat we niet eerder op beeld hebben vastgelegd.'

'Zou het niet gewoon een schaduw kunnen zijn? Van een wolk of van een vogel die langsvliegt.'

'Het is geen schaduw.'

'Is Todd of Evan in mijn slaapkamer geweest om de camera recht te zetten?'

'Er is niemand in je slaapkamer geweest, Ava. Op dat tijdstip waren Evan en Todd boven bij mij in de toren. Dokter Gordon was daar ook. Kijk nog eens goed. Ik zal de video vertraagd afspelen zodat je kunt zien wat dat... ding doet.'

Ze draait de video terug naar 3.19 en drukt op play. De tijdaanduiding gaat nu een stuk langzamer, de seconden kruipen voorbij. Ik lig te slapen, ben me er niet van bewust dat er iets in mijn slaapkamer is. Dat er iets uit de richting van de deur naar me toe komt. Het wervelt naar het bed, een schaduw met tentakels glijdt naderbij en valt als een lijkwade op me. Plotseling voel ik dat die lijkwade me op dit moment verstikt, hij is zo strak om mijn keel gewikkeld dat ik geen adem krijg.

'Ava.' Maeve schudt me door elkaar. 'Ava!'

Ik hap naar adem. Op het laptopscherm is het ding verdwenen. Het maanlicht schijnt op de lakens en er is geen schaduw, geen verstikkende zwartheid. Alleen ik ben er, vredig slapend in bed.

'Dit kan niet echt zijn,' mompel ik.

'We zien het allebei. Het staat op video. Het voelt zich tot jou aangetrokken, Ava. Het ging regelrecht naar jóú.'

'Wat is het?' Ik hoor de wanhoop in mijn stem.

'Ik weet het niet. Het is geen residu van energie. Het is geen poltergeist. Het is iets intelligents, iets wat contact met je wil maken.'

'Is het geen geest?'

'Nee. Dit… dit ding, of hoe je het ook wilt noemen, bewoog zich regelrecht naar jouw bed. Het voelt zich duidelijk tot jou aangetrokken, Ava, tot niemand anders.'

'Waarom?'

'Ik weet het niet. Iets in jou trekt het aan. Misschien wil het controle over je uitoefenen. Of je bezitten. Het is in elk geval niet goedaardig.' Ze buigt zich vooroverover en pakt mijn hand. 'Ik zeg het niet vaak tegen cliënten, maar ik kan er in dit geval niet om heen. Het is voor je eigen veiligheid. Ga hier weg.'

'Misschien ligt het aan de kwaliteit van de video,' zegt Ben als ik mijn truien en T-shirts uit de lade van mijn kledingkast gris en ze in mijn koffer stop. 'Misschien is het gewoon een wolk die voor de maan schuift waardoor er een vreemde schaduw ontstaat.'

'Zoals altijd heb jij weer een logische verklaring.'

'Omdat er altijd een logische verklaring ís.'

'En als je het deze keer nou eens mis hebt?'

'Dat het een geest is op die video?' Ben schiet in de lach. 'Maar geesten, gesteld dat ze bestaan, kunnen je toch geen kwaad doen?'

'Waarom hebben we het hierover? Je zult het toch nooit geloven.' Ik prop nog een lading kleren in de koffer en loop naar de kast om mijn beha's en slipjes te pakken. Ik heb zo'n haast dat het me niet kan schelen dat Ben mijn ondergoed ziet, ik wil mijn spullen pakken en hier voor de avond weg zijn. Het is al eind van de middag en ik heb mijn keukenspullen nog niet ingepakt. Ik loop naar de kast en terwijl ik mijn kleren van de kleerhangers ruk denk ik opeens aan Charlotte Nielson, wier sjaal ik in deze kast vond. Net als ik heeft zij waarschijnlijk in alle haast haar spullen gepakt. Is zij ook in paniek gevlucht? Heeft zij ook de tentakels van dezelfde schaduw om zich heen gevoeld?

Ik pak een jurk en de kleerhanger valt met zo'n klap op de grond dat ik in elkaar krimp, mijn hart klopt in mijn keel.

'Hé!' Ben pakt zachtjes mijn arm vast en kalmeert me. 'Ava, er is niets om bang voor te zijn.'

'Zegt de man die niet in het bovennatuurlijke gelooft.'

'Zegt de man die zorgt dat je niets gebeurt.'

Ik draai me naar hem om. 'Je hebt geen idee waar ik mee te maken heb, Ben.'

'Ik weet wat Maeve en haar vrienden zéggen dat het is. Maar ik zag alleen een schaduw op die video. Niets grijpbaars, niets identificeerbaars. Het zou—'

'Een wolk voor de maan kunnen zijn. Dat zei je net ook al.'

'Oké, laten we omwille van de discussie aannemen dat het een geest is. Ervan uitgaan dat geesten bestaan. Maar geesten hebben geen fysiek lichaam. Dus hoe zouden ze je pijn kunnen doen?'

'Ik ben niet bang voor geesten.'

'Waar ben je dan bang voor?'

'Dit is iets heel anders. Dit is iets duivels.'

'Dat zegt Maeve. Maar geloof je haar?'

'Na vannacht, na wat hij me heeft aangedaan...' Ik zwijg, krijg een kleur bij de herinnering.

Ben fronst zijn voorhoofd. 'Hij?'

Ik schaam me zo dat ik hem niet aankijk, maar naar de grond staar. Voorzichtig tilt hij mijn kin op en ik kan zijn blik niet ontwijken.

'Ava, vertel wat er met je is gebeurd hier in huis.'

'Dat kan ik niet.'

'Waarom niet?'

Ik dring mijn tranen terug en fluister: 'Omdat ik me schaam.'

'Waar zou jij je voor moeten schamen?'

Zijn blik is onderzoekend, doordringend. Ik wend me van hem af en loop naar het raam. Buiten hangt de avondnevel zwaar als een gordijn, ontneemt me het uitzicht op de zee. 'Kapitein Brodie is echt, Ben. Ik heb hem gezien, ik heb hem gehoord. Ik heb hem aangeraakt.'

'Heb je een geest aangeraakt?'

'Als hij aan me verschijnt, is hij net zo echt als jij bent. Hij heeft zelfs blauwe plekken op mijn armen achtergelaten…' Ik doe mijn ogen dicht en zie kapitein Brodie voor me staan. De herinnering is zo levendig dat ik zijn woeste haar, zijn ongeschoren gezicht zie. Ik haal diep adem en snuif de geur van zout water op. Is hij er nu? Is hij teruggekomen? Snel open ik mijn ogen en kijk in paniek de kamer rond, maar ik zie alleen Ben. *Waar ben je?*

Ben pakt me bij de schouders. 'Ava.'

'Hij is er! Ik weet dat hij er is.'

'Je zei dat hij net zo echt is als ik. Wat betekent dat?'

'Dat ik hem kan aanraken en dat hij mij kan aanraken. O, ik weet wat je denkt. Wat je ervan vindt. Maar het is waar, het is allemaal waar! Op de een of andere manier weet hij wat ik wil, wat ik nodig heb. Daarmee houdt hij ons hier gevangen. Niet alleen mij, maar ook de vrouwen voor mij. De vrouwen die hier in dit huis hebben gewoond, die hier zijn overleden. Hij geeft ons wat geen andere man ons kan geven.'

Ben komt tegenover me staan. 'Ik ben echt. Ik ben hier. Geef mij een kans, Ava.' Hij streelt mijn gezicht en ik doe mijn ogen dicht, maar het is kapitein Brodie die ik zie, kapitein Brodie die ik wil. Mijn meester en mijn monster. Ik stel me voor dat ik met Ben in bed lig en wat voor minnaar hij zou zijn. Het zou een rechttoe rechtaan neukpartijtje zijn, zoals ik met zoveel mannen heb gehad. Maar in tegenstelling tot Brodie, is Ben echt. Een man, geen schaduw. Geen demon.

Hij buigt zich naar me toe en drukt zijn lippen tegen de mijne in een warme, lange kus. Ik voel niet de minste opwinding. Hij kust me opnieuw. Deze keer omvat hij mijn gezicht met zijn handen en duwt zijn mond tegen de mijne, zijn tanden schuren over mijn lippen. Ik verlies mijn evenwicht, val achterover, mijn schouders bonken tegen de muur. Ik duw hem niet van me af als hij zijn lichaam tegen me aandrukt. Ik wil iets voelen, het maakt niet uit wat. Ik wil dat hij de lucifer aanstrijkt en me in vuur en vlam zet om te bewijzen dat een levende me net zo kan bevredigen als een dode, maar ik voel geen greintje opwinding.

Maak dat ik met je wil neuken, Ben!

Hij pakt mijn polsen en drukt ze tegen de muur. Door mijn spijkerbroek heen voel ik het harde bewijs van zijn verlangen. Ik doe mijn ogen dicht, klaar om het te laten gebeuren, klaar om te doen wat hij wil en te doen wat hij vraagt.

Een oorverdovende klap doet ons schrikken.

We kijken allebei naar de slaapkamerdeur, die net met een dreun is dichtgeslagen. Alle ramen van de slaapkamer zijn dicht. Er waait geen briesje door de kamer. Er is geen enkele reden waarom de deur met zoveel geweld werd dichtgesmeten.

'Hij is het,' zeg ik. 'Hij deed het.'

Ik wil er nu zo snel mogelijk vandoor, ik heb geen tijd te verliezen. Ik haast me naar de kast en pak de laatste paar kleren. Dit is de reden waarom Charlotte dit huis ook in allerijl is ontvlucht. Ook zij moet in paniek zijn geweest, ook zij had geen minuut te verliezen. Ik klap mijn koffer dicht en trek de rits dicht.

'Ava, rustig!'

'Een deur die uit zichzelf dichtslaat, hoe kan dat? Leg dat eens uit, Ben.' Ik til de koffer van mijn bed. 'Jij hebt makkelijk praten. Jij hoeft hier niet te slapen.'

'Jij ook niet. Je kunt bij mij logeren. Zo lang je maar wilt. Zo lang je het nodig vindt.'

Ik geef geen antwoord, maar loop de kamer uit. Zwijgend pakt hij mijn koffer van het bed en tilt die voor me naar beneden. In de keuken zegt hij nog steeds niets terwijl ik mijn kostbare koksmessen, tangen, gardes en mijn koperen pan inpak, benodigdheden waar een toegewijde kok niet buiten kan. Hij wacht nog steeds op een reactie op zijn aanbod, maar ik weiger antwoord te geven. Ik pak twee ongeopende flessen wijn (laat nooit een goede fles cabernet verloren gaan), maar ik laat de eieren, melk en kaas in de koelkast liggen. Degene die hier de boel komt schoonmaken mag het hebben, ik wil hier zo snel mogelijk weg.

'Ga alsjeblieft niet weg,' zegt hij.

'Ik ga naar huis, naar Boston.'

'Moet dat per se vanavond nog?'

'Ik had al weken eerder moeten vertrekken.'

'Ik wil niet dat je weggaat, Ava.'

Ik raak zijn arm aan, zijn huid is warm, levend en echt. Ik weet dat hij om me geeft, maar dat is geen reden voor mij om te blijven.

'Sorry, Ben. Ik moet naar huis.'

Ik pak de lege kattenmand en til hem naar buiten, naar de oprit. Ik speur de tuin af om Hannibal te zoeken, maar ik zie hem nergens.

Zijn naam roepend loop ik om het huis heen. Vanaf de klif kijk ik of ik hem op het pad zie dat naar het strand leidt. Ook daar is hij niet. Ik ga terug naar het huis en roep als ik binnen ben opnieuw zijn naam.

'Geen geintjes, verdomme!' roep ik wanhopig. 'Niet vandaag! Niet nu!'

Maar mijn kat is in geen velden of wegen te bekennen.

Achtentwintig

Ben tilt mijn koffer de trap op naar zijn logeerkamer, waar ik een gevlochten groen vloerkleed en een hemelbed aantref. Net als Ben zelf lijkt alles zo uit de LL Bean-catalogus te komen, en als op afroep komt zijn golden retriever kwispelend de kamer binnentrippelen.

'Hoe heet je hond?' vraag ik.

'Henry.'

'Wat een schat.' Ik hurk neer, aai de hond over zijn kop en smelt als hij me aankijkt met zijn bruine ogen. Hannibal zou hem rauw lusten als ontbijt.

'Ik weet dat je anders van plan was,' zegt Ben. 'Maar je kunt hier blijven zo lang als je maar wilt. Zoals je ziet heb ik het huis helemaal voor me alleen, het is groot genoeg, en ik kan wel wat gezelschap gebruiken.' Hij wacht even en zegt dan: 'Zo bedoel ik het niet. Je betekent veel meer voor me dan dat.'

'Dank je,' is het enige wat ik kan bedenken om te zeggen.

Er valt een pijnlijke stilte. Ik weet dat hij me gaat kussen, maar ik weet niet wat ik daarvan vind. Ik blijf stokstijf staan als hij zich vooroverbuigt en onze lippen elkaar raken. Als hij zijn armen om me heen slaat, bied ik geen weerstand. Ik hoop dezelfde opwinding te voelen als ik met de kapitein voelde, dezelfde verrukkelijke begeerte die maakte dat ik telkens weer die torentrap op ging. Maar helaas, dat verlangen voel ik niet met Ben. Kapitein Brodie heeft me ongevoelig gemaakt voor de aanrakingen van een man van vlees en bloed, en als ik routinematig mijn armen om Bens nek sla en zijn omhelzing onderga, denk ik aan het bestijgen van die trap en het kaarslicht dat door de kieren van de deur scheen. Ik herinner me het ruisen van de zijden rok om mijn benen en mijn hart dat sneller ging kloppen naarmate het kaarslicht helderder werd en ik dichter bij mijn straf kwam. Mijn lichaam reageert op die herinnering. Hoewel het niet de armen van de kapitein zijn die ik voel, probeer ik me dat wel voor te stellen. Ik wil dat Ben me neemt zoals híj me nam, ik wil dat hij mijn polsen vastpakt en me tegen de muur drukt, maar hij onderneemt niets in die richting. Ik ben degene die hem naar het bed sleept en hem tot daden aanzet. Ik wil geen gentleman, ik wil mijn demonminnaar.

Als ik Ben op me trek, zijn overhemd losruk en mijn blouse opentrek, is het het gezicht van Jeremiah Brodie dat ik in gedachten voor me zie. Ben is niet de man naar wie ik verlang, maar ik zal het met hem moeten doen omdat de minnaar die ik werkelijk begeer de man is naar wie ik niet durf terug te gaan, de man die me zowel opwindt als vrees aanjaagt. Ik doe mijn ogen dicht en het is kapitein Brodie die in mijn oor kreunt als hij in me stoot.

Maar als ik na afloop mijn ogen open is het Ben die naar me glimlacht. Ben, die zo voorspelbaar is. Zo veilig.

'Ik wist dat jij de ware was,' mompelt hij. 'De vrouw op wie ik al mijn hele leven wacht.'

Ik zucht. 'Je kent me nauwelijks.'

'Goed genoeg.'

'Nee. Je hebt geen idee.'

Hij glimlacht. 'Wat heb je dan voor schokkende geheimen?'

'Iedereen heeft geheimen.'

'Laat me raden.' Hij drukt een speels kusje op mijn mond. 'Je zingt operaliederen onder de douche, heel vals.'

'Een geheim is iets wat je niet aan andere mensen vertelt.'

'Is het nog erger? Heb je over je leeftijd gelogen? Heb je door rood gereden?'

Ik wend mijn gezicht af om hem aan te kijken. 'Houd alsjeblieft op. Ik heb geen zin om erover te praten.'

Ik voel dat hij me aanstaart, dat hij de muur die ik heb opgetrokken probeert te doorbreken. Ik keer me van hem af en ga op de rand van het bed zitten. Ik sla mijn ogen neer en zie mijn naakte dijen, wijd gespreid als een hoer. O nee, Ben, je zou mijn geheimen niet willen weten. Je zou niet willen weten welke zonden ik heb begaan.

'Ava?' Ik krimp ineen als hij zijn hand op mijn schouder legt.

'Sorry, maar het wordt niets tussen ons.'

'Waarom zeg je dit nadat we hebben gevreeën?'

'We zijn te verschillend.'

'Ik denk niet dat dat het probleem is,' zegt hij. Zijn stem is veranderd, en de toon bevalt me niet. 'Je probeert een manier te vinden om te zeggen dat ik niet goed genoeg voor je ben.'

'Dat zeg ik niet.'

'Zo klinkt het anders wel. Je bent net als de anderen. Net als—' Hij maakt zijn zin niet af, wordt afgeleid omdat zijn telefoon gaat. Hij springt overeind om hem uit zijn broekzak te pakken. 'Dokter Gordon,' zegt hij kortaf als hij opneemt. Hij heeft zich van me afgewend, op zijn naakte rug zie ik zijn gespannen spieren. Hij voelt zich natuurlijk gekwetst. Hij is verliefd op me en ik heb hem afgewezen. En nu, net op dit pijnlijke moment, wordt hij gedwongen om een noodsituatie in het ziekenhuis het hoofd te bieden.

'Heb je al een infuus aangelegd? En hoe ziet haar EKG er op dit moment uit?'

Terwijl hij met het ziekenhuis overlegt, pak ik mijn kleren en kleed me rustig aan. Het kleine beetje lust dat ik zojuist voelde is als sneeuw voor de zon verdwenen. Ik schaam me nu voor mijn naaktheid. Tegen de tijd dat hij heeft opgehangen zit ik keurig gekleed op bed in de hoop dat we kunnen vergeten wat er tussen ons is gebeurd.

'Sorry, maar een patiënt van mij heeft net een hartaanval gehad,' zegt hij. 'Ik moet naar het ziekenhuis.'

'Natuurlijk.'

Hij kleedt zich aan en knoopt met korte bewegingen zijn overhemd dicht. 'Ik weet niet hoelang ik daar nodig ben. Het kan wel een paar uur duren, dus voel je vrij om de koelkast te plunderen als je honger krijgt. Er staat nog een halve gebraden kip in.'

'Ik red me wel, Ben. Bedankt.'

Hij blijft in de deuropening staan en draait zich naar me om. 'Sorry als mijn verwachtingen te hooggespannen waren, Ava. Ik dacht dat jij hetzelfde voor mij voelde.'

'Ik weet niet wat ik voel. Ik weet het gewoon niet.'

'Dan bespreken we dat als ik thuiskom. We moeten het oplossen.'

Maar er is niets op te lossen, denk ik als ik hem de trap af hoor stampen en de voordeur hoor dichtslaan. Er is geen vuur tussen ons, en ik moet vuur voelen. Ik kijk door het raam naar buiten en slaak een zucht van opluchting als ik hem zie wegrijden. Ik wil alleen zijn om te bedenken wat ik ga zeggen als hij weer thuiskomt.

Op het moment dat ik me van het raam afwend rijdt er een auto langs. De grijze pick-uptruck komt me bekend voor omdat hij op werkdagen altijd op mijn oprit geparkeerd stond. Is Ned Haskell ergens in deze buurt aan het klussen? De pick-uptruck verdwijnt om de hoek en ik loop weg van het raam, van slag omdat ik een glimp van Ned heb opgevangen.

Als ik naar beneden ga ben ik blij dat Henry me volgt, zijn nagels tikkend op het hout. Waarom heb ik een kat terwijl ik een hond als Henry kan hebben, een beest dat maar één ding wil, namelijk zijn baasje beschermen en behagen. Die egoïst van een Hannibal is als een echte kater op rooftocht en maakt mijn leven voor de zoveelste keer gecompliceerd.

In de keuken kijk ik in de koelkast. Er ligt inderdaad een halve gebraden kip, maar ik heb geen trek in eten. Ik heb trek in een glas wijn, en ik zie een aangebroken fles waar nog een bodempje chardonnay in zit. Ik schenk de wijn in een glas en neem alvast een slok als ik met Henry nog steeds in mijn kielzog naar de woonkamer loop. Daar bewonder ik de vier olieverfschilderijen die aan de muren hangen. Ze zijn allemaal van Bens hand, en opnieuw ben ik onder de indruk. Alle vier de schilderijen hebben hetzelfde strand als onderwerp, maar elk schilderij ademt een andere sfeer. Het eerste geeft een zomerdag weer, het water weerkaatst het felle zonlicht. Op het zand ligt een roodgeruite deken met de diepe afdrukken van twee mensen die daar hebben gelegen. Een verliefd stel dat is gaan zwemmen? Ik voel bijna de warmte van de zon, proef bijna het zout van de zeewind. Ik draai me om naar het tweede schilderij. Het is hetzelfde strand met rechts dezelfde uitstekende rotspunt, maar de herfst heeft de bomen felrood en goud gekleurd. Op het zand ligt dezelfde geruite deken, opnieuw met diepe afdrukken, en erover verspreid liggen gevallen bladeren. Waar is het verliefde stel? Waarom hebben ze hun deken laten liggen?

Op het derde schilderij is de winter ingevallen, het water zwart en onheilspellend. Het strand is bedekt met sneeuw, maar er steekt een puntje van de deken boven de sneeuw uit, het rood fel afstekend tegen het wit. De verliefden zijn weg, hun zomerromance is voorbij.

Ik ga verder naar het vierde schilderij. De lente is aangebroken. De bomen zijn heldergroen en op een klein polletje gras bloeit een eenzame paardenbloem. Ik weet dat dit schilderij het laatste in de serie is omdat de roodgeruite deken nu weer op het zand ligt. Maar de seizoenen hebben de deken veranderd in een gehavend symbool van eenzaamheid. De deken zit onder de vlekken en ligt bezaaid met takjes en bladeren. Al het genot dat ooit op die roodgeruite deken werd beleefd is vergeten.

Ik stel me voor dat Ben op dat strand zijn schildersezel opzet en in elk seizoen hetzelfde tafereel op het doek afbeeldt. Wat was het dat hem steeds weer naar die plek trok? Vanachter de lijst steekt de hoek van een kaartje. Ik trek het los en lees wat erop staat.

Cinnamon Beach, Lente, #4 van een serie.

Waarom klinkt die naam me zo bekend in de oren? Ik heb hem eerder gehoord en ik weet dat een vrouwenstem die naam uitsprak. Opeens schiet het me te binnen. Het was mevrouw Dickens van het Historisch Genootschap. Ze legde me uit waarom Ned Haskell wordt verdacht. *Er was een vrouw die ongeveer vijf jaar geleden vermist werd. Haar huissleutels lagen in Neds pick-uptruck. Hij zei dat hij ze op Cinnamon Beach had gevonden.*

Het strand dat steeds weer in Bens schilderijen terugkomt. Waarschijnlijk gewoon toeval. Er zijn er wel meer mensen in die baai geweest, er hebben wel meer mensen op dat zand liggen zonnen.

De hond begint te janken, ik schrik van het geluid. Mijn handen zijn koud geworden.

Door de deuropening naar de achterkamer zie ik een schildersezel en een doek. Als ik de kamer in loop ruik ik de geur van terpentine en lijnzaadolie. Voor het raam staat een werk dat nog niet af is. Het is een ruwe schets van een haven, het doek wacht op de kunstenaar die er leven in blaast en er kleur aan geeft. Tegen de muren staan tientallen schilderijen die voltooid zijn, maar nog ingelijst moeten worden. Ik neem ze door, zie schepen door de deining ploegen, een vuurtoren waar golven tegenaan beuken. Ik ga naar de volgende rij schilderijen en neem ook die op mijn gemak door. Cinnamon Beach en de vermiste vrouw zitten nog steeds in mijn hoofd, houden me nog steeds bezig. Mevrouw Dickens had gezegd dat de vrouw een toerist was die een cottage bij het strand huurde. Na haar verdwijning nam iedereen aan dat ze tijdens het zwemmen was verdronken, maar toen haar huissleutels op het dashboard van Neds auto opdoken, viel de verdenking op hem. Zoals hij ook nu wordt verdacht van de moord op Charlotte Nielson.

Als ik bij het laatste schilderij van de rij beland verstijf ik, schieten de haartjes op mijn arm overeind en trekt kippenvel over mijn huid. Ik kijk naar een schilderij van mijn eigen huis.

Het schilderij is nog niet af. De achtergrond is donkerblauw en hier en daar is het doek nog zichtbaar, maar dit huis is Brodie's Watch, zonder enige twijfel. De nacht hult het huis in duisternis en de toren is niet meer dan een zwart silhouet tegen de donkere hemel. Slechts één raam is felverlicht: mijn slaapkamerraam. Een raam waarachter zich de contouren van een vrouw tegen het licht aftekenen.

Ik kijk naar mijn vingers, ze plakken, er zit donkerblauwe verf op. Verse verf. Plotseling herinner ik me de lichtflikkeringen die ik 's nachts vanuit mijn slaapkamerraam zag. Het waren geen vuurvliegjes, het was iemand die buiten op het rotspad naar mijn raam stond te kijken. Terwijl ik in Brodie's Watch woonde, terwijl ik in die slaapkamer sliep, me daar uitkleedde, heeft Ben stiekem dit schilderij van mijn huis gemaakt. En van mij.

Ik kan hier niet de nacht doorbrengen.

Ik ren naar boven en sla een paniekerige blik door het raam naar buiten, bang dat Ben de oprit op komt rijden. Hij is nog niet in aantocht. Ik sjouw mijn koffer de trap af, *bonk-bonk-bonk*, en rol hem door de gang naar buiten naar mijn auto. De hond is me gevolgd. Ik sleep hem aan zijn halsband naar binnen en sluit de voordeur. Ik heb haast, maar ik wil er niet voor verantwoordelijk zijn dat een onschuldige hond door een auto wordt aangereden.

Ik kijk als ik wegrijd een paar keer in mijn achteruitkijkspiegeltje, maar de straat achter me is leeg. Ik heb geen bewijs tegen Ben, behalve dat schilderij in zijn atelier, maar dat is niet genoeg, niet genoeg voor de politie. Ik ben gewoon een toerist en Ben is een steunpilaar van de dorpsgemeenschap wiens familie hier generatieslang heeft gewoond.

Nee, een schilderij is niet genoeg om de politie te waarschuwen, maar ik ben gealarmeerd en zie alles wat ik over Ben Gordon weet in een ander licht.

Ik ben vastbesloten Tucker Cove te verlaten, maar net als ik de weg naar het zuiden wil inslaan, denk ik aan Hannibal. Uit frustratie sla ik op het stuur. Klotekat die je bent, natuurlijk moet jij weer roet in het eten gooien.

Ik keer om en rijd naar Brodie's Watch.

Het is vroeg in de avond en in de vallende duisternis lijkt de mist dichter, tastbaar bijna. Ik stap uit mijn auto en speur de voortuin af. Grijze mist, grijze kat. Als hij een paar meter van me vandaan zat, zou hem niet eens zien.

'Hannibal?' Ik loop om het huis heen, roep zijn naam steeds luider. 'Waar ben je?'

Pas dan hoor ik boven het geluid van de aanrollende golven uit een zwak *miauw*.

'Kom tevoorschijn, schooier die je bent! Kom!'

Opnieuw het gemiauw. Door de mist lijkt het alsof het geluid overal tegelijk klinkt. 'Ik heb eten voor je!' roep ik.

Hij antwoordt met een dwingend miauwen en het dringt tot me door dat het geluid van boven komt. Ik kijk omhoog en door de mist heen zie ik iets bewegen. Het is een staart die ongeduldig heen en weer zwiept. Gezeten op de uitkijkpost kijkt Hannibal door het hekwerk van de balustrade op me neer.

'Hoe ben je daar nou beland?' roep ik, maar ik weet wel wat er is gebeurd. Tijdens mijn haastige vertrek heb ik de uitkijkpost niet gecheckt voor ik de deur afsloot. Hannibal is naar buiten geglipt en werd opgesloten.

Op de veranda aarzel ik. Ik wil niet naar binnen. Nog maar

een paar uur geleden ben ik Brodie's Watch ontvlucht in de veronderstelling dat ik er nooit meer een stap zou zetten. Maar nu moet ik wel.

Ik haal de deur van het slot en knip het licht aan. Alles ziet er nog precies hetzelfde uit. Dezelfde paraplustandaard, dezelfde eikenhouten vloer, dezelfde kroonluchter. Ik adem diep in en bespeur geen zeelucht.

Ik loop de trap op en dezelfde treden kraken. Op de overloop is het schemerig, en ik vraag me af of hij zich in het duister boven schuilhoudt, me gadeslaat. Ik knip nog een licht aan en zie de vertrouwde crèmekleurige muren en de kroonlijsten. Het is muisstil. *Ben je er?*

Ik blijf staan om een blik in mijn slaapkamer te werpen, die ik zo haastig heb verlaten dat de ladekasten openstaan en de kastdeur op een kier staat. Ik loop naar de torentrap. De deur kraakt als ik hem opentrek. Ik denk terug aan de nachten waarop ik onder aan deze trap stond en me trillend van spanning afvroeg welke lusten en straffen me te wachten stonden. Ik beklim de trap terwijl ik me het ruisen van zijde om mijn enkels herinner en de vastberaden greep waarmee hij mijn hand vasthield. Een hand die zowel teder als wreed kon zijn. Mijn hart bonkt als ik de torenkamer binnenstap.

Hij is leeg.

Terwijl ik daar in mijn eentje in die kamer sta, word ik plotseling door zo'n verlangen overvallen dat ik het gevoel heb dat mijn borst is uitgehold, mijn hart is uitgerukt. *Ik mis je. Of je nu een geest of een demon bent, goed of duivels, ik doe alles om je nog één keer te zien.*

Maar er is geen werveling van ectoplasma, geen bries die zoute lucht verspreidt. Kapitein Jeremiah Brodie heeft het huis verlaten. Hij heeft mij verlaten.

Een dringende *miauw* herinnert me aan de reden waarom ik hier ben. Hannibal.

Ik trek de deur naar de uitkijkpost open en mijn kat komt binnengewandeld alsof hij van koninklijken bloede is. Hij vlijt zich aan mijn voeten en kijkt omhoog met een blik van: nou, waar blijft mijn eten?

'Vandaag of morgen verander ik je in een bontkraag,' mompel ik als hem optil. Ik heb hem sinds vanochtend geen eten gegeven, maar hij lijkt zwaarder dan ooit. Worstelend met al dat bont in mijn armen draai ik me om naar de torentrap. Ik verstijf van schrik.

Ben staat in de deuropening.

De kat glipt uit mijn armen en landt met een dreun op de grond.

'Waarom heb je me niet laten weten dat je wegging?' vraagt hij.

'Ik moest…' Ik werp een blik op de kat, die wegsluipt. 'Hannibal zoeken.'

'Maar je hebt je koffer meegenomen. Je hebt niet eens een briefje voor me achtergelaten.'

Ik doe een stap naar achteren. 'Het werd al laat. Ik wilde hem niet de hele nacht buiten laten. En…'

'En wat?'

Ik zucht. 'Het spijt me, Ben, maar het wordt niets tussen ons.'

'Wanneer was je van plan me dat te vertellen?'

'Ik heb geprobeerd het je duidelijk te maken. Mijn leven is momenteel een puinhoop. Ik had me niet met je in moeten laten, niet voor ik schoon schip heb gemaakt. Het ligt niet aan jou, Ben, het ligt aan mij.'

Zijn lach is bitter. 'Dat zeggen ze altijd.' Hij loopt naar het raam, blijft daar met hangende schouders staan en staart naar buiten naar de mist. Hij ziet er zo verslagen uit dat ik bijna medelijden krijg. Dan denk ik aan het onvoltooide schilderij van Brodie's Watch en het silhouet van een vrouwengedaante in het slaapkamerraam. Mijn slaapkamerraam. Ik zet een stap naar de trapdeur, en nog een. Als ik zachtjes ben, kan ik beneden zijn voor hij het doorheeft. Voor hij me kan tegenhouden.

'Ik heb het uitzicht vanuit deze toren altijd mooi gevonden,' zegt hij. 'Ook als er mist komt opzetten. Vooral als er mist komt opzetten.'

Ik neem nog een stap, probeer wanhopig geen kraak te veroorzaken die hem zou alarmeren.

'Het huis was een bouwval, het hout was verrot en de ruiten waren gebroken. Vroeg of laat zou iemand het in de hens steken. Het zou in een mum van tijd in de vlammen opgaan.'

Ik neem nog een stap.

'En die uitkijkpost stond op instorten. Toch was de balustrade sterker dan ik dacht.'

Ik ben bijna bij de deuropening. Ik zet mijn voet op de eerste trede en mijn gewicht veroorzaak zo'n harde kraak dat het lijkt alsof het hele huis kreunt.

Ben draait zich om en kijkt me aan. Hij ziet mijn angst. Ziet dat ik wil ontsnappen. 'Je gaat dus bij me weg.'

'Ik ga naar huis, naar Boston.'

'Jullie zijn allemaal hetzelfde, allemaal. Jullie maken ons lekker. Draaien ons een rad voor ogen. Geven ons hoop.'

'Dat is nooit mijn bedoeling geweest.'

'En breken vervolgens onze harten. Breken. Onze. Harten!'

Zijn uitbarsting is als een klap in mijn gezicht, en ik krimp ineen. Maar ik verroer geen vin, ook hij verroert zich niet. Als we elkaar aanstaren dringen zijn woorden plotseling tot me door. Ik denk aan Charlotte Nielson, aan haar zich ontbindende lichaam eenzaam en doelloos in zee. En ik denk aan Jessie Inman, de tiener die twintig jaar geleden op Halloweenavond haar dood tegemoet viel. Ben was toen ook een tiener. Ik werp een blik door het raam naar de uitkijkpost.

De balustrade was sterker dan ik dacht.

'Je wilt niet echt bij me weg, Ava,' zegt hij zachtjes.

Ik slik. 'Nee. Nee, Ben. Ik wil niet bij je weg.'

'Maar je gaat wel. Toch?'

'Dat is niet waar.'

'Heb ik iets gezegd wat je niet bevalt? Iets gedaan?'

Ik zoek verwoed naar woorden om hem te sussen. 'Dat is het niet. Je bent altijd goed voor me geweest.'

'Was het het schilderij? Mijn schilderij van dit huis?' Ik verstijf, een reactie die ik niet onder controle heb, en hij ziet het. 'Ik weet dat je in mijn atelier bent geweest. Ik weet dat je het hebt gezien want je hebt een vlek op het doek gemaakt.' Hij wijst naar mijn hand. 'De verf zit nog op je vingers.'

'Je snapt toch wel dat ik van dat schilderij schrok? Je hebt naar mijn huis staan gluren. Mij begluurd.'

'Ik ben een kunstenaar. Kunstenaars doen dat.'

'Vrouwen bespieden? 's Nachts rondsluipen om door slaapkamerramen te loeren? Jij bent degene die in mijn keuken heeft ingebroken, hè? Die heeft geprobeerd in te breken toen Charlotte hier woonde?' Ik vat moed. Bereid me voor om in de tegenaanval te gaan. Als ik mijn angst toon, heeft hij gewonnen. 'Als je vrouwen bespiedt ben je geen kunstenaar, maar een stalker.'

Hij lijkt te schrikken van mijn reactie, wat precies mijn bedoeling is. Hij moet weten dat ik geen slachtoffer zal worden zoals Charlotte, Jessie of welke andere vrouw ook die hij heeft bedreigd.

'Ik heb de politie al gebeld, Ben. Ik heb ze al verteld dat je mijn huis hebt bespied. Ik heb gezegd dat ze je goed in de gaten moeten houden, omdat ik niet de eerste vrouw ben die je stalkt.' Heeft hij in de gaten dat ik bluf? Ik weet het niet. Ik weet alleen dat ik moet maken dat ik wegkom nu hij uit zijn evenwicht is. Ik draai me om en loop de trap af, niet gehaast, want ik wil me niet als prooi gedragen. Ik daal de trap af met de kalmte en de beheersing van een vrouw die de situatie onder controle heeft.

Van een vrouw die niet bang is. Ik sta op de overloop van de eerste verdieping.

Nog veilig. Nog geen achtervolging.

Mijn hart gaat zo tekeer dat ik het gevoel heb dat het elk moment uit mijn borst kan knallen. Ik loop over de gang naar de volgende trap. Ik moet alleen deze treden nog af, de voordeur uit rennen en in mijn auto springen. Hannibal zoekt het maar uit vanavond. Als ik hier weg ben rijd ik regelrecht naar de politie.

Voetstappen. Achter me.

Ik kijk om en zie hem. Zijn gezicht is vertrokken van woede. Dit is niet de Ben die ik ken. Dit is iemand anders, íéts anders.

Ik ren naar de trap. Als ik bovenaan sta, grijpt hij me vast en geeft me een zet. Ik val, val, een afschuwelijke duikvlucht die zich in een tergend langzaam tempo afspeelt.

Van de landing herinner ik me niets.

Negenentwintig

Ademhalen gaat moeilijk. Warme lucht blaast door mijn haar. En pijn, enorme golven stampende pijn, in mijn hoofd. Ik word de trap op gesleept. Mijn voeten bonken over de treden terwijl ik omhooggetrokken word. Ik kan alleen wat schaduwen onderscheiden en de vage schittering van een muurkandelaar. Het is de trap naar de toren. Hij sleept me naar de toren.

Hij sleurt me over de bovenste trede en trekt me de kamer in. Laat me daar op de grond liggen als hij blijft staan om op adem te komen. Een lichaam twee trappen op slepen is een zware klus, waarom doet hij al die moeite? Waarom brengt hij me naar deze kamer?

Dan hoor ik dat hij de deur naar de uitkijkpost opent. Ik voel de koude luchtstroom en ruik de geur van de zee. Ik probeer me op te richten, maar een messcherpe pijn schiet van mijn nek naar mijn linkerarm. Ik kan niet in zitpositie komen. Als ik mijn arm maar een klein beetje beweeg is de pijn al ondraaglijk. Krakende voetstappen komen naderbij, hij kijkt op me neer.

'Ze komen er wel achter dat jij het was,' zeg ik.

'Ze zijn er in al die tweeëntwintig jaar niet achter gekomen.'

Tweeëntwintig jaar? Hij heeft het over Jessie. Het meisje dat van de uitkijkpost is gevallen.

'Ook zij probeerde me te verlaten. Net als jij nu.' Hij werpt een blik op de uitkijkpost, en ik zie die koude, regenachtige Halloweenavond voor me. Een jongen en een meisje die ruziën terwijl hun vrienden beneden drinken en feesten. Hij heeft haar naar een plek gelokt waar ze niet kan ontsnappen. Waarvoor een moord alleen een duw over de balustrade nodig is. Tweeëntwintig jaar later is de angst van dat meisje in deze kamer nog voelbaar voor mensen die sensitief zijn voor echo's uit het verleden.

Het was niet de dood van Aurora Sherbrooke die Kim zo diep trof op de dag dat ze met haar geestenjaagteam deze kamer betrad. Het was de dood van Jessie Inman.

'Zo is het leven in een klein dorp,' zegt Ben. 'Op het moment dat ze besluiten dat je respectabel bent, een steunpilaar van de gemeenschap, kom je overal mee weg. Maar jij, Ava?' Hij schudt zijn hoofd. 'Ze vinden straks al die lege flessen in je vuilnisbak. Ze komen te weten dat je hallucinaties had. Dat je een zogenaamde geest zag. En het ergste: ze weten dat je niet van hier bent. Je bent niet een van óns.'

Net zoals Charlotte, wier verdwijning geen vragen opwierp. Ze kwam hier en verdween, en omdat ze een buitenstaander was deed niemand moeite de zaak te onderzoeken. Ze was niet een van hen. In tegenstelling tot de gerespecteerde dokter Ben Gordon, wiens wortels al generatieslang in Tucker Cover liggen. Wiens vader, ook arts, de macht had om de naam van zijn zoon uit de krant te houden na het drama op Halloweenavond. Jessies dood werd vergeten en dat zal ook met Charlottes dood gebeuren.

En met mijn dood.

Hij buigt zich voorover, grijpt me bij mijn enkels en sleept me naar de open deur.

Ik zwaai wild in het rond om los te komen, maar door de stekende pijn in mijn arm kan ik alleen maar schoppen. Desondanks laat hij mijn enkels niet los en sleept me naar de uitkijkpost. Op deze manier is Jessie omgekomen. Ik begrijp nu de angst en paniek die Jessie heeft gevoeld toen ze zich uit alle macht tegen hem verzette. Toen hij haar van de grond over de balustrade tilde. Heeft ze daar even gehangen, met haar benen bungelend boven de afgrond?

Ik blijf schoppen, gillen.

Hij trekt me aan mijn benen door de deuropening. Ik steek mijn goede arm uit om de deurpost vast te pakken. Hij rukt aan mijn enkels, maar ik vecht voor mijn leven. Ik geef me niet over. Ik zal me tot het einde toe tegen hem verzetten.

Woedend laat hij mijn enkels los en zet zijn voet met volle kracht op mijn pols. Ik voel mijn botten kraken en gil het uit. Mijn goede hand kan ik nu ook niet meer gebruiken, ik moet de deurpost loslaten.

Hij sleurt me de uitkijkpost op.

De avond is gevallen. Ik zie alleen vage contouren van Ben, in mist gehuld. Nog even en ik word van het dak gegooid en val ik te pletter op de grond.

Hij grijpt me onder mijn armen en hijst me de balustrade op. De mist is zo nat als de tranen op mijn gezicht. Ik proef zout, adem voor de laatste keer in en ruik...

De zee.

Door de mistvlagen heen zie ik een gedaante opdoemen in het donker. Het is geen mist, het is iets echts, iets met een vaste vorm wat op ons afkomt.

Ook Ben ziet het. Hij verstart. 'Wat is dat verdomme?'

Meteen laat hij me los en ik val met een klap op de planken vloer. Er schiet een vlammende pijn door mijn nek, even is het zwart voor mijn ogen. Ik zie het niet gebeuren, maar ik hoor een vuistslag en ik hoor Ben kreunen van pijn. Dan zie ik de twee schaduwen met elkaar vechten in de mist, in een macabere dodendans draaien en om elkaar heen bewegen. Plotseling springen ze allebei zijwaarts, en ik hoor het geluid van versplinterend hout.

En een schreeuw. Bens stem. De rest van mijn leven zal dat geluid in mijn nachtmerries echoën.

Een gedaante doemt boven mij op, breedgeschouderd en in mist gehuld. 'Dank je,' fluister ik.
En dan wordt alles zwart.

Ik kan mijn hoofd niet bewegen. Een brace omsluit mijn nek en schouders en omdat ik plat op mijn rug in de ambulance lig, kan ik alleen maar recht omhoogkijken. Op de infuusfles zie ik de reflectie van blauwe zwaailichten. Buiten galmen politieradio's en ik hoor dat er nog een auto aankomt, banden knarsen over grind.
Een lichtje schijnt in mijn linkeroog, dan in mijn rechteroog.
'De pupillen zijn nog even groot en ze reageren,' zegt de paramedicus. 'Weet u welke maand het is, mevrouw?'
'Augustus,' mompel ik.
'Welke dag?'
'Maandag. Denk ik.'
'Oké. Heel goed.' Hij reikt omhoog om de zak met zoutoplossing boven mijn hoofd af te stellen. 'U doet het geweldig. Ik zal die infuuslijn wat steviger vastplakken.'
'Heeft u hem gezien?' vraag ik.
'Wie?'
'Kapitein Brodie.'
'Ik weet niet wie dat is.'
'Toen u me kwam halen, was hij er, op de uitkijkpost. Hij heeft mijn leven gered.'
'Sorry, mevrouw. De enige die ik daar heb gezien was meneer Haskell. Hij heeft de ambulance gebeld.'
'Was Ned daar?'
'Hij is er nog steeds, hij staat buiten.' De paramedicus steekt zijn hoofd uit het achterportier van de ambulance en roept: 'Hé Ned, ze vraagt naar je!'
Een tel later zie ik Neds gezicht boven me. 'Hoe voel je je, Ava?'

'Jij heb hem gezien, hè?' vraag ik.

'Ze heeft het over iemand die Brodie heet,' legt de paramedicus uit. 'Ze zegt dat hij op de uitkijkpost was.'

Ned schudt zijn hoofd. 'Ik heb alleen jou en Ben daar gezien.'

'Hij probeerde me te vermoorden,' zeg ik zacht.

'Ik vertrouwde hem niet, Ava. Al die jaren heb ik me afgevraagd hoe Jessie is doodgegaan. En toen Charlotte...'

'De politie dacht dat jij haar vermoord had.'

'Dat dacht iedereen. En toen jij iets met Ben kreeg was ik bang dat het weer zou gebeuren.'

'Ben je hem daarom gevolgd?'

'Toen ik je op het dak hoorde gillen, wist ik genoeg. Ik dacht altijd al dat hij het was. Maar niemand zou naar mij luisteren, want waarom zouden ze? Hij was de dokter en ik ben maar...'

'Een man die de waarheid spreekt.' Als mijn arm niet in het verband zat en het niet zo'n verschrikkelijke pijn deed om hem te bewegen, had ik zijn hand gepakt. Er is zoveel dat ik hem wil zeggen, maar de paramedicus heeft de motor gestart, het is tijd om te vertrekken.

Ned stapt uit en slaat het portier dicht.

Ik zit vast, stijf als een mummie in mijn nekbrace, dus ik kan niet door het achterraam naar de lijkwagen kijken die staat te wachten om het lichaam van Ben Gordon te vervoeren. Ook kan ik geen laatste blik werpen op het huis waar ik mijn dood had gevonden als Ned Haskell me niet te hulp was gekomen.

Of was het de geest die me heeft gered?

Terwijl de ambulance over de oprit hobbelt, sluit ik mijn ogen en weer zie ik Jeremiah Brodie op de uitkijkpost staan, waar hij de wacht houdt zoals hij altijd heeft gedaan.

En altijd zal blijven doen.

Dertig

Het witte gordijn naast mijn bed belemmert mij het zicht op de deuropening. Ik lig in een tweepersoonsziekenhuiskamer, de patiënt naast me is een vrouw die voortdurend bezoek en bloemen krijgt. Ik ruik de geur van rozen, en door het gordijn heen hoor ik begroetingen als 'Hallo oma!' en 'Hoe voel je je vandaag, schat?' en 'We kunnen niet wachten tot je thuis bent!' Stemmen van mensen die van haar houden.

Aan mijn kant van het gordijn is het stil. Het enige bezoek dat ik kreeg was van Ned Haskell, die gisteren langskwam om me te vertellen dat hij voor mijn kat zorgt, en van twee rechercheurs van de Maine State Police die me vanochtend opzochten om me vragen te stellen die ze me bijna allemaal gisteren ook al hadden gesteld. Ze hebben het huis van Ben doorzocht en het schilderij gevonden dat ik had beschreven. Op zijn laptop hebben ze foto's van mij en van Charlotte aangetroffen die met een telelens van ons slaapkamerraam zijn genomen. Misschien is wat mij is overkomen ook Charlotte overkomen: een flirt tussen de dorpsdokter en de knappe nieuwe huurder van Brodie's Watch. Had zij ook een onbestemd, onaangenaam gevoel toen hij avances maakte, probeerde zij ook van hem af te komen? Heeft hij met geweld op haar afwijzing gereageerd, zoals hij dat twintig jaar geleden ook met de vijftienjarige Jessie Inman had gedaan?

Als je zelf een boot hebt, is het eenvoudig om je van een lichaam te ontdoen. Moeilijker is het om de vermissing van je slachtoffer verborgen te houden. Hij had Charlottes spullen opgehaald en iedereen wijsgemaakt dat ze er in haar eentje vandoor was gegaan, maar uiteindelijk had de waarheid hem achterhaald. Haar mailbox liep vol. Het in staat van ontbinding verkerende lichaam dook onverwachts op in de baai. En dan was er haar auto, een vijf jaar oude Toyota, volgestouwd met haar spullen, die pas gisteren tachtig kilometer van Tucker Cove werd gevonden. Als dit alles niet aan het licht was gekomen – en ik niet door was blijven vragen – had niemand geweten dat Charlotte Nielson de staat Maine nooit levend had verlaten.

Als ik was vermoord zou er net zo makkelijk aan voorbij zijn gegaan. Ik ben de geschifte huurder die geesten in haar huis zag, die een vuilnisbak vol lege wijnflessen in haar keuken had staan. Een vrouw die waarschijnlijk op een avond naar de uitkijkpost was gestrompeld en over de balustrade was getuimeld. De dorpsbewoners zouden hun hoofd schudden over de onfortuinlijke dood van een drankzuchtige buitenstaander. De vloek van kapitein Brodie slaat weer toe, zouden ze denken.

Ik hoor dat er nog meer bezoek binnenkomt en er gaat een nieuwe ronde 'Hallo schatje' en 'Je ziet er vandaag een stuk beter uit!' van start. Maar ik lig alleen aan mijn kant van het gordijn, staar uit het raam, waar regendruppels tegenaan tikken. De dokters zeggen dat ik morgen het ziekenhuis mag verlaten, maar waar moet ik heen?

Ik ga zeker niet terug naar Brodie's Watch, want er is iets in dat huis, iets wat me angst aanjaagt maar ook aantrekt. Iets wat op de nacht dat de geestenjagers er waren op camera is vastgelegd, iets wat binnenkwam om me in mijn slaap te overweldigen. Maar ik heb nu mijn twijfels over de schaduw die door mijn slaapkamer op me afkwam. Misschien was hij er niet om me aan te vallen, maar om me te beschermen tegen het werkelijke monster in mijn huis: geen geest, geen demon, maar een man van vlees en bloed die ooit in de toren een meisje heeft vermoord.

De deur gaat open en wordt weer gesloten. Nog meer bezoek voor mijn populaire kamergenoot. Ik kijk naar de regen tegen het raam en denk na over mijn volgende stappen. Teruggaan Boston. Het manuscript afmaken. Stoppen met drinken.

En Lucy. Wat moet ik met Lucy?

'Ava?'

De stem is zo zacht dat ik haar bijna niet hoor te midden van het gebabbel van de bezoekers van mijn kamergenoot. Zelfs als ik de stem herken, kan ik niet geloven dat die echt is. Ze is gewoon een of andere geest, iemand die ik heb opgeroepen, zoals ik ooit ook de geest van kapitein Brodie opriep.

Maar als ik me omdraai zie ik mijn zus het gordijn opzijschuiven. In het grijze licht dat door het raam valt is haar gezicht vaal, haar ogen hol van vermoeidheid. Haar blouse is gekreukt en haar lange haar, dat meestal in een paardenstaart is gebonden, valt nu verwaaid en warrig op haar schouders. Maar toch is ze mooi. Mijn zus zal altijd mooi zijn.

'Jij hier,' mompel ik verbaasd. 'Je bent het echt.'

'Natuurlijk.'

'Maar waarom... hoe weet je dat ik hier ben?'

'Ik werd vanochtend gebeld door een man die Ned Haskell heet. Hij zei dat hij een vriend van je is. Toen hij me vertelde wat er met je gebeurd is, ben ik meteen in de auto gesprongen en hierheen gereden.'

Natuurlijk was het Ned die haar heeft gebeld. Tijdens zijn bezoek gisteren had hij gevraagd waar mijn familie was en ik had hem over Lucy verteld. Over mijn slimmere, aardigere, oudere zus. 'Vind je niet dat ze nu bij je moet zijn?' had hij gevraagd.

'Waarom heb je me niet verteld dat je in het ziekenhuis ligt?' vraagt Lucy.

Ik heb geen goed antwoord. Ze gaat op mijn bed zitten en pakt mijn gewonde hand vast. Ik knijp haar zo hard dat mijn knokkels wit zien. Ik wil haar niet loslaten, ben bang dat ze net zoals Brodie zal verdwijnen, maar haar hand blijft als altijd stevig. Het is de hand die mijn hand vasthield op mijn eerste schooldag, de hand die mijn haar vlocht, mijn tranen droogde en me een high five gaf toen ik mijn eerste baan in de wacht sleepte. De hand van de persoon van wie ik op de hele wereld het meeste houd.

'Laat me je helpen, Ava. Alsjeblieft. Wat het probleem ook is, wat je ook dwars zit, je kunt het me vertellen.'

Ik veeg mijn tranen weg. 'Dat weet ik.'

'Wees eerlijk tegen me. Vertel wat er is. Vertel wat ik gedaan heb waardoor je je van me afkeert.'

'Wat jíj gedaan hebt?' Ik kijk naar haar vermoeide, ontstelde gezicht en denk: Dit is nog iets waarmee ik haar heb gekwetst. Ze is niet alleen Nick kwijt, ze denkt dat ze mij ook kwijt is.

'Vertel het,' smeekt ze. 'Wat heb ik fout gedaan? Wat heb ik gezegd?'

Ik weet dat de waarheid haar zou verwoesten. Een bekentenis zou míj helpen, míj bevrijden van dit loodzware schuldgevoel, maar die last zal ik alleen moeten dragen. Als je zoveel van iemand houdt als ik van haar, is zwijgen het mooiste geschenk dat ik kan geven. Kapitein Brodie heeft me gedwongen mijn schuld onder ogen te zien, te boeten voor mijn zonden. De tijd is aangebroken dat ik mezelf vergeef.

'De waarheid, Lucy, is dat...'

'Ja?'

'Dat het aan mij ligt, niet aan jou. Ik heb geprobeerd het voor je verborgen te houden, omdat ik me schaam.' Ik wrijf over mijn gezicht, maar ik kan de tranen die over mijn wangen stromen en mijn ziekenhuisjasje doorweken niet tegenhouden. 'Ik heb te veel gedronken. En ik heb álles verpest,' snik ik. Het antwoord is eerlijk en tegelijkertijd onvolledig, maar bevat voldoende waarheid om haar begripvol te doen knikken.

'O, Ava. Ik weet dat al heel, heel lang.' Ze slaat haar armen om me heen en ik snuif de vertrouwde Lucygeur van Dove-zeep en goedheid op. 'We kunnen er samen iets aan doen, nu je me laat helpen. We gaan er samen aan werken, op onze eigen manier. We gaan het samen oplossen.' Ze laat me los om me aan te kijken, en voor het eerst sinds Nick dood is, ben ik in staat haar in de ogen kijken. Ik kan haar blik vasthouden en tegelijkertijd de waarheid verzwijgen omdat dat is wat je soms moet doen als je van iemand houdt.

Ze veegt een pluk haar uit mijn gezicht en glimlacht. 'Ik kom je morgen halen. Dan gaan we naar huis.'

'Morgen?'

'Of heb je een goede reden om in Tucker Cove te blijven?'

Ik schud mijn hoofd. 'Ik heb geen enkele reden om te blijven,' antwoord ik. 'En ik kom nooit van mijn leven terug.'

Eenendertig

Een jaar later

Brodie's Watch wordt nu bewoond door een weduwe met twee kinderen. In maart heeft Rebecca Ellis het huis gekocht. Ze heeft al een groentetuin aangelegd en een stenen patio laten bouwen die op de oceaan uitkijkt. Donna Branca vertelde me dit toen ik haar drie weken geleden belde om te vragen of het huis gefotografeerd mag worden. De publicatie van mijn nieuwe boek *Aan tafel met de kapitein* staat voor komende juni gepland, en omdat het boek behalve over eten ook over het huis gaat, wil Simon het illustreren met foto's van mij in Brodie's Watch. Ik heb hem gezegd dat ik niet terug wil, maar hij hield vol dat die foto's een must zijn.

Dat is de reden waarom ik nu in een wit bestelbusje met een fotograaf en een stylist naar het huis rijd dat ik een jaar geleden ben ontvlucht.

Donna vertelde dat het gezin blij is met het nieuwe huis en dat Rebecca Ellis helemaal geen klachten heeft. Misschien is de geest van de kapitein eindelijk vertrokken. Of misschien is hij er wel nooit geweest, bestond hij alleen in mijn fantasie, riep ik hem op uit schaamte en schuldgevoel en door te veel flessen wijn. Sinds mijn vertrek uit Tucker Cove heb ik geen druppel meer gedronken en ik word minder vaak geplaagd door heftige nachtmerries, maar toch zie ik ertegen op om terug te gaan naar Brodie's Watch.

Ons busje klimt de oprit op en plotseling doemt het boven ons op, het huis dat nog steeds een lange schaduw over mijn dromen werpt.

'Wow, wat een fantastische plek,' zegt Mark, de fotograaf. 'Hier kunnen we een paar mooie shots maken.'

'En moet je die enorme zonnebloemen in de tuin zien!' roept onze stylist Nicole vanaf de achterbank. 'Zullen we de nieuwe eigenaar vragen of ik er een paar mag afsnijden voor de foto's? Wat denk jij, Ava?'

'Ik ken de nieuwe eigenaar niet,' antwoord ik. 'Ze heeft het huis een paar maanden na mijn vertrek gekocht. Maar we kunnen het natuurlijk vragen.'

We stappen alle drie uit het busje en strijken de kreukels glad die tijdens de lange rit vanuit Boston in onze kleren zijn gaan zitten. In tegenstelling tot de mistige middag waarop ik Brodie's Watch voor het eerst zag, is het vandaag helder en zonnig. In de tuin zoemen bijen en een kolibrie vliegt naar een groepje zachtroze floxen. Rebecca heeft de voortuin die ooit uit stakerige struiken bestond omgetoverd in een zee van gele, roze en lavendelkleurige bloemen. Dit is niet het grimmige Brodie's Watch uit mijn herinnering. Dit huis nodigt je uit binnen te komen.

Een glimlachende brunette komt naar buiten om ons te begroeten. In een spijkerbroek en een T-shirt met de tekst 'Biologische Boeren Maine' ziet ze eruit als het type terug-naar-de-natuurvrouw dat weelderige tuinen aanlegt, graag in de aarde wroet en helemaal zelfvoorzienend is.

'Hallo! Fijn dat jullie er zijn!' roept ze als ze het trapje van de veranda af loopt om ons te verwelkomen. 'Ik ben Rebecca. Ben jij Ava?' vraagt ze terwijl ze me aankijkt.

'Inderdaad.' Ik geef haar een hand en stel Nicole en Mark voor. 'Bedankt dat je je huis ter beschikking stelt.'

'Ik vind het wel spannend allemaal hoor! Donna Branca vertelde dat de foto's in je nieuwe boek komen te staan. Geweldig dat mijn huis er een rol in speelt.' Ze gebaart naar de voordeur. 'Mijn kinderen zijn vandaag bij een vriendin van me, dus jullie worden niet voor de voeten gelopen. Het huis is helemaal voor jullie.'

'Ik zou er graag, voor ik de apparatuur naar binnen breng, even doorheen lopen,' zegt Mark. 'Om de lichtinval te zien.'

'O, natuurlijk. De lichtinval is belangrijk voor een fotograaf.'

Mark en Nicole volgen de eigenaar de voordeur door, maar ik blijf even op de veranda staan. Ik ben nog niet zover dat ik naar binnen kan. Terwijl hun stemmen in het huis verdwijnen, luister ik naar het zwiepen van de takken in de wind en het verre uiteenslaan van de golven tegen de rotsen, geluiden die me ogenblikkelijk terugvoeren naar afgelopen zomer toen ik hier woonde. Pas nu besef ik dat ik deze geluiden heb gemist. Ik mis het om te ontwaken bij het beuken van de golven. Ik mis mijn picknicks op het strand en de geur van rozen op het rotspad. Als ik in mijn appartement in Boston ontwaak, hoor ik verkeer en ruik ik uitlaatgassen en als ik naar buiten ga zie ik geen mos, maar beton. Ik kijk naar de openstaande voordeur en denk: Ik had je misschien nooit moeten verlaten.

Uiteindelijk loop ik naar binnen en ik haal diep adem. Rebecca heeft iets in de oven gezet, het huis ruikt naar vers brood en kaneel. Ik volg de stemmen, loop door de gang naar de kamer met uitzicht op zee, waar Mark en Nicole bij de ramen het uitzicht bewonderen.

'Waarom ben je hier in godsnaam weggegaan, Ava?' vraagt Nicole. 'Als dit mijn huis was, zou ik hier denk ik de hele dag naar de zee kijken.'

'Ja, mooi hè?' zegt Rebecca. 'Maar je hebt de toren nog niet gezien. Daar is het uitzicht helemaal prachtig.' Ze wendt zich tot mij. 'Ik hoorde dat het daar nog een zooitje was toen jij hier kwam.'

Ik knik. 'De eerste twee weken dat ik hier was, waren er twee timmermannen boven aan het werk.' Ik glimlach bij de gedachte aan Ned Haskell, wiens houtsnijwerk van een spreeuw met een bril en een koksmuts nu op mijn bureau in Boston staat. Van alle mensen die ik in Tucker Cove heb leren kennen, is hij de enige die me regelmatig schrijft en die ik nu als vriend beschouw. 'Mensen zijn gecompliceerd, Ava. Wat je ziet is niet altijd wat je krijgt,' heeft hij een keer gezegd. Woorden die vooral op Ned zelf sloegen.

'Ze zouden mij dit huis schoppend en gillend uit moeten slepen,' zegt Nicole nog steeds onder de indruk van het uitzicht. 'Heb je ooit overwogen om het te kopen, Ava?'

'Het was te duur voor mij. En er waren dingen die...' Mijn stem sterft weg. Dan zeg ik rustig: 'Het was gewoon tijd dat ik mijn leven weer oppakte.'

'Wil je ons de rest van het huis laten zien?' vraagt Mark aan Rebecca.

Als ze met z'n allen de trap op lopen, ga ik niet achter hen aan maar blijf ik bij het raam en kijk naar de zee. Ik denk aan de eenzame avonden waarop ik diezelfde trap op strompelde naar mijn slaapkamer, dronken van wijn en spijt. De avonden waarop de geur van de zee de komst van kapitein Brodie aankondigde. Als ik hem nodig had, was hij er. Zelfs als ik nu mijn ogen dichtdoe, voel ik zijn adem in mijn haar en het gewicht van zijn lichaam op het mijne.

'Ik heb gehoord wat er met je is gebeurd, Ava.'

Geschrokken draai ik me om, en ik zie dat Rebecca terug is en achter me staat. Mark en Nicole zijn naar buiten om hun apparatuur uit de auto te laden, Rebecca en ik zijn alleen in de kamer. Ik weet niet wat ik moet zeggen. Ik weet niet goed wat ze bedoelt met *Ik weet wat er met je is gebeurd*. Dat van de geest kan ze onmogelijk weten.

Tenzij zij hem ook heeft gezien.

'Donna heeft het me verteld,' zegt Rebecca zacht. Ze komt dichterbij staan, alsof ze een geheim wil vertellen. 'Toen ik het huis wilde kopen, moest ze de geschiedenis ervan onthullen. Ze vertelde over dokter Gordon. Dat hij je op de uitkijkpost heeft aangevallen.'

Ik zwijg. Ik wil niet weten wat zij heeft gehoord. Wat ze nog meer weet.

'Ze vertelde dat er nog meer slachtoffers zijn geweest. De huurder die hier voor jou woonde. En een meisje van vijftien.'

'Maar je wilde het huis toch kopen, ondanks het feit dat je dat allemaal wist?'

'Dokter Gordon is dood. Hij kan niemand meer iets aandoen.'

'Maar na alles wat hier is gebeurd...'

'Er gebeuren overal nare dingen, maar de wereld draait door. De enige reden dat ik me een huis als dit kan permitteren is vanwege de geschiedenis die eraan kleeft. Andere kopers werden erdoor afgeschrikt, maar toen ik door de voordeur ging, had ik meteen het gevoel alsof dit huis me verwelkomde. Alsof het me wilde.'

Zoals het ooit mij wilde.

'En toen ik deze kamer zag en de zee rook, wist ik zeker dat ik dit mijn thuis is.' Ze draait zich om naar het raam en tuurt over het water. Mark en Nicole zijn in de keuken druk met elkaar in gesprek terwijl ze de lampen, statieven en camera's opstellen, maar Rebecca en ik zwijgen, allebei gebiologeerd door het uitzicht. We weten allebei hoe het is om door Brodie's Watch verleid te worden. Ik denk aan de vrouwen die hier oud zijn geworden en hun einde hebben gevonden, vrouwen die ook door Brodie's Watch zijn verleid. Al die vrouwen hadden donker haar en waren slank, net als ik.

Net als Rebecca.

Nicole komt de kamer binnen. 'Mark kan bijna beginnen.

Het is tijd voor je haar en je make-up, Ava.'

En daarmee is de gelegenheid voorbij om Rebecca onder vier ogen te spreken. Eerst moet ik in de make-upstoel plaatsnemen om opgetut te worden, en dan is het tijd om te glimlachen voor de camera in de keuken, waar ik poseer met tomaten uit de tuin en de koperen potten en pannen die we uit mijn keuken in Boston hebben meegenomen. We gaan naar buiten, waar ik te midden van de zonnebloemen poseer en vervolgens naar de stenen patio voor foto's van mij met de zee op de achtergrond.

Mark steekt zijn duim op. 'Dat was het wat buiten betreft. Nu de laatste locatie.'

'Waar gaan we heen?' vraag ik.

'Naar de toren. Het licht is daar fantastisch, ik wil minstens één shot van jou in die kamer.' Hij tilt de camera en het statief op. 'Omdat je boek *Aan tafel met de kapitein* heet, lijkt het me een goed idee dat ik je fotografeer terwijl je uitkijkt over de zee. Net zoals de kapitein uit de titel van je boek.'

Ze gaan allemaal naar boven, maar ik blijf onder aan de trap staan, ik wil niet naar de toren. Ik wil de toren niet meer zien. Ik wil niet terug naar de plek waar nog zoveel geesten rondwaren. Dan roept Mark van boven: 'Ava, kom je?' en heb ik geen keus meer.

Als ik op de eerste verdieping ben, werp ik even snel een blik in de slaapkamers van Rebecca's kinderen, ik zie verspreid liggende tennisschoenen, *Star Wars*-posters, lavendelkleurige gordijnen en een verzameling knuffelbeesten. Een jongen en een meisje. Aan het eind van de gang is mijn oude slaapkamer, de deur is dicht.

Ik draai me om naar de torenkamertrap. Voor de laatste keer beklim ik de treden.

De anderen kijken niet eens als ik binnenkom. Ze hebben het te druk met het opstellen van de lichten, reflectoren en statieven. Stilletjes bekijk ik alle veranderingen die Rebecca hier heeft aangebracht. Twee rieten stoelen in de alkoof die gasten uitnodigen tot een intiem gesprek. Een witte bank baadt in het zonlicht en op het bijzettafeltje ligt een stapel tuinmagazines naast een beker met een restje koude koffie. Voor het raam hangt een kristal dat regenboogkleuren op de muren werpt. Dit is een andere kamer, een ander huis dan ik me herinner. De veranderingen stemmen me blij en verdrietig tegelijkertijd. Brodie's Watch is zonder mij verder gegaan, opgeëist door een vrouw die er haar eigen huis van heeft gemaakt.

'Ik ben zover, Ava,' zegt Mark.

Terwijl hij de laatste foto's schiet, neem ik de rol aan die van me wordt verwacht: de vrolijke kookboekenschrijver in het huis van de kapitein. In de inleiding van het boek heb ik geschreven dat ik in Brodie's Watch inspiratie vond, en dat is echt zo. Hier testte en perfectioneerde ik mijn recepten, hier ontdekte ik dat er geen verfijnder specerij bestaat dan de geur van de zee. Hier ontdekte ik dat wijn verdriet niet geneest en dat wanneer je met schuldgevoel eet zelfs de best bereide maaltijd niet smaakt.

Dit is het huis waar ik had moeten sterven, maar in plaats daarvan leerde ik weer te leven.

Als de laatste foto is geschoten, de apparatuur is verzameld en naar beneden is gesjouwd, blijf ik alleen in de toren achter en wacht op een laatste fluistering van een geest, een laatste geurstroom van de zee. Ik hoor geen geestachtige stem. Ik zie geen donkerharige zeekapitein. Wat me ooit aan dit huis bond is verdwenen.

Op de oprit nemen we afscheid van Rebecca, ik beloof haar een gesigneerd exemplaar van *Aan tafel met de kapitein*. 'Bedankt dat je je huis voor ons openstelde,' zeg ik. 'Ik ben heel blij dat Brodie's Watch eindelijk iemand gevonden heeft die van hem houdt.'

'We houden inderdaad van het huis.' Ze knijpt in mijn hand. 'En het huis houdt van ons.'

We kijken elkaar even aan, en ik herinner me Jeremiah Brodies woorden, die hij in het donker zachtjes tegen me uitsprak.

Hier in mijn huis zul je vinden je wat je zoekt.

Als we wegrijden zwaait Rebecca ons vanaf de veranda uit. Ik leun uit het raampje om terug te zwaaien en plotseling zie ik hoog op de uitkijktoren iets wat er heel even uitziet als een gedaante in een lange zwarte jas.

Als ik met mijn ogen knipper is hij weg. Misschien is hij er wel nooit geweest. Ik zie nu alleen het zonlicht op de dakleien schitteren en een eenzame meeuw die opstijgt naar een wolkeloze zomerhemel.